我这一辈子·二马

有些文字，超越时光

老舍◎著

图书在版编目（CIP）数据

我这一辈子·二马 / 老舍著. -- 天津：天津人民
出版社, 2013.6（2015.4 重印）
（最经典书系）
ISBN 978-7-201-08209-7

Ⅰ. ①我… Ⅱ. ①老… Ⅲ. ①中篇小说–中国–现代
②长篇小说–中国–现代 Ⅳ. ①I246.5

中国版本图书馆 CIP 数据核字(2013)第 119058 号

天津人民出版社出版
出版人：黄　沛
（天津市西康路 35 号　邮政编码：300051）
邮购部电话：（022）23332469
网址：http://www.tjrmcbs.com
电子信箱：tjrmcbs@126.com
高教社(天津)印务有限公司印刷　　新华书店经销

2013 年 6 月第 1 版　2015 年 4 月第 2 次印刷
710×1000 毫米　16 开本　12.5 印张
字　数：240 千字
定　价：26.00 元

目录

我这一辈子

一

我幼年读过书,虽然不多,可是足够读七侠五义与三国志演义什么的。我记得好几段聊斋,到如今还能说得很齐全动听,不但听的人都夸奖我的记性好,连我自己也觉得应该高兴。可是,我并念不懂聊斋的原文,那太深了;我所记得的几段,都是由小报上的"评讲聊斋"念来的——把原文变成白话,又添上些逗哏打趣,实在有个意思!

我的字写得也不坏。拿我的字和老年间衙门里的公文比一比,论个儿的匀适,墨色的光润,与行列的齐整,我实在相信我可以作个很好的"笔帖式"。自然我不敢高攀,说我有写奏折的本领,可是眼前的通常公文是准保能写到好处的。

凭我认字与写的本事,我本该去当差。当差虽不见得一定能增光耀祖,但是至少也比作别的事更体面些。况且呢,差事不管大小,多少总有个升腾。我看见不止一位了,官职很大,可是那笔字还不如我的好呢,连句整话都说不出来。这样的人既能作高官,我怎么不能呢?

可是,当我十五岁的时候,家里教我去学徒。五行八作,行行出状元,学手艺原不是什么低搭的事;不过比较当差稍差点劲儿罢了。学手艺,一辈子逃不出手艺人去,即使能大发财源,也高不过大官儿不是?可是我并没和家里闹别扭,就去学徒了;十五岁的人,自然没有多少主意。况且家里老人还说,学满了艺,能挣上钱,就给我说亲事。在当时,我想象着结婚必是件有趣的事。那么,吃上二三年的苦,而后大人似的去耍手艺挣钱,家里再有个小媳妇,大概也很下得去了。

我学的是裱糊匠。在那太平年月,裱匠是不愁没饭吃的。那时候,死一个人不像现在这么省事。这可并不是说,老年间的人要翻来覆去的死好几回,不干脆的一下子断了气。我是说,那时候死人,丧家要拼命的花钱,一点不惜力气与金钱的讲排场。就拿与冥衣铺有关系的事来说吧,就得花上老些个钱。人一断气,马上就得去糊"倒头车"——现在,连这个名词儿也许有好多人不晓得了。紧跟着便是"接三",必定有些烧活:车轿骡马,墩箱灵人,引魂幡,灵花等等。要是害月子病死的,还必须另糊一头牛,和一个鸡罩。赶到"一七"念经,又得糊楼库,金山银山,尺头元宝,四季衣服,四季花草,古玩陈设,各样木器。及至出殡,纸亭纸架之外,还有许多烧活,至不济也得弄一对"童儿"举着。"五七"烧伞,六十天糊船桥。一个死人到六十天后才和我们裱糊匠脱离关系。一年之中,死那么十来个有钱的人,我们便有了吃喝。

裱糊匠并不专伺候死人,我们也伺候神仙。早年间的神仙不像如今晚儿的

3

这样寒碜,就拿关老爷说吧,早年间每到六月二十四,人们必给他糊黄幡宝盖,马童马匹,和七星大旗什么的。现在,几乎没有人再惦记着关公了!遇上闹"天花",我们又得为娘娘们忙一阵。九位娘娘得糊九顶轿子,红马黄马各一匹,九份凤冠霞帔,还得预备痘哥哥痘姐姐们的袍带靴帽,和各样执事。如今,医院都施种牛痘,娘娘们无事可作,裱糊匠也就陪着她们闲起来了。此外还有许许多多的"还愿"的事,都要糊点什么东西,可是也都随着破除迷信没人再提了。年头真是变了啊!

除了伺候神与鬼外,我们这行自然也为活人作些事。这叫作"白活",就是给人家糊顶棚。早年间没有洋房,每遇到搬家,娶媳妇,或别项喜事,总要把房间糊得四白落地,好显出焕然一新的气象。那大富之家,连春秋两季糊窗子也雇用我们。人是一天穷似一天了,搬家不一定糊棚顶,而那些有钱的呢,房子改为洋式的,棚顶抹灰,一劳永逸;窗子改成玻璃的,也用不着再糊上纸或纱。什么都是洋式好,耍手艺的可就没了饭吃。我们自己也不是不努力呀,洋车时行,我们就照样糊洋车;汽车时行,我们就糊汽车,我们知道改良。可是有几家死了人来糊一辆洋车或汽车呢?年头一旦大改良起来,我们的小改良全算白饶,水大漫不过鸭子去,有什么法儿呢!

二

上面交代过了:我若是始终仗着那份儿手艺吃饭,恐怕就早已饿死了。不过,这点本事虽不能永远有用,可是三年的学艺并非没有很大的好处,这点好处教我一辈子享用不尽。我可以撂下家伙,干别的营生去;这点好处可是老跟着我。就是我死后,有人谈到我的为人如何,他们也必须要记得我少年曾学过三年徒。

学徒的意思是一半学手艺,一半学规矩。在初到铺子去的时候,不论是谁也得害怕,铺中的规矩就是委屈。当徒弟的得晚睡早起,得听一切的指挥与使遣,得低三下四的伺候人,饥寒劳苦都得高高兴兴的受着,有眼泪往肚子里咽。像我学艺的所在,铺子也就是掌柜的家;受了师傅的,还得受师母的,夹板儿气!能挺过这么三年,顶倔强的人也得软了,顶软和的人也得硬了;我简直的可以这么说,一个学徒的脾性不是天生带来的,而是被板子打出来的;像打铁一样,要打什么东西便成什么东西。

在当时正挨打受气的那一会儿,我真想去寻死,那种气简直不是人所受得住的!但是,现在想起来,这种规矩与调教实在值金子。受过这种排练,天下便没

4

有什么受不了的事啦。随便提一样吧，比方说教我去当兵，好哇，我可以作个满好的兵。军队的操演有时有会儿，而学徒们是除了睡觉没有任何休息时间的。我抓着工夫去出恭，一边蹲着一边就能打个盹儿，因为遇上赶夜活的时候，我一天一夜只能睡上三四点钟的觉。我能一口吞下去一顿饭，刚端起饭碗，不是师傅喊，就是师娘叫，要不然便是有照顾主儿来定活，我得恭而敬之的招待，并且细心听着师傅怎样论活讨价钱。不把饭整吞下去怎办呢？这种排练教我遇到什么苦处都能硬挺，外带着还是挺和气。读书的人，据我这粗人看，永远不会懂得这个。现在的洋学堂里开运动会，学生跑上两个圈就仿佛有了汗马功劳一般，喝！又是搀着，又是抱着，往大腿上拍火酒，还闹脾气，还坐汽车！这样的公子哥儿哪懂得什么叫作规矩，哪叫排练呢？话往回来说，我所受的苦处给我打下了作事任劳任怨的底子，我永远不肯闲着，作起活来永不晓得闹脾气，耍别扭，我能和大兵们一样受苦，而大兵们不能像我这么和气。

再拿件实事来证明这个吧：在我学成出师以后，我和别的耍手艺的一样，为表明自己是凭本事挣钱的人，第一我先买了根烟袋，只要一闲着便捻上一袋吧唧着，仿佛很有身分，慢慢的，我又学了喝酒，时常弄两盅猫尿哑着嘴儿抿几口。嗜好就怕开了头，会了一样就不难学第二样，反正都是个玩艺吧咧。这可也就出了毛病。我爱烟爱酒，原本不算什么稀奇的事，大家伙儿都差不多是这样。可是，我一来二去的学会了吃大烟。那个年月，鸦片烟不犯私，非常的便宜；我先是吸着玩，后来可就上了瘾。不久，我便觉出手紧来了，作事也不似先前那么上劲了。我并没等谁劝告我，不但戒了大烟，而且把旱烟袋也撅了，从此烟酒不动！我入了"理门"。入理门，烟酒都不准动；一旦破戒，必走背运。所以我不但戒了嗜好，而且入了理门；背运在那儿等着我，我怎肯再犯戒呢？这点心胸与硬气，如今想起来，还是由学徒得来的。多大的苦处我都能忍受。初一戒烟戒酒，看着别人吸，别人饮，多么难过呢！心里真像有一千条小虫爬挠那么痒痒触触的难过。但是我不能破戒，怕走背运。其实背运不背运的，都是日后的事，眼前的罪过可是不好受呀！硬挺，只有硬挺才能成功，怕走背运还在其次。我居然挺过来了，因为我学过徒，受过排练呀！

提到我的手艺来，我也觉得学徒三年的光阴并没白费了。凡是一门手艺，都得随时改良，方法是死的，运用可是活的。三十年前的瓦匠，讲究会磨砖对缝，作细工儿活；现在，他得会用洋灰和包镶人造石什么的。三十年前的木匠，讲究会雕花刻木，现在得会造洋式木器。我们这行也如此，不过比别的行业更活动。我们这行讲究看见什么就能糊什么。比方说，人家落了丧事，教我们糊一桌全席，我们就能糊出鸡鸭鱼肉来。赶上人家死了未出阁的姑娘，教我们糊一全份嫁妆，不管是四十八抬，还是三十二抬，我们便能由粉罐油瓶一直糊到衣橱穿衣镜。眼睛一看，手就能模仿下来，这是我们的本事。我们的本事不大，可是得有点聪明，一个心窟窿的人绝不会成个好裱糊匠。

这样，我们作活，一边工作也一边游戏，仿佛是。我们的成败全仗着怎么把各色的纸调动的合适，这是要心路的事儿。以我自己说，我有点小聪明。在学徒时候所挨的打，很少是为学不上活来，而多半是因为我有聪明而好调皮不听话。我的聪明也许一点也显露不出来，假若我是去学打铁，或是拉大锯——老那么打，老那么拉，一点变动没有。幸而我学了裱糊匠，把基本的技能学会了以后，我便开始自出花样，怎么灵巧逼真我怎么作。有时候我白费了许多工夫与材料，而作不出我所想到的东西，可是这更教我加紧的去揣摸，去调动，非把它作成不可。这个，真是个好习惯。有聪明，而且知道用聪明，我必须感谢这三年的学徒，在这三年养成了我会用自己的聪明的习惯。诚然，我一辈子没作过大事，但是无论什么事，只要是平常人能作的，我一瞧就能明白个五六成。我会砌墙，栽树，修理钟表，看皮货的真假，合婚择日，知道五行八作的行话上诀窍……这些，我都没学过，只凭我的眼去看，我的手去试验；我有勤苦耐劳与多看多学的习惯；这个习惯是在冥衣铺学徒三年养成的。到如今我才明白过来——我已是快饿死的人了！——假若我多读上几年书，只抱着书本死啃，像那些秀才与学堂毕业的人们那样，我也许一辈子就糊糊涂涂的下去，而什么也不晓得呢！裱糊的手艺没有给我带来官职和财产，可是它让我活的很有趣；穷，但是有趣，有点人味儿。

刚二十多岁，我就成为亲友中的重要人物了。不因为我有钱与身分，而是因为我办事细心，不辞劳苦。自从出了师，我每天在街口的茶馆里等着同行的来约请帮忙。我成了街面上的人，年轻，利落，懂得场面。有人来约，我便去作活；没人来约，我也闲不住：亲友家许许多多的事都托咐我给办，我甚至于刚结过婚便给别人家作媒了。

给别人帮忙就等于消遣。我需要一些消遣。为什么呢？前面我已说过：我们这行有两种活，烧活和白活。作烧活是有趣而干净的，白活可就不然了。糊顶棚自然得先把旧纸撕下来，这可真够受的，没作过的人万也想不到顶棚上会能有那么多尘土，而且是日积月累攒下来的，比什么土都干，细，钻鼻子，撕完三间屋子的棚，我们就都成了土鬼。及至扎好了秫秸，糊新纸的时候，新银花纸的面子是又臭又挂鼻子。尘土与纸面子就能教人得痨病——现在叫作肺病。我不喜欢这种活儿。可是，在街上等工作，有人来约就不能拒绝，有什么活得干什么活。应下这种活儿，我差不多老在下边裁纸递纸抹浆糊，为的是可以不必上"交手"，而且可以低着头干活儿，少吃点土。就是这样，我也得弄一身灰，我的鼻子也得像烟筒。作完这么几天活，我愿意作点别的，变换变换。那么，有亲友托我办点什么，我是很乐意帮忙的。

再说呢，作烧活吧，作白活吧，这种工作老与人们的喜事或丧事有关。熟人们找我定活，也往往就手儿托我去讲别项的事，如婚丧事的搭棚，讲执事，雇厨子，定车马等等。我在这些事儿中渐渐找出乐趣，晓得如何能捏住巧处，给亲友们既办得漂亮，又省些钱，不能窝窝囊囊的被人捉了"大头"。我在办这些事儿的时候,得到许多经验,明白了许多人情,久而久之,我成了个很精明的人,虽然还不到三十岁。

三

由前面所说过的去推测,谁也能看出来,我不能老靠着裱糊的手艺挣饭吃。像逛庙会忽然遇上雨似的,年头一变,大家就得往四散里跑。在我这一辈子里,我仿佛是走着下坡路,收不住脚。心里越盼着天下太平,身子越往下出溜。这次的变动,不使人缓气,一变好像就要变到底。这简直不是变动,而是一阵狂风,把人糊糊涂涂的刮得不知上哪里去了。在我小时候发财的行当与事情,许多许多都忽然走到绝处,永远不再见面,仿佛掉在了大海里头似的。裱糊这一行虽然到如今还阴死巴活的始终没完全断了气,可是大概也不会再有抬头的一日了。我老早的就看出这个来。在那太平的年月,假若我愿意的话,我满可以开个小铺,收两个徒弟,安安顿顿的混两顿饭吃。幸而我没那么办。一年得不到一笔大活,只仗着糊一辆车或两间屋子的顶棚什么的,怎能吃饭呢?睁开眼看看,这十几年了,可有过一笔体面的活?我得改行,我算是猜对了。

不过,这还不是我忽然改了行的唯一的原因。年头儿的改变不是个人所能抵抗的,胳臂扭不过大腿去,跟年头儿叫死劲简直是自己找别扭。可是,个人独有的事往往来得更厉害,它能马上教人疯了。去投河觅井都不算新奇,不用说把自己的行业放下,而去干些别的了。个人的事虽然很小,可是一加在个人身上便受不住;一个米粒很小,教蚂蚁去搬运便很费力气。个人的事也是如此。人活着是仗了一口气,多喒有点事儿,把这口气憋住,人就要抽风。人是多么小的玩艺儿呢!

我的精明与和气给我带来背运。乍一听这句话仿佛是不合情理,可是千真万确,一点儿不假,假若这要不落在我自己身上,我也许不大相信天下会有这宗事。它竟自找到了我;在当时,我差不多真成了个疯子。隔了这么二三十年,现在想起那回事儿来,我满可以微微一笑,仿佛想起一个故事来似的。现在我明白了个人的好处不必一定就有利于自己。一个人好,大家都好,这点好处才有用,正是如鱼得水。一个人好,而大家并不都好,个人的好处也许就是让他倒霉的祸根。精明和气有什么用呢!现在,我悟过这点理儿来,想起那件事不过点点头,笑一笑罢了。在当时,我可真有点咽不下去那口气。那时候我还很年轻啊。

哪个年轻的人不爱漂亮呢?在我年轻的时候,给人家行人情或办点事,我的打扮与气派谁也不敢说我是个手艺人。在早年间,皮货很贵,而且不准乱穿。如

7

今晚的人,今天得了马票或奖券,明天就可以穿上狐皮大衣,不管是个十五岁的孩子还是二十岁还没刮过脸的小伙子。早年间可不行,年纪身分决定个人的服装打扮。那年月,在马褂或坎肩上安上一条灰鼠领子就仿佛是很漂亮阔气。我老安着这么条领子,马褂与坎肩都是青大缎的——那时候的缎子也不怎么那样结实,一件马褂至少也可以穿上十来年。在给人家糊棚顶的时候,我是个土鬼;回到家中一梳洗打扮,我立刻变成个漂亮小伙子。我不喜欢那个土鬼,所以更爱这个漂亮的青年。我的辫子又黑又长,脑门剃得锃光青亮,穿上带灰鼠领子的缎子坎肩,我的确像个"人儿"!

一个漂亮小伙子所最怕的恐怕就是娶个丑八怪似的老婆吧。我早已有意无意的向老人们透了个口话:不娶倒没什么,要娶就得来个够样儿的。那时候,自然还不时行自由婚,可是已有男女两造对相对看的办法。要结婚的话,我得自己去相看,不能马马虎虎就凭媒人的花言巧语。

二十岁那年,我结了婚,我的妻比我小一岁。把她放在哪里,她也得算个俏式利落的小媳妇;在定婚以前,我亲眼相看的呀。她美不美,我不敢说,我说她俏式利落,因为这四个字就是我择妻的标准;她要是不够这四个字的格儿,当初我决不会点头。在这四个字里很可以见出我自己是怎样的人来。那时候,我年轻,漂亮,作事麻利,所以我一定不能要个笨牛似的老婆。

这个婚姻不能说不是天配良缘。我俩都年轻,都利落,都个子不高;在亲友面前,我们像一对轻巧的陀螺似的,四面八方的转动,招得那年岁大些的人们眼中要笑出一朵花来。我俩竟争着去在大家面前显出个人的机警与口才,到处争强好胜,只为教人夸奖一声我们是一对最有出息的小夫妇。别人的夸奖增高了我俩彼此间的敬爱,颇有点英雄惜英雄,好汉爱好汉的劲儿。

我很快乐,说实话:我的老人没挣下什么财产,可是有一所儿房。我住着不用花租金的房子,院中有不少的树木,檐前挂着一对黄鸟。我呢,有手艺,有人缘,有个可心的年轻女人。不快乐不是自找别扭吗?

对于我的妻,我简直找不出什么毛病来。不错,有时候我觉得她有点太野;可是哪个利落的小媳妇不爽快呢?她爱说话,因为她会说;她不大躲避男人,因为这正是作媳妇所应享的利益,特别是刚出嫁而有些本事的小媳妇,她自然愿意把作姑娘时的腼腆收起一些,而大大方方的自居为"媳妇"。这点实在不能算作毛病。况且,她见了长辈又是那么亲热体贴,殷勤的伺候,那么她对年轻一点的人随便一些也正是理之当然;她是爽快大方,所以对于年老的正像对于年少的,都愿表示出亲热周到来。我没因为她爽快而责备她过。

她有了孕,作了母亲,她更好看了,也更大方了——我简直的不忍再用那个"野"字!世界上还有比怀孕的少妇更可怜,年轻的母亲更可爱的吗?看她坐在门坎上,露着点胸,给小娃娃奶吃,我只能更爱她,而想不起责备她太不规矩。

到了二十四岁,我已有一儿一女。对于生儿养女,作丈夫的有什么功劳呢!

赶上高兴，男子把娃娃抱起来，耍巴一回；其余的苦处全是女人的。我不是个糊涂人，不必等谁告诉我才能明白这个。真的，生小孩，养育小孩，男人有时候想去帮忙也归无用；不过，一个懂得点人事的人，自然该使作妻的痛快一些，自由一些；欺侮孕妇或一个年轻的母亲，据我看，才真是混蛋呢！对于我的妻，自从有了小孩之后，我更放任了些；我认为这是当然的合理的。

再一说呢，夫妇是树，儿女是花；有了花的树才能显出根儿深。一切猜忌，不放心，都应该减少，或者完全消灭；小孩子会把母亲拴得结结实实的。所以，即使我觉得她有点野——真不愿用这个臭字——我也不能不放心了，她是个母亲呀。

四

直到如今，我还是不能明白那到底是怎么一回事。

我所不能明白的事也就是当时教我差点儿疯了的事，我的妻跟人家跑了。

我再说一遍，到如今我还不能明白那到底是怎回事。我不是个固执的人，因为我久在街面上，懂得人情，知道怎样找出自己的长处与短处。但是，对于这件事，我把自己的短处都找遍了，也找不出应当受这种耻辱与惩罚的地方来。所以，我只能说我的聪明与和气给我带来祸患，因为我实在找不出别的道理来。

我有位师哥，这位师哥也就是我的仇人。街口上，人们都管他叫作黑子，我也就还这么叫他吧；不便道出他的真名实姓来，虽然他是我的仇人。"黑子"，由于他的脸不白；不但不白，而且黑得特别，所以才有这个外号。他的脸真像个早年间人们揉的铁球，黑，可是非常的亮；黑，可是光润；黑，可是油光水滑的可爱。当他喝下两盅酒，或发热的时候，脸上红起来，就好像落太阳时的一些黑云，黑里透出一些红光。至于他的五官，简直没有什么好看的地方，我比他漂亮多了。他的身量很高，可也不见得怎么魁梧，高大而懈懈松松的。他所以不至教人讨厌他，总而言之，都仗着那一张发亮的黑脸。

我跟他是很好的朋友。他既是我的师哥，又那么傻大黑粗的，即使我不喜爱他，我也不能无缘无故的怀疑他。我的那点聪明不是给我预备着去猜疑人的；反之，我知道我的眼睛里不容砂子，所以我因信任自己而信任别人。我以为我的朋友都不至于偷偷的对我掏坏招数。一旦我认定谁是个可交的人，我便真拿他当个朋友看待。对于我这个师哥，即使他有可猜疑的地方，我也得敬重他，招待他，因为无论怎样，他到底是我的师哥呀。同是一门儿学出来的手艺，又同在一个街口上混饭吃，有活没活，一天至少也得见几面；对这么熟的人，我怎能不拿他当作个好朋友呢？有活，我们一同去作活；没活，他总是到我家来吃饭喝茶，有时候也

9

摸儿把索儿胡玩——那时候"麻将"还不十分时兴。我和蔼,他也不客气;遇到什么就吃什么,遇到什么就喝什么,我一向不特别为他预备什么,他也永远不挑剔。他吃的很多,可是不懂得挑食。看他端着大碗,跟着我们吃热汤儿面什么的,真是个痛快的事。他吃得四脖子汗流,嘴里西啦胡噜的响,脸上越来越红,慢慢的成了个半红的大煤球似的;谁能说这样的人能存着什么坏心眼儿呢!

一来二去,我由大家的眼神看出来天下并不很太平。可是,我并没有怎么往心里搁这回事。假若我是个糊涂人,只有一个心眼,大概对这种事不会不听见风就是雨,马上闹个天昏地暗,也许立刻把事情弄个水落石出,也许是望风捕影而弄一鼻子灰。我的心眼多,决不肯这么糊涂瞎闹,我得平心静气的想一想。

先想我自己,想不出我有什么不对的地方来,即使我有许多毛病,反正至少我比师哥漂亮,聪明,更像个人儿。

再看师哥吧,他的长相,行为,财力,都不能教他为非作歹,他不是那种一见面就教女人动心的人。

最后,我详详细细的为我的年轻的妻子想一想:她跟了我已经四五年,我俩在一处不算不快乐。即使她的快乐是假装的,而愿意去跟个她真喜爱的人——这在早年间几乎是不能有的——大概黑子也绝不会是这个人吧?他跟我都是手艺人,他的身分一点不比我高。同样,他不比我阔,不比我漂亮,不比我年轻;那么,她贪图的是什么呢?想不出。就满打说她是受了他的引诱而迷了心,可是他用什么引诱她呢,是那张黑脸,那点本事,那身衣裳,腰里那几吊钱?笑话!哼,我要是有意的话吗,我倒满可以去引诱引诱女人;虽然钱不多,至少我有个样子。黑子有什么呢?再说,就是说她一时迷了心窍,分别不出好歹来,难道她就肯舍得那两个小孩吗?

我不能信大家的话,不能立时疏远了黑子,也不能傻子似的去盘问她。我全想过了,一点缝子没有,我只能慢慢的等着大家明白过来他们是多虑。即使他们不是凭空造谣,我也得慢慢的察看,不能无缘无故的把自己,把朋友,把妻子,都卷在黑土里边。有点聪明的人作事不能鲁莽。

可是,不久,黑子和我的妻子都不见了。直到如今,我没再见过他俩。为什么她肯这么办呢?我非见着她,由她自己吐出实话,我不会明白。我自己的思想永远不够对付这件事的。

我真盼望能再见她一面,专为明白明白这件事。到如今我还是在个葫芦里。

当时我怎样难过,用不着我自己细说。谁也能想到,一个年轻漂亮的人,守着两个没了妈的小孩,在家里是怎样的难过;一个聪明规矩的人,最亲爱的妻子跟师哥跑了,在街面上是怎么难堪。同情我的人,有话说不出,不认识我的人,听到这件事,总不会责备我的师哥,而一直的管我叫"王八"。在咱们这讲孝悌忠信的社会里,人们很喜欢有个王八,好教大家有放手指头的准头。我的口闭上,我的牙咬住,我心中只有他们俩的影儿和一片血。不用教我见着他们,见着就是一刀,别的无须乎再说了。

在当时,我只想拚上这条命,才觉得有点人味儿。现在,事情过去这么多年了。我可以细细的想这件事在我这一辈子里的作用了。

我的嘴并没闲着,到处我打听黑子的消息。没用,他俩真像石沉大海一般。打听不着确实的消息,慢慢的我的怒气消散了一些;说也奇怪,怒气一消,我反倒可怜我的妻子。黑子不过是个手艺人,而这种手艺只能在京津一带大城里找到饭吃,乡间是不需要讲究的烧活的。那么,假若他俩是逃到远处去,他拿什么养活她呢?哼,假若他肯偷好朋友的妻子,难道他就不会把她卖掉吗?这个恐惧时常在我心中绕来绕去。我真希望她忽然逃回来,告诉我她怎样上了当,受了苦处;假若她真跪在我的面前,我想我不会不收下她的,一个心爱的女人,永远是心爱的,不管她作了什么错事。她没有回来,没有消息,我恨她一会儿,又可怜她一会儿,胡思乱想,我有时候整夜的不能睡。

过了一年多,我的这种乱想又轻淡了许多。是的,我这一辈子也不能忘了她,可是我不再为她思索什么了。我承认了这是一段千真万确的事实,不必为它多费心思了。

我到底怎样了呢?这倒是我所要说的,因为这件我永远猜不透的事在我这一辈子里实在是件极大的事。这件事好像是在梦中丢失了我最亲爱的人,一睁眼,她真的跑得无影无踪了。这个梦没法儿明白,可是它的真确劲儿是谁也受不了的。作过这么个梦的人,就是没有成疯子,也得大大的改变;他是丢失了半个命呀!

五

最初,我连屋门也不肯出,我怕见那个又明又暖的太阳。

顶难堪的是头一次上街:抬着头大大方方的走吧,准有人说我天生来的不知羞耻。低着头走,便是自己招认了脊背发软。怎么着也不对。我可是问心无愧,没作过一点对不起人的事。

我破了戒,又吸烟喝酒了。什么背运不背运的,有什么再比丢了老婆更倒霉的呢?我不求人家可怜我,也犯不上成心对谁耍刺儿,我独自吸烟喝酒,把委屈放在心里好了。再没有比不测的祸患更能扫除了迷信;以前,我对什么神仙都不敢得罪;现在,我什么也不信,连活佛也不信了。迷信,我咂摸出来,是盼望得点意外的好处;赶到遇上意外的难处,你就什么也不盼望,自然也不迷信了。我把财神和灶王的龛——我亲手糊的——都烧了。亲友中很有些人说我成了二毛子的。什么二毛子三毛子的，我再不给谁磕头。人若是不可靠，神仙就更没准儿了。

我并没变成忧郁的人。这种事本来是可以把人愁死的，可是我没往死牛犄角里钻。我原是个活泼的人，好吧，我要打算活下去，就得别丢了我的活泼劲儿。不错，意外的大祸往往能忽然把一个人的习惯与脾气改变了；可是我决定要保持住我的活泼。我吸烟，喝酒，不再信神佛，不过都是些使我活泼的方法。不管我是真乐还是假乐，我乐！在我学艺的时候，我就会这一招，经过这次的变动，我更必须这样了。现在，我已快饿死了，我还是笑着，连我自己也说不清这是真的还是假的笑，反正我笑，多嗒死了多嗒我并上嘴。从那件事发生了以后，直到如今，我始终还是个有用的人，热心的人，可是我心中有了个空儿。这个空儿是那件不幸的事给我留下的，像墙上中了枪弹，老有个小窟窿似的。我有用，我热心，我爱给人家帮忙，但是不幸而事情没办到好处，或者想不到的扎手，我不着急，也不动气，因为我心中有个空儿。这个空儿会教我在极热心的时候冷静，极欢喜的时候有点悲哀，我的笑常常和泪碰在一处，而分不清哪个是哪个。

这些，都是我心里头的变动，我自己要是不说——自然连我自己也说不大完全——大概别人无从猜到。在我的生活上，也有了变动，这是人人能看到的。我改了行，不再当裱糊匠，我没脸再上街口去等生意，同行的人，认识我的，也必认识黑子；他们只须多看我几眼，我就没法再咽下饭去。在那报纸还不大时行的年月，人们的眼睛是比新闻还要厉害的。现在，离婚都可以上衙门去明说明讲，早年间男女的事儿可不能这么随便。我把同行中的朋友全放下了，连我的师傅师母都懒得去看，我仿佛是要由这个世界一脚跳到另一个世界去。这样，我觉得我才能独自把那桩事关在心里头。年头的改变教裱糊匠们的活路越来越狭，但是要不是那回事，我也不会改行改得这么快，这么干脆。放弃了手艺，没什么可惜；可是这么放弃了手艺，我也不会感谢"那"回事儿！不管怎说吧，我改了行，这是个显然的变动。

决定扔下手艺可不就是我准知道应该干什么去。我得去乱碰，像一支空船浮在水面上，浪头是它的指南针。在前面我已经说过，我认识字，还能抄抄写写，很够当个小差事的。再说呢，当差是个体面的事，我这丢了老婆的人若能当上差，不用说那必能把我的名誉恢复了一些。现在想起来，这个想法真有点可笑；在当时我可是诚心的相信这是最高明的办法。"八"字还没有一撇儿，我觉得很高兴，仿佛我已经很有把握，既得到差事，又能恢复了名誉。我的头又抬得很高了。

哼！手艺是三年可以学成的；差事，也许要三十年才能得上吧！一个钉子跟着一个钉子，都预备着给我碰呢！我说我识字，哼！敢情有好些个能整本背书的人还挨饿呢。我说我会写字，敢情会写字的绝不算出奇呢。我把自己看得太高了。可是，我又亲眼看见，那作着很大的官儿的，一天到晚山珍海味的吃着，连自己的姓都不大认得。那么，是不是我的学问又太大了，而超过了作官所需要的呢？我这个聪明人也没法儿不显着糊涂了。

慢慢的，我明白过来。原来差事不是给本事预备着的，想做官第一得有人。这简直没了我的事，不管我有多大的本事。我自己是个手艺人，所认识的也是手艺人；我爸爸呢，又是个白丁，虽然是很有本事与品行的白丁。我上哪里去找差事当呢？

事情要是逼着一个人走上哪条道儿，他就非去不可，就像火车一样，轨道已摆好，照着走就是了，一出花样准得翻车！我也是如此。决定扔下了手艺，而得不到个差事，我又不能老这么闲着。好啦，我的面前已摆好了铁轨，只准上前，不许退后。

我当了巡警。

巡警和洋车是大城里头给苦人们安好的两条火车道。大字不识而什么手艺也没有的，只好去拉车。拉车不用什么本钱，肯出汗就能吃窝窝头。识几个字而好体面的，有手艺而挣不上饭的，只好去当巡警；别的先不提，挑巡警用不着多大的人情，而且一挑上先有身制服穿着，六块钱拿着；好歹是个差事。除了这条道，我简直无路可走。我既没混到必须拉车去的地步，又没有作高官的舅舅或姐丈，巡警正好不高不低，只要我肯，就能穿上一身铜钮子的制服。当兵比当巡警有起色，即使熬不上军官，至少能有抢劫些东西的机会。可是，我不能去当兵，我家中还有俩没娘的小孩呀。当兵要野，当巡警要文明；换句话说，当兵有发邪财的机会，当巡警是穷而文明一辈子；穷得要命，文明得稀松！

以后这五六十年的经验，我敢说这么一句：真会办事的人，到时候才说话，爱张罗办事的人——像我自己——没话也找话说。我的嘴老不肯闲着，对什么事我都有一片说词，对什么人我都想很恰当的给起个外号。我受了报应：第一件事，我丢了老婆，把我的嘴封起来一二年！第二件是我当了巡警。在我还没当上这个差事的时候，我管巡警们叫作"马路行走"，"避风阁大学士"和"臭脚巡"。这些无非都是说巡警们的差事只是站马路，无事忙，跑臭脚。哼！我自己当上"臭脚巡"了！生命简直就是自己和自己开玩笑，一点不假！我自己打了自己的嘴巴，可并不因为我作了什么缺德的事；至多也不过爱多说几句玩笑话罢了。在这里，我认识了生命的严肃，连句玩笑话都说不得！好在，我心中有个空儿；我怎么叫别人"臭脚巡"，也照样叫自己。这在早年间叫作"抹稀泥"，现在的新名词应叫着什么，我还没能打听出来。

我没法不去当巡警，可是真觉得有点委屈。是呀，我没有什么出众的本事，但是论街面上的事，我敢说我比谁知道的也不少。巡警不是管街面上的事情吗？那么，请看看那些警官儿吧：有的连本地的话都说不上来，二加二是四还是五都得想半天。哼！他是官，我可是"招募警"；他的一双皮鞋够开我半年的饷！他什么经验与本事也没有，可是他作官。这样的官儿多了去啦！上哪儿讲理去呢？

记得有位教官,头一天教我们操法的时候,忘了叫"立正",而叫了"闸住"。用不着打听,这位大爷一定是拉洋车出身。有人情就行,今天你拉车,明天你姑父作了什么官儿,你就可以弄个教官当当;叫"闸住"也没关系,谁敢笑教官一声呢!这样的自然是不多,可是有这么一位教官,也就可以教人想到巡警的操法是怎么稀松二五眼了。内堂的功课自然绝不是这样教官所能担任的,因为至少得认识些个字才能"虎"得下来。我们的内堂的教官大概可以分为两种:一种是老人儿们,多数都有口鸦片烟瘾;他们要是能讲明白一样东西,就凭他们那点人情,大概早就作上大官儿了;唯其什么也讲不明白,所以才来作教官。另一种是年轻的小伙子们,讲的都是洋事,什么东洋巡警怎么样,什么法国违警律如何,仿佛我们都是洋鬼子。这种讲法有个好处,就是他们信口开河瞎扯,我们一边打盹一边听着,谁也不准知道东洋和法国是什么样儿,可不就随他的便说吧。我满可以编一套美国的事讲给大家听,可惜我不是教官罢了。这群年轻的小人们真懂外国事儿不懂,无从知道;反正我准知道他们一点中国事儿也不晓得。这两种教官的年纪上学问上都不同,可是他们有个相同的地方,就是他们都高不成低不就,所以对对付付的只能作教官。他们的人情真不小,可是本事太差,所以来教一群为六块洋钱而一声不敢出的巡警就最合适。

教官如此,别的警官也差不多是这样。想想:谁要是能去作一任知县或税局局长,谁肯来作警官呢?前面我已交代过了,当巡警是高不成低不就,不得已而为之。警官也是这样。这群人由上至下全是"狗熊耍扁担,混碗儿饭吃"。不过呢,巡警一天到晚在街面上,不论怎样抹稀泥,多少得能说会道,见机而作,把大事化小,小事化无;既不多给官面上惹麻烦,又让大家都过得去;真的吧假的吧,这总得算点本事。而作警官的呢,就连这点本事似乎也不必有。阎王好作,小鬼难当,诚然!

<h1 style="text-align:center">六</h1>

我再多说几句,或者就没人再说我太狂傲无知了。我说我觉得委屈,真是实话;请看吧:一月挣六块钱,这跟当仆人的一样,而没有仆人们那些"外找儿";死挣六块钱,就凭这么个大人——腰板挺直,样子漂亮,年轻力壮,能说会道,还得识文断字!这一大堆资格,一共值六块钱!

六块钱饷粮,扣去三块半钱的伙食,还得扣去什么人情公议儿,净剩也就是两块上下钱吧。衣服自然是可以穿官发的,可是到休息的时候,谁肯还穿着制服回家呢;那么,不作不作也得有件大褂什么的。要是把钱作了大褂,一个月就算白混。再说，谁没有家呢？父母——呕，先别提父母吧！就说一夫一妻吧：至少得赁一间房，得有老婆的吃，喝，穿。就凭那两块大洋！谁也不许生病，不许生小孩，不许吸烟，不许吃点零碎东西；连这么着，月月还不够嚼谷！

我就不明白为什么肯有人把姑娘嫁给当巡警的，虽然我常给同事的做媒。当我一到女家提说的时候，人家总对我一撇嘴，虽不明说，但是意思很明显，"哼！当巡警的！"可是我不怕这一撇嘴，因为十回倒有九回是撇完嘴而点了头。难道是世界上的姑娘太多了吗？我不知道。

由哪面儿看，巡警都活该是鼓着腮梆子充胖子而教人哭不得笑不得的。穿起制服来，干净利落，又体面又威风，车马行人，打架吵嘴，都由他管着。他这是差事；可是他一月除了吃饭，净剩两块来钱。他自己也知道中气不足，可是不能不硬挺着腰板，到时候他得娶妻生子，还是仗着那两块来钱。提婚的时候，头一句是说："小人呀当差！"当差的底下还有什么呢？没人愿意细问，一问就糟到底。

是的，巡警们都知道自己怎样的委屈，可是风里雨里他得去巡街下夜，一点懒儿不敢偷；一偷懒就有被开除的危险；他委屈，可不敢抱怨，他劳苦，可不敢偷闲，他知道自己在这里混不出来什么，而不敢冒险搁下差事。这点差事扔了可惜，作着又没劲；这些人也就人儿似的先混过一天是一天，在没劲中要露出劲儿来，像打太极拳似的。

世上为什么应当有这种差事，和为什么有这样多肯作这种差事的人？我想不出来。假若下辈子我再托生为人，而且忘了喝迷魂汤，还记得这一辈子的事，我必定要扯着脖子去喊：这玩艺儿整个的是丢人，是欺骗，是杀人不流血！现在，我老了，快饿死了，连喊这么几句也顾不及了，我还得先为下顿的窝窝头着忙呀！

自然在我初当差的时候，我并没有一下子就把这些都看清楚了，谁也没有那么聪明。反之，一上手当差我倒觉出点高兴来：穿上整齐的制服，靴帽，的确我是漂亮精神，而且心里说：好吧歹吧，这是个差事；凭我的聪明与本事，不久我必有个升腾。我很留神看巡长巡官们制服上的铜星与金道，而想象着我将来也能那样。我一点也没想到那铜星与金道并不按着聪明与本事颁给人们呀。

新鲜劲儿刚一过去，我已经讨厌那身制服了。它不教任何人尊敬，而只能告诉人："臭脚巡"来了！拿制服的本身说，它也很讨厌：夏天它就像牛皮似的，把人闷得满身臭汗；冬天呢，它一点也不像牛皮了，而倒像是纸糊的；它不许谁在里边多穿一点衣服，只好任着狂风由胸口钻进来，由脊背钻出去，整打个穿堂！再看那双皮鞋，冬冷夏热，永远不教脚舒服一会儿；穿单袜的时候，它好像是两大篓子似的，脚指脚踵都在里边乱抓弄，而始终找不到鞋在哪里；到穿棉袜的时候，它们忽然变得很紧，不许棉袜与脚一齐伸进去。有多少人因包办制服皮鞋而发了财，我不知道，我只知道我的脚永远烂着，夏天闹湿气，冬天闹冻疮。自然，烂脚也得照常的去巡街站岗，要不然就别挣那六块洋钱！多么热，或多么冷，别人都可以找地方去躲一躲，连洋车夫都可以自由的歇半天，巡警得去巡街，得去站岗，热死冻死都活该，那六块现大洋买着你的命呢！

记得在哪儿看见过这么一句：食不饱，力不足。不管这句在原地方讲的是什么吧，反正拿来形容巡警是没有多大错儿的。最可怜，又可笑的是我们既吃不饱，还得挺着劲儿，站在街上得像个样子！要饭的花子有时不饿也弯着腰，假充饿了三天三夜；反之，巡警却不饱也得鼓起肚皮，假装刚吃完三大碗鸡丝面似的。花子装饿倒有点道理，我可就是想不出巡警假装酒足饭饱有什么理由来，我只觉得这真可笑。

人们都不满意巡警的对付事，抹稀泥。哼！沫稀泥自有它的理由。不过，在细说这个道理之前，我愿先说件极可怕的事。有了这件可怕的事，我再反回头来细说那些理由，仿佛就更顺当，更生动。好！就这样办啦。

七

应当有月亮，可是教黑云给遮住了，处处都很黑。我正在个僻静的地方巡夜。我的鞋上钉着铁掌，那时候每个巡警又须带着一把东洋刀，四下里鸦雀无声，听着我自己的铁掌与佩刀的声响，我感到寂寞无聊，而且几乎有点害怕。眼前忽然跑过一只猫，或忽然听见一声鸟叫，都教我觉得不是味儿，勉强着挺起胸来，可是心中总空空虚虚的，仿佛将有些什么不幸的事情在前面等着我。不完全是害怕，又不完全气粗胆壮，就那么怪不得劲的，手心上出了点凉汗。平日，我很有点胆量，什么看守死尸，什么独自看管一所脏房，都算不了一回事。不知为什么这一晚上我这样胆虚，心里越要耻笑自己，便越觉得不定哪里藏着点危险。我不便放快了脚步，可是心中急切的希望快回，回到那有灯光与朋友的地方去。

忽然，我听见一排枪！我立定了，胆子反倒壮起来一点；真正的危险似乎倒可以治好了胆虚，惊疑不定才是恐惧的根源，我听着，像夜行的马竖起耳朵那样。又一排枪，又一排枪！没声了，我等着，听着，静寂得难堪。像看见闪电而等着雷声那样，我的心跳得很快。拍，拍，拍，拍，四面八方都响起来了！

我的胆气又渐渐的往下低落了。一排枪，我壮起气来；枪声太多了，真遇到危险了；我是个人，人怕死；我忽然的跑起来，跑了几步，猛的又立住，听一听，枪声越来越密，看不见什么，四下漆黑，只有枪声，不知为什么，不知在哪里，黑暗里只有我一个人，听着远处的枪响。往哪里跑？到底是什么事？应当想一想，又顾不得想；胆大也没用，没有主意就不会有胆量。还是跑吧，糊涂的乱动，总比呆立哆嗦着强。我跑，狂跑，手紧紧的握住佩刀。像受了惊的猫狗，不必想也知道往

16

家里跑。我已忘了我是巡警,我得先回家看看我那没娘的孩子去,要是死就死在一处!

要跑到家,我得穿过好几条大街。刚到了头一条大街,我就晓得不容易再跑了。街上黑黑忽忽的人影,跑得很快,随跑随着放枪。兵!我知道那是些辫子兵。而我才刚剪了发不多日子。我很后悔我没像别人那样把头发盘起来,而是连根儿烂真正剪去了辫子。假若我能马上放下辫子来,虽然这些兵们平素很讨厌巡警,可是因为我有辫子或者不至于把枪口冲着我来。在他们眼中,没有辫子便是二毛子,该杀。我没有了这么条宝贝!我不敢再动,只能藏在黑影里,看事行事。兵们在路上跑,一队跟着一队,枪声不停。我不晓得他们是干什么呢?待了一会儿,兵们好像是都过去了,我往外探了探头,见外面没有什么动静,我就像一只夜鸟儿似的飞过了马路,到了街的另一边。在这极快的穿过马路的一会儿里,我的眼梢撩着一点红光。十字街头起了火。我还藏在黑影里,不久,火光远远的照亮了一片;再探头往外看,我已可以影影抄抄的看到十字街口,所有四面把角的铺户已全烧起来,火影中那些兵们来回的奔跑,放着枪。我明白了,这是兵变。不久,火光更多了,一处接着一处,由光亮的距离我可以断定:凡是附近的十字口与丁字街全烧了起来。

说句该挨嘴巴的话,火是真好看!远处,漆黑的天上,忽然一白,紧跟着又黑了。忽然又一白,猛的冒起一个红团,有一块天像烧红的铁板,红得可怕。在红光里看见了多少股黑烟,和火舌们高低不齐的往上冒,一会儿烟遮住了火苗;一会儿火苗冲破了黑烟。黑烟滚着,转着,千变万化的往上升,凝成一片,罩住下面的火光,像浓雾掩住了夕阳。待一会儿,火光明亮了一些,烟也改成灰白色儿,纯净,旺炽,火苗不多,而光亮结成一片,照明了半个天。那近处的,烟与火中带着种种的响声,烟往高处起,火往四下里奔;烟像些丑恶的黑龙,火像些乱长乱钻的红铁笋。烟裹着火,火裹着烟,卷起多高,忽然离散,黑烟里落下无数的火花,或者三五个极大的火团。火花火团落下,烟像痛快轻松了一些,翻滚着向上冒。火团下降,在半空中遇到下面的火柱,又狂喜的往上跳跃,炸出无数火花。火团远落,遇到可以燃烧的东西,整个的再点起一把新火,新烟掩住旧火,一时变为黑暗;新火冲出了黑烟,与旧火联成一气,处处是火舌,火柱,飞舞,吐动,摇摆,颠狂。忽然哗啦一声,一架房倒下去,火星,焦炭,尘土,白烟,一齐飞扬,火苗压在下面,一齐在底下往横里吐射,像千百条探头吐舌的火蛇。静寂,静寂,火蛇慢慢的,忍耐的,往上翻。绕到上边来,与高处的火接到一处,通明,纯亮,忽忽的响着,要把人的心全照亮了似的。

我看着,不,不但看着,我还闻着呢!在种种不同的味道里,我咂摸着:这是那个金匾黑字的绸缎庄,那是那个山西人开的油酒店。由这些味道,我认识了那些不同的火团,轻而高飞的一定是茶叶铺的,迟笨黑暗的一定是布店的。这些买卖都不是我的,可是我都认得,闻着它们火葬的气味,看着它们火团的起落,我说

17

不上来心中怎样难过。

我看着,闻着,难过,我忘了自己的危险,我仿佛是个不懂事的小孩,只顾了看热闹,而忘了别的一切。我的牙打得很响,不是为自己害怕,而是对这奇惨的美丽动了心。

回家是没希望了。我不知道街上一共有多少兵,可是由各处的火光猜度起来,大概是热闹的街口都有他们。他们的目的是抢劫,可是顺着手儿已经烧了这么多铺户,焉知不就棍打腿的杀些人玩玩呢?我这剪了发的巡警在他们眼中还不和个臭虫一样,只须一搂枪机就完了,并不费多少事。

想到这个,我打算回到"区"里去,"区"离我不算远,只须再过一条街就行了。可是,连这个也太晚了。当枪声初起的时候,连贫带富,家家关了门;街上除了那些横行的兵们,简直成了个死城。及至火一起来,铺户里的人们开始在火影里奔走,胆大一些的立在街旁,看着自己的或别人的店铺燃烧,没人敢去救火,可也舍不得走开,只那么一声不出的看着火苗乱窜。胆小一些的呢,争着往胡同里藏躲,三五成群的藏在巷内,不时向街上探探头,没人出声,大家都哆嗦着。火越烧越旺了,枪声慢慢的稀少下来,胡同里的住户仿佛已猜到是怎么一回事,最先是有人开门向外望望,然后有人试着步往街上走。街上,只有火光人影,没有巡警,被兵们抢过的当铺与首饰店全大敞着门!……这样的街市教人们害怕,同时也教人们胆大起来;一条没有巡警的街正像是没有老师的学房,多么老实的孩子也要闹哄闹哄。一家开门,家家开门,街上人多起来;铺户已有被抢过的了,跟着抢吧!平日,谁能想到那些良善守法的人民会去抢劫呢?哼!机会一到,人们立刻显露了原形。说声抢,壮实的小伙子们首先进了当铺,金店,钟表行。男人们回去一趟,第二趟出来已挽夹上女人和孩子们。被兵们抢过的铺子自然不必费事,进去随便拿就是了;可是紧跟着那些尚未被抢过的铺户的门也拦不住谁了。粮食店,茶叶铺,百货店,什么东西也是好的,门板一律砸开。

我一辈子只看见了这么一回大热闹:男女老幼喊着叫着,狂跑着,拥挤着,争吵着,砸门的砸门,喊叫的喊叫,嗑喳!门板倒下去,一窝蜂似的跑进去,乱挤乱抓,压倒在地的狂号,身体利落的往柜台上蹿,全红着眼,全拼着命,全奋勇前进,挤成一团,倒成一片,散走全街。背着,抱着,扛着,曳着,像一片战胜的蚂蚁,昂首疾走,去而复归,呼妻唤子,前呼后应。

苦人当然出来了,哼!那中等人家也不甘落后呀!

贵重的东西先搬完了,煤米柴炭是第二拨。有的整坛的搬着香油,有的独自扛着两口袋面,瓶子罐子碎了一街,米面洒满了便道,抢啊!抢啊!抢啊!谁都恨自己只长了一双手,谁都嫌自己的腿脚太慢!有的人会推着一坛子白糖,连人带坛在地上滚,像屎壳郎推着个大粪球。

强中自有强中手,人是到处会用脑子的!有人拿出切菜刀来了,立在巷口等着:"放下!"刀晃了晃。口袋或衣服,放下了;安然的,不费力的,拿回家去。"放下！"不灵验，刀下去了，把面口袋砍破，下了一阵小雷，二人滚在一团。过路的急走，稍带着说了句："打什么，有的是东西！"两位明白过来，立起来向街头跑去。抢啊，抢啊！有的是东西！

我挤在了一群买卖人的中间，藏在黑影里。我并没说什么，他们似乎很明白我的困难，大家一声不出，而紧紧的把我包围住。不要说我还是个巡警，连他们买卖人也不敢抬起头来。他们无法去保护他们的财产与货物，谁敢出头抵抗谁就是不要命，兵们有枪，人民也有切菜刀呀！是的，他们低着头，好像倒怪羞惭似的。他们唯恐和抢劫的人们——也就是他们平日的照顾主儿——对了脸，羞恼成怒，在这没有王法的时候，杀几个买卖人总不算一回事呢！所以，他们也保护着我。想想看吧，这一带的居民大概不会不认识我吧！我三天两头的到这里来巡逻。平日，他们在墙根撒尿，我都要讨他们的厌，上前干涉；他们怎能不恨恶我呢！现在大家正在兴高采烈的白拿东西，要是遇见我，他们一人给我一砖头，我也就活不成了。即使他们不认识我，反正我是穿着制服，佩着东洋刀呀！在这个局面下，冒而咕咚的出来个巡警，够多么不合适呢！我满可以上前去道歉，说我不该这么冒失，他们能白白的饶了我吗？

街上忽然清静了一些，便道上的人纷纷往胡同里跑，马路当中走着七零八散的兵，都走得很慢；我摘下帽子，从一个学徒的肩上往外看了一眼，看见一位兵士，手里提着一串东西，像一串儿螃蟹似的。我能想到那是一串金银的镯子。他身上还有多少东西，不晓得，不过一定有许多硬货，因为他走得很慢。多么自然，多么可羡慕呢！自自然然的，提着一串镯子，在马路中心缓缓的走，有烧亮的铺户作着巨大的火把，给他们照亮了全城！

兵过去了，人们又由胡同里钻出来。东西已抢得差不多了，大家开始搬铺户的门板，有的去摘门上的匾额。我在报纸上常看见"彻底"这两个字，咱们的良民们打抢的时候才真正彻底呢！

这时候，铺户的人们才有出头喊叫的："救火呀！救火呀！别等着烧净了呀！"喊得教人一听见就要落泪！我身旁的人们开始活动。我怎么办呢？他们要是都去救火，剩下我这一个巡警，往哪儿跑呢？我拉住了一个屠户！他脱给了我那件满是猪油的大衫。把帽子夹在夹肢窝底下。一手握着佩刀，一手揪着大襟，我擦着墙根，逃回"区"里去。

八

我没去抢，人家所抢的又不是我的东西，这回事简直可以说和我不相干。可是，我看见了，也就明白了。明白了什么？我不会干脆的，恰当的，用一半句话说出来；我明白了点什么意思，这点意思教我几乎改变了点脾气。丢老婆是一件永远忘不了的事，现在它有了伴儿，我也永远忘不了这次的兵变。丢老婆是我自己的事，只须记在我的心里，用不着把家事国事天下事全拉扯上。这次的变乱是多少万人的事，只要我想一想，我便想到大家，想到全城，简直的我可以用这回事去断定许多的大事，就好像报纸上那样谈论这个问题那个问题似的。对了，我找到了一句漂亮的了。这件事教我看出一点意思，由这点意思我咂摸着许多问题。不管别人听得懂这句与否，我可真觉得它不坏。

我说过了：自从我的妻潜逃之后，我心中有了个空儿。经过这回兵变，那个空儿更大了一些，松松通通的能容下许多玩艺儿。还接着说兵变的事吧！把它说完全了，你也就可以明白我心中的空儿为什么大起来了。

当我回到宿舍的时候，大家还全没睡呢。不睡是当然的，可是，大家一点也不显着着急或恐慌，吸烟的吸烟，喝茶的喝茶，就好像有红白事熬夜那样。我的狼狈的样子，不但没引起大家的同情，倒招得他们直笑。我本排着一肚子话要向大家说，一看这个样子也就不必再言语了。我想去睡，可是被排长给拦住了："别睡！待一会儿，天一亮，咱们全得出去弹压地面！"这该轮到我发笑了；街上烧抢到那个样子，并不见一个巡警，等到天亮再去弹压地面，岂不是天大的笑话！命令是命令，我只好等到天亮吧！

还没到天亮，我已经打听出来：原来高级警官们都预先知道兵变的事儿，可是不便于告诉下级警官和巡警们。这就是说，兵变是警察们管不了的事，要变就变吧；下级警官和巡警们呢，夜间糊糊涂涂的照常去巡逻站岗，是生是死随他们去！这个主意够多么活动而毒辣呢！再看巡警们呢，全和我自己一样，听见枪声就往回跑，谁也不傻。这样巡警正好对得起这样警官，自上而下全是瞎打混的当"差事"，一点不假！

虽然很要困，我可是急于想到街上去看看，夜间那一些情景还都在我的心里，我愿白天再去看一眼，好比较比较，教我心中这张画儿有头有尾。天亮得似乎很慢，也许是我心中太急。天到底慢慢的亮起来，我们排上队。我又要笑，有的人居然把盘起来的辫子梳好了放下来，巡长们也作为没看见。有的人在快要排队的时候，还细细刷了刷制服，用布擦亮了皮鞋！街上有那么大的损失，还有人顾得擦亮了鞋呢。我怎能不笑呢！

到了街上，我无论如何也笑不出了！从前，我没真明白过什么叫作"惨"，这回才真晓得了。天上还有几颗懒得下去的大星，云色在灰白中稍微带出些蓝，清凉，暗淡。到处是焦糊的气味，空中游动着一些白烟。铺户全敞着门，没有一个整窗子，大人和小徒弟都在门口，或坐或立，谁也不出声，也不动手收拾什么，像一群没有主儿的傻羊。火已经停止住延烧，可是已被烧残的地方还静静的冒着白烟，吐着细小而明亮的火苗。微风一吹，那烧焦的房柱忽然又亮起来，顺着风摆开一些小火旗。最初起火的几家已成了几个巨大的焦土堆，山墙没有倒，空空的围抱着几座冒烟的坟头。最后燃烧的地方还都立着，墙与前脸全没塌倒，可是门窗一律烧掉，成了些黑洞。有一只猫还在这样的一家门口坐着，被烟熏的连连打嚏，可是还不肯离开那里。

平日最热闹体面的街口变成了一片焦木头破瓦，成群的焦柱静静的立着，东西南北都是这样，懒懒的，无聊的，欲罢不能的冒着些烟。地狱什么样？我不知道。大概这就差不多吧！我一低头，便想起往日街头上的景象，那些体面的铺户是多么华丽可爱。一抬头，眼前只剩了焦糊的那么一片。心中记得的景象与眼前看见的忽然碰到一处，碰出一些泪来。这就叫作"惨"吧？火场外有许多买卖人与学徒们呆呆的立着，手揣在袖里，对着残火发愣。遇见我们，他们只淡淡的看那么一眼，没有任何别的表示，仿佛他们已绝了望，用不着再动什么感情。

过了这一带火场，铺户全敞着门窗，没有一点动静，便道上马路上全是破碎的东西，比那火场更加凄惨。火场的样子教人一看便知道那是遭了火灾，这一片破碎静寂的铺户与东西使人莫名其妙，不晓得为什么繁华的街市会忽然变成绝大的垃圾堆。我就被派在这里站岗。我的责任是什么呢？不知道。我规规矩矩的立在那里，连动也不敢动，这破烂的街市仿佛有一股凉气，把我吸住。一些妇女和小孩子还在铺子外边拾取一些破东西，铺子的人不作声，我也不便去管；我觉得站在那里简直是多此一举。

太阳出来，街上显着更破了，像阳光下的叫化子那么丑陋。地上的每一个小物件都露出颜色与形状来，花哨的奇怪，杂乱得使人憋气。没有一个卖菜的，赶早市的，卖早点心的，没有一辆洋车，一匹马，整个的街上就是那么破破烂烂，冷冷清清，连刚出来的太阳都仿佛垂头丧气不大起劲，空空洞洞的悬在天上。一个邮差从我身旁走过去，低着头，身后扯着一条长影。我哆嗦了一下。

待了一会儿，段上的巡官下来了。他身后跟着一名巡警，两人都非常的精神在马路当中当当的走，好像得了什么喜事似的。巡官告诉我：注意街上的秩序，大令已经下来了！我行了礼，莫名其妙他说的是什么？那名巡警似乎看出来我的傻气，低声找补了一句：赶开那些拾东西的，大令下来了！我没心思去执行，可是不敢公然违抗命令，我走到铺户外边，向那些妇人孩子们摆了摆手，我说不出话来！

一边这样维持秩序，我一边往猪肉铺走，为是说一声，那件大褂等我给洗好了再送来。屠户在小肉铺门口坐着呢，我没想到这样的小铺也会遭抢，可是竟自成个空铺子了。我说了句什么，屠户连头也没抬。我往铺子里望了望：大小肉墩子，肉钩子，钱筒子，油盘，凡是能拿走的吧，都被人家拿走了，只剩下了柜台和架肉案子的土台！

我又回到岗位，我的头痛得要裂。要是老教我看着这条街，我知道不久就会疯了。

21

大令真到了。十二名兵，一个长官，捧着就地正法的令牌，枪全上着刺刀。呕！原来还是辫子兵啊！他们抢完烧完，再出来就地正法别人；什么玩艺儿呢？我还得给令牌行礼呀！

行完礼，我急快往四下里看，看看还有没有捡拾零碎东西的人，好警告他们一声。连屠户的木墩都搬了走的人民，本来值不得同情；可是被辫子兵们杀掉，似乎又太冤枉。

说时迟，那时快，一个十四五岁的男孩子没有走脱。枪刺围住了他，他手中还攥住一块木板与一只旧鞋。拉倒了，大刀亮出来，孩子喊了声"妈！"血溅出去多远，身子还抽动，头已悬在电线杆子上！

我连吐口唾沫的力量都没有了，天地都在我眼前翻转。杀人，看见过，我不怕。我是不平！我是不平！请记住这句，这就是前面所说过的，"我看出一点意思"的那点意思。想想看，把整串的金银镯子提回营去，而后出来杀个拾了双破鞋的孩子，还说就地正"法"呢！天下要有这个"法"，我×"法"的亲娘祖奶奶！请原谅我的嘴这么野，但是这种事恐怕也不大文明吧？

事后，我听人家说，这次的兵变是有什么政治作用，所以打抢的兵在事后还出来弹压地面。连头带尾，一切都是预先想好了的。什么政治作用？咱不懂！咱只想再骂街。可是，就凭咱这么个"臭脚巡"，骂街又有什么用呢！

九

简直我不愿再提这回事了，不过为圆上场面，我总得把问题提出来；提出来放在这里，比我聪明的人有的是，让他们自己去细咂摸吧！

怎么会"政治作用"里有兵变？

若是有意教兵来抢，当初干吗要巡警？

巡警到底是干吗的？是只管在街上小便的，而不管抢铺子的吗？

安善良民要是会打抢，巡警干吗去专拿小偷？

人们到底愿意要巡警不愿意？不愿意吧！为什么刚要打架就喊巡警，而且月月往外拿"警捐"？愿意吧！为什么又喜欢巡警不管事：要抢的好去抢，被抢的也一声不言语？

好吧，我只提出这么几个"样子"来吧！问题还多得很呢！我既不能去解决，也就不便再瞎叨叨了。这几个"样子"就真够教我糊涂的了，怎想怎不对，怎摸不清哪里是哪里，一会儿它有头有尾，一会儿又没头没尾，我这点聪明不够想这么大的事的。

我只能说这么一句老话,这个人民,连官儿,兵丁,巡警,带安善的良民,都"不够本"! 所以,我心中的空儿就更大了呀! 在这群"不够本"的人们里活着,就是个对付劲儿,别讲究什么"真"事儿,我算是看明白了。

　　还有个好字眼儿,别忘下:"汤儿事"。谁要是跟我一样,想不出什么好办法来,顶好用这个话,又现成,又恰当,而且可以不至把自己绕糊涂了。"汤儿事",完了;如若还嫌稍微秃一点呢,再补上"真他妈的",就挺合适。

十

　　不须再发什么议论,大概谁也能看清楚咱们国的人是怎回事了。由这个再谈到警察,稀松二五眼正是理之当然,一点也不出奇。就拿抓赌来说吧:早年间的赌局都是由顶有字号的人物作后台老板;不但官面上不能够抄拿,就是出了人命也没有什么了不得的;赌局里打死人是常有的事。赶到有了巡警之后,赌局还照旧开着,敢去抄吗? 这谁也能明白,不必我说。可是,不抄吧,又太不像话;怎么办呢? 有主意,检着那老实的办几案,拿几个老头儿老太太,抄去几打儿纸牌,罚上十头八块的。巡警呢,算交上了差事;社会上呢,大小也有个风声,行了。拿这一件事比方十件事,警察自从一开头就是抹稀泥。它养着一群混饭吃的人,作些个混饭吃的事。社会上既不需要真正的巡警,巡警也犯不上为六块钱卖命。这很清楚。

　　这次兵变过后,我们的困难增多了老些。年轻的小伙子们,抢着了不少的东西,总算发了邪财。有的穿着两件马褂,有的十个手指头戴着十个戒指,都扬扬得意的在街上扭,斜眼看着巡警,鼻子里哽哽的哼白气。我只好低下头去,本来吗,那么大的阵式,我们巡警都一声没出,事后还能怨人家小看我们吗? 赌局到处都是,白抢来的钱,输光了也不折本儿呀! 我们不敢去抄,想抄也抄不过来,太多了。我们在墙儿外听见人家里面喊"人九","对子",只作为没听见,轻轻的走过去。反正人们在院儿里头耍,不到街上来就行。哼! 人们连这点面子也不给咱们留呀! 那穿两件马褂的小伙子们偏要显出一点也不怕巡警——他们的祖父,爸爸,就没怕过巡警,也没见过巡警,他们为什么这辈子应当受巡警的气呢? ——单要来到街上赌一场。有骰子就能开宝,蹲在地上就玩起活来。有一对石球就能踢,两人也行,五个人也行,"一毛钱一脚,踢不踢? 好啦! '倒回来!'"拍,球碰了球,一毛。耍儿真不小呢,一点钟里也过手好几块。这都在我们鼻子底下,我们管不管呢? 管吧! 一个人,只佩着连豆腐也切不齐的刀,而赌家老是一帮年轻的小伙子。明人不吃眼前亏,巡警得绕着道儿走过去,不管的为是。可是，不幸，遇见了稽察，"你难道瞎了眼，看不见他们聚赌?"回去，至轻是记一过。这份儿委屈上哪儿诉去呢?

这样的事还多得很呢!以我自己说，我要不是佩着那么把破刀，而是拿着把手枪，跟谁我也敢碰碰，六块钱的饷银自然合不着卖命，可是泥人也有个土性，架不住碰在气头儿上。可是，我摸不着手枪，枪在土匪和大兵手里呢。

明明看见了大兵坐了车不给钱，而且用皮带抽洋车夫，我不敢不笑着把他劝了走。他有枪，他敢放，打死个巡警算得了什么呢!有一年，在三等窑子里，大兵们打死了我们三位弟兄，我们连凶首也没要出来。三位弟兄白白的死了，没有一个抵偿的，连一个挨几十军棍的也没有!他们的枪随便放，我们赤手空拳，我们这是文明事儿呀!

总而言之吧，在这么个以蛮横不讲理为荣，以破坏秩序为增光耀祖的社会里，巡警简直是多余。明白了这个，再加上我们前面所说过的食不饱力不足那一套，大概谁也能明白个八九成了。我们不抹稀泥，怎么办呢?我——我是个巡警——并不求谁原谅，我只是愿意这么说出来，心明眼亮，好教大家心里有个谱儿。

爽性我把最泄气的也说了吧:

当过了一二年差事，我在弟兄们中间已经是个了不得的人物。遇见官事，长官们总教我去挡头一阵。弟兄们并不因此而忌妒我，因为对大家的私事我也不走在后边。这样，每逢出个排长的缺，大家总对我咕唧:"这回一定是你补缺了!"仿佛他们非常希望要我这么个排长似的。虽然排长并没落在我身上，可是我的才干是大家知道的。

我的办事诀窍，就是从前面那一大堆话中抽出来的。比方说吧，有人来报被窃，巡长和我就去察看。糙糙的把门窗户院看一过儿，顺口搭音就把我们在哪儿有岗位，夜里有几趟巡逻，都说得详详细细，有滋有味，仿佛我们比谁都精细，都卖力气。然后，我门窗不甚严密的地方，话软而意思硬的开始反攻:"这扇门可不大保险，得安把洋锁吧?告诉你，安锁要往下安，门坎那溜儿就很好，不容易教贼摸到。屋里养着条小狗也是办法，狗圈在屋里，不管是多么小，有动静就会汪汪，比院里放着三条大狗还有用。先生你看，我们多留点神，你自己也得注点意，两下一凑合，准保丢不了东西了。好吧，我们回去，多派几名下夜的就是了;先生歇着吧!"这一套，把我们的责任卸了，他就赶紧得安锁养小狗;遇见和气的主儿呢，还许给我们泡壶茶喝。这就是我的本事。怎么不负责任，而且不教人看出抹稀泥来，我就怎办。话要说得好听，甜嘴蜜舌的把责任全推到一边去，准保不招灾不惹祸。弟兄们都会这一套，可是他们的嘴与神气差着点劲儿。一句话有多少种说法，把神气弄对了地方，话就能说出去又拉回来，像有弹簧似的。这点，我比他们强，而且他们还是学不了去，这是天生来的才分!

赶到我独自下夜，遇见贼，你猜我怎么办?我呀!把佩刀攥在手里，省得有响声;他爬他的墙,我走我的路,各不相扰。好吗,真要教他记恨上我,藏在黑影儿里给我一砖,我受得了吗?那谁,傻王九,不是瞎了一只眼吗?他还不是为拿贼呢!有一天,他和董志和在街口上强迫给人们剪发,一人手里一把剪刀,见着带小辫的,拉过来就是一剪子。哼!教人家记上了。等傻王九走单了的时候,人家照准了他的眼就是一把石灰:"让你剪我的发,×你妈妈的!"他的眼就那么瞎了一只。你说,这差事要不像我那么去当,还活着不活着呢?凡是巡警们以为该干涉的,人们都以为是"狗拿耗子多管闲事",有什么法子呢?

我不能像傻王九似的,平白无故的丢去一只眼睛,我还留着眼睛看这个世界呢!轻手蹑脚的躲开贼,我的心里并没闲着,我想我那俩没娘的孩子,我算计这一个月的嚼谷。也许有人一五一十的算计,而用洋钱作单位吧?我呀,得一个铜子一个铜子的算。多几个铜子,我心里就宽绰;少几个,我就得发愁。还拿贼,谁不穷呢?穷到无路可走,谁也会去偷,肚子才不管什么叫作体面呢!

十一

这次兵变过后,又有一次大的变动:大清国改为中华民国了。改朝换代是不容易遇上的,我可是并没觉得这有什么意思。说真的,这百年不遇的事情,还不如兵变热闹呢。据说,一改民国,凡事就由人民主管了;可是我没看见。我还是巡警,饷银没有增加,天天出来进去还是那一套。原先我受别人的气,现在我还是受气;原先大官儿们的车夫仆人欺负我们,现在新官儿手底下的人也并不和气。"汤儿事"还是"汤儿事",倒不因为改朝换代有什么改变。可也别说,街上剪发的人比从前多了一些,总得算作一点进步吧。牌九押宝慢慢的也少起来,贫富人家都玩"麻将"了,我们还是照样的不敢去抄赌,可是赌具不能不算改了良,文明了一些。

民国的民倒不怎样,民国的官和兵可了不得!像雨后的蘑菇似的,不知道哪儿来的这么些官和兵。官和兵本不当放在一块儿说,可是他们的确有些相像的地方。昨天还一脚黄土泥,今天作了官或当了兵,立刻就瞪眼;越糊涂,眼越瞪得大,好像是糊涂灯,糊涂得透亮儿。这群糊涂玩艺儿听不懂哪叫好话,哪叫歹话,无论你说什么;他们总是横着来。他们糊涂得教人替他们难过,可是他们很得意。有时候他们教我都这么想了:我这辈大概作不了文官或是武官啦!因为我糊涂的不够程度!

几乎是个官儿就可以要几名巡警来给看门护院,我们成了一种保镖的,挣着公家的钱,可为私人作事。我便被派到宅门里去。从道理上说,为官员看守私宅简直不能算作差事;从实利上讲,巡警们可都愿意这么被派出来。我一被派出来,就拔升为"三等警";"招募警"还没有被派出来的资格呢!我到这时候才算入了"等"。再说呢,宅门的事情清闲,除了站门,守夜,没有别的事可作;至少一年可以省出一双皮鞋来。事情少,而且外带着没有危险;宅里的老爷与太太若打起架来,用不着我们去劝,自然也就不会把我们打在底下而受点误伤。巡夜呢,不过是绕着宅子走两圈,准保遇不上贼;墙高狗厉害,小贼不能来,大贼不便于来——大贼找退职的官儿去偷,既有油水,又不至于引起官面严拿;他们不惹有势力的现任官。在这里,不但用不着去抄赌,我们反倒保护着老爷太太们打麻将。遇到宅里请客玩牌,我们就更清闲自在:宅门外放着一片车马,宅里到处亮如白昼,仆人来往如梭,两三桌麻将,四五盏烟灯,彻夜的闹哄,绝不会闹贼,我们就睡大觉,等天亮散局的时候,我们再出来站门行礼,给老爷们助威。要赶上宅里有红白事,我们就更合适:喜事唱戏,我们跟着白听戏,准保都是有名的角色,在戏园子里绝听不到这么齐全。丧事呢,虽然没戏可听,可是死人不能一半天就抬出去,至少也得停三四十天,念好几棚经;好了,我们就跟着吃吧;他们死人,咱们就吃犒劳。怕就怕死小孩,既不能开吊,又得听着大家呕呕的真哭。其次是怕小姐偷偷跑了,或姨太太有了什么大错而被休出去,我们捞不着吃喝看戏,还得替老爷太太们怪不得劲儿的!

　　教我特别高兴的,是当这路差事,出入也随便了许多,我可以常常回家看看孩子们。在"区"里或"段"上,请会儿浮假都好不容易,因为无论是在"内勤"或"外勤",工作是刻板儿排好了的,不易调换更动。在宅门里,我站完门便没了我的事,只须对弟兄们说一声就可以走半天。这点好处常常教我害怕,怕再调回"区"里去;我的孩子们没有娘,还不多教他们看看父亲吗?

　　就是我不出去,也还有好处。我的身上既永远不疲乏,心里又没多少事儿,闲着干什么呢?我呀,宅上有的是报纸,闲着就打头到底的念。大报小报,新闻社论,明白吧不明白吧,我全念,老念。这个,帮助我不少,我多知道了许多的事,多识了许多的字。有许多字到如今我还念不出来,可是看惯了,我会猜出它们的意思来,就好像街面上常见着的人,虽然叫不上姓名来,可是彼此怪面善。除了报纸,我还满世界去借闲书看。不过,比较起来,还是念报纸的益处大,事情多,字眼儿杂,看着开心。唯其事多字多,所以才费劲;念到我不能明白的地方,我只好再拿起闲书来了。闲书老是那一套,看了上回,猜也会猜到下回是什么事;正因为它这样,所以才不必费力,看着玩玩就算了。报纸开心,闲书散心,这是我的一点经验。

　　在门儿里可也有坏处:吃饭就第一成了问题。在"区"里或"段"上,我们的伙食钱是由饷银里坐地儿扣,好歹不拘,天天到时候就有饭吃。派到宅门里来呢,一共三五个人,绝不能找厨子包办伙食,没有厨子肯包这么小的买卖的。宅里的厨房呢,又不许我们用;人家老爷们要巡警,因为知道可以白使唤几个穿制服的人,并不大管这群人有肚子没有。我们怎办呢?自己起灶,作不到,买一堆盆碗锅勺,知道哪时就又被调了走呢?再说,人家门头上要巡警原为体面好看,好,我们若是给人家弄得盆朝天碗朝地,刀勺乱响,成何体统呢?没法子,只好买着吃。

这可够别扭的。手里若是有钱,不用说,买着吃是顶自由了,爱吃什么就叫什么,弄两盅酒儿伍的,叫俩可口的菜,岂不是个乐子?请别忘了,我可是一月才共总进六块钱!吃的苦还不算什么,一顿一顿想主意可真教人难过,想着想着我就要落泪。我要省钱,还得变个样儿,不能老啃干馍馍辣饼子,像填鸭子似的。省钱与可口简直永远不能碰到一块,想想钱,我认命吧,还是弄几个干烧饼,和一块老腌萝卜,对付一下吧;想到身子,似乎又不该如此。想,越想越难过,越不能决定;一直饿到太阳平西还没吃上午饭呢!

我家里还有孩子呢!我少吃一口,他们就可以多吃一口,谁不心疼孩子呢?吃着包饭,我无法少交钱;现在我可以自由的吃饭了,为什么不多给孩子们省出一点来呢?好吧,我有八个烧饼才够,就硬吃六个,多喝两碗开水,来个"水饱"!我怎能不落泪呢!

看看人家宅门里吧,老爷挣钱没数儿!是呀,只要一打听就能打听出来他拿多少薪俸,可是人家绝不指着那点固定的进项,就这么说吧,一月挣八百块的,若是干挣八百块,他怎能那么阔气呢?这里必定有文章。这个文章是这样的,你要是一月挣六块钱,你就死挣那个数儿,你兜儿里忽然多出一块钱来,都会有人斜眼看你,给你造些谣言。你要是能挣五百块,就绝不会死挣这个数儿,而且你的钱越多,人们越佩服你。这个文章似乎一点也不合理,可是它就是这么作出来的,你爱信不信!

报纸与宣讲所里常常提倡自由;事情要是等着提倡,当然是原来没有。我原没有自由;人家提倡了会子,自由还没来到我身上,可是我在宅门里看见它了。民国到底是有好处的,自己有自由没有吧,反正看见了也就得算开了眼。

你瞧,在大清国的时候,凡事都有个准谱儿;该穿蓝布大褂的就得穿蓝布大褂,有钱也不行。这个,大概就应叫作专制吧!一到民国来,宅门里可有了自由,只要有钱,你爱穿什么,吃什么,戴什么,都可以,没人敢管你。所以,为争自由,得拚命的去搂钱;搂钱也自由,因为民国没有御史。你要是没在大宅门待过,大概你还不信我的话呢,你去看看好了。现在的一个小官都比老年间的头品大员多享着点福:讲吃的,现在交通方便,山珍海味随便的吃,只要有钱。吃腻了这些还可以拿西餐洋酒换换口味;哪一朝的皇上大概也没吃过洋饭吧?讲穿的,讲戴的,讲看的听的,使的用的,都是如此;坐在屋里你可以享受全世界最好的东西。如今享福的人才真叫作享福,自然如今搂钱也比从前自由的多。别的我不敢说,我准知道宅门里的姨太太擦五十块钱一小盒的香粉,是由什么巴黎来的;巴黎在哪儿?我不知道,反正那里来的粉是很贵。我的邻居李四,把个胖小子卖了,才得到四十块钱，足见这香粉贵到什么地步了，一定是又细又香呀，一定！

好了，我不再说这个了；紧自贫嘴恶舌，倒好像我不赞成自由似的，那我哪敢呢！

我再从另一方面说几句，虽然还是话里套话，可是多少有点变化，好教人听着不俗气厌烦。刚才我说人家宅门里怎样自由，怎样阔气，谁可也别误会了人家作老爷的就整天的大把往外扔洋钱，老爷们才不这么傻呢！是呀，姨太太擦比一个小孩还贵的香粉，但是姨太太是姨太太，姨太太有姨太太的造化与本事。人家作老爷的给姨太太买那么贵的粉，正因为人家有地方可以抠出来。你就这么说吧，好比你作了老爷，我就能按着宅门的规矩告诉你许多诀窍：你的电灯，自来水，煤，电话，手纸，车马，天棚，家具，信封信纸，花草，都不用花钱；最后，你还可以白使唤几名巡警。这是规矩，你要不明白这个，你简直不配作老爷。告诉你一句到底的话吧，作老爷的要空着手儿来，满膛满馅的去，就好像刚惊蛰后的臭虫，来的时候是两张皮，一会儿就变成肚大腰圆，满兜儿血。这个比喻稍粗一点，意思可是不错。自由的搂钱，专制的省钱，两下里一合，你的姨太太就可以擦巴黎的香粉了。这句话也许说得太深奥了一些，随便吧！你爱懂不懂。

这可就该说到我自己了。按说，宅门里白使唤了咱们一年半载，到节了年了的，总该有个人心，给咱们哪怕是顿犒劳饭呢，也大小是个意思。哼！休想！人家作老爷的钱都留着给姨太太花呢，巡警算哪道货？等咱被调走的时候，求老爷给"区"里替我说句好话，咱都得感激不尽。

你看，命令下来，我被调到别处。我把铺盖卷打好，然后恭而敬之的去见宅上的老爷。看吧，人家那股子劲儿大了去啦！带理不理的，倒仿佛我偷了他点东西似的。我托咐了几句：求老爷顺便和"区"里说一声，我的差事当得不错。人家微微的一抬眼皮，连个屁都懒得放。我只好退出来了，人家连个拉铺盖的车钱也不给；我得自己把它扛了走。这就是他妈的差事，这就是他妈的人情！

十二

机关和宅门里的要人越来越多了。我们另成立了警卫队，一共有五百人，专作那义务保镖的事。为是显出我们真能保卫老爷们，我们每人有一杆洋枪，和几排子弹。对于洋枪——这些洋枪——我一点也不感觉兴趣；它又沉，又老，又破，我摸不清这是由哪里找来的一些专为压人肩膀，而一点别的用处没有的玩艺儿。我的子弹老在腰间围着，永远不准往枪里搁；到了什么大难临头，老爷们都逃走了的时候，我们才安上刺刀。

这可并非是说，我可以完全不管那枝破家伙；它虽然是那么破，我可得给它支使着。枪身里外，连刺刀，都得天天擦；即使永远擦不亮，我的手可不能闲着。心到神知！再说，有了枪，身上也就多了些玩艺儿，皮带，刺刀鞘，子弹袋子，全得弄得利落抹腻，不能像猪八戒挎腰刀那么懈懈松松的，还得打裹腿呢！

多出这么些事来，肩膀上添了七八斤的分量，我多挣了一块钱；现在我是一个月挣七块大洋了，感谢天地！

七块钱，扛枪，打裹腿，站门，我干了三年多。由这个宅门串到那个宅门，由这个衙门调到那个衙门；老爷们出来，我行礼；老爷进去，我行礼。这就是我的差事。这种差事才毁人呢：你说没事作吧，又有事；说有事作吧，又没事。还不如上街站岗去呢。在街上，至少得管点事，用用心思。在宅门或衙门，简直永远不用费什么一点脑子。赶到在闲散的衙门或汤儿事的宅子里，连站门的时候都满可以随便，挂着枪立着也行，抱着枪打盹也行。这样的差事教人不起一点儿劲，它生生的把人耗疲了。一个当仆人的可以有个盼望，哪儿的事情甜就想往哪儿去，我们当这份儿差事，明知一点好来头没有，可是就那么一天天的穷耗，耗得连自己都看不起自己。按说，这么空闲无事，就应当吃得白白胖胖，也总算个体面呀。哼！我们并蹲不出膘儿来。我们一天老绕着那七块钱打算盘，穷得揪心。心要是揪上，还怎么会发胖呢？以我自己说吧，我的孩子已到上学的年岁了，我能不教他去吗？上学就得花钱，古今一理，不算出奇，可是我上哪里找这份钱去呢？作官的可以白占许多许多便宜，当巡警的连孩子白念书的地方也没有。上私塾吧，学费节礼，书籍笔墨，都是钱。上学校吧，制服，手工材料，种种本子，比上私塾还费的多。再说，孩子们在家里，饿了可以掰一块窝窝头吃；一上学，就得给点心钱，即使咱们肯教他揣着块窝窝头去，他自己肯吗？小孩的脸是更容易红起来的。

我简直没办法。这么大个活人，就会干瞪着眼睛看自己的儿女在家里荒荒着！我这辈无望了，难道我的儿女应当更不济吗？看着人家宅门的小姐少爷去上学，喝！车接车送，到门口还有老妈子丫环来接书包，抱进去，手里拿着橘子苹果，和新鲜的玩具。人家的孩子这样，咱的孩子那样；孩子不都是将来的国民吗？我真想辞差不干了。我楞当仆人去，弄俩零钱，好教我的孩子上学。

可是人就是别入了辙，入到哪条辙上便一辈子拔不出腿来。当了几年的差事——虽然是这样的差事——我事事入了辙，这里有朋友，有说有笑，有经验，它不教我起劲，可是我也仿佛不大能狠心的离开它。再说，一个人的虚荣心每每比金钱还有力量，当惯了差，总以为去当仆人是往下走一步，虽然可以多挣些钱。这可笑，很可笑，可是人就是这么个玩艺儿。我一跟朋友们说这个，大家都摇头。有的说，大家混的都很好的，干吗去改行？有的说，这山望着那山高，咱们这些苦人干什么也发不了财，先忍着吧！有的说，人家中学毕业生还有当"招募警"的呢，咱们有这个差事当，就算不错；何必呢？连巡官都对我说了：好歹混着吧，这是差事;凭你的本事,日后总有升腾!大家这么一说,我的心更活了,仿佛我要是固执起来,倒不大对得住朋友似的。好吧,还往下混吧。小孩念书的事呢?没有下文!

不久,我可有了个好机会。有位冯大人哪,官职大得很,一要就要十二名警卫:四名看门,四名送信跑道,四名作跟随。这四名跟随得会骑马。那时候,汽车还没出世,大官们都讲究坐大马车。在前清的时候,大官坐轿或坐车,不是前有顶马,后有跟班吗?这位冯大人愿意恢复这点官威,马车后得有四名带枪的警卫。敢情会骑马的人不好找,找遍了全警卫队,才找到了三个;三条腿不大像话,连巡官都急得直抓脑袋。我看出便宜来了:骑马,自然得有粮钱哪!为我的小孩念书起见,我得冒下子险,假如从马粮钱里能弄出块儿八毛的来,孩子至少也可以去私塾了。按说,这个心眼不甚好,可是我这是卖着命,我并不会骑马呀!我告诉了巡官,我愿意去。他问我会骑马不会?我没说我会,也没说我不会;他呢,反正找不到别人,也就没究根儿。

有胆子,天下便没难事。当我头一次和马见面的时候,我就合计好了:摔死呢,孩子们入孤儿院,不见得比在家里坏;摔不死呢,好,孩子们可以念书去了。这么一来,我就先不怕马了。我不怕它,它就得怕我,天下的事不都是如此吗?再说呢,我的腿脚利落,心里又灵,跟那三位会骑马的瞎扯巴了一会儿,我已经把骑马的招数知道了不少。找了匹老实的,我试了试,我手心里攥着把汗,可是硬说我有了把握。头几天,我的罪过真不小,浑身像散了一般,屁股上见了血。我咬了牙。等到伤好了,我的胆子更大起来,而且觉出来骑马的快乐。跑,跑,车多快,我多快,我算是治服了一种动物!

我把马治服了,可是没把粮草钱拿过来,我白冒了险。冯大人家中有十几匹马呢,另有看马的专人,没有我什么事。我几乎气病了。可是,不久我又高兴了:冯大人的官职是这么大,这么多,他简直没有回家吃饭的工夫。我们跟着他出去,一跑就是一天。他当然喽,到处都有饭吃,我们呢?我们四个人商议了一下,决定跟他交涉,他在哪里吃饭,也得有我们的。冯大人这个人心眼还不错,他很爱马,爱面子,爱手下的人。我们一对他说,他马上答应了。这个,可是个便宜。不用往多里说。我们要是一个月准能在外边白吃半月的饭,我们不就省下半个月的饭钱吗?我高了兴!

冯大人,我说,很爱面子。当我们去见他交涉饭食的时候,他细细看了看我们。看了半天,他摇了摇头,自言自语的说:"这可不行!"我以为他是说我们四个人不行呢,敢情不是。他登时要笔墨,写了个条子:"拿这个见总队长去,教他三天内都办好!"把条子拿下来,我们看了看,原来是教队长给我们换制服:我们平常的制服是斜纹布的,冯大人现在教换呢子的;袖口,裤缝,和帽箍,一律要安金绦子。靴子也换,要过膝的马靴。枪要换上马枪,还另外给一人一把手枪。看完这个条子,连我们自己都觉得不合适:长官们才能穿呢衣,镶金绦,我们四个是巡警,怎能平白无故的穿上这一套呢?自然,我们不能去教冯大人收回条子去,可是我们也怪不好意思去见总队长。总队长要是不敢违抗冯大人,他满可以对我们四个人发发脾气呀!

你猜怎么着?总队长看了条子,连大气没出,照话而行,都给办了。你就说冯大人有多么大的势力吧!喝!我们四个人可抖起来了,真正细黑呢制服,镶着黄登登的金绦,过膝的黑皮长靴,靴后带着白亮亮的马刺,马枪背在背后,手枪挎在身旁,枪匣外搭拉着长杏黄穗子。简直可以这么说吧,全城的巡警的威风都教我们四个人给夺过来了。我们在街上走,站岗的巡警全都给我们行礼,以为我们是大官儿呢!

当我作裱糊匠的时候,稍微讲究一点的烧活,总得糊上匹菊花青的大马。现在我穿上这么抖的制服,我到马棚去挑了匹菊花青的马,这匹马非常的闹手,见了人是连啃带踢;我挑了它,因为我原先糊过这样的马,现在我得骑上匹活的;菊花青,多么好看呢!这匹马闹手,可是跑起来真作脸,头一低,嘴角吐着点白沫,长鬃象风吹着一垄春麦,小耳朵立着像俩小瓢儿;我只须一认镫,它就要飞起来。这一辈子,我没有过什么真正得意的事;骑上这匹菊花青大马,我必得说,我觉到了骄傲与得意!

按说,这回的差事总算过得去了,凭那一身衣裳与那匹马还不值得高高兴兴的混吗?哼!新制服还没穿过三个月,冯大人吹了台,警卫队也被解散;我又回去当三等警了。

十三

警卫队解散了。为什么?我不知道。我被调到总局里去当差,并且得了一面铜片的奖章,仿佛是说我在宅门里立下了什么功劳似的。在总局里,我有时候管户口册子,有时候管铺捐的账簿,有时候值班守大门,有时候看管军装库。这么二三年的工夫,我又把局子里的事情全明白了个大概。加上我以前在街面上,衙门口和宅门里的那些经验,我可以算作个百事通了,里里外外的事,没有我不晓得的。要提起警务,我是地道内行。可是一直到这个时候,当了十年的差,我才升到头等警,每月挣大洋九元。

大家伙或者以为巡警都是站街的,年轻轻的好管闲事。其实,我们还有一大群人在区里局里藏着呢。假若有一天举行总检阅,你就可以看见些稀奇古怪的巡警:罗锅腰的,近视眼的,掉了牙的,瘸着腿的,无奇不有。这些怪物才真是巡警中的盐,他们都有资格有经验,识文断字,一切公文案件,一切办事的诀窍,都在他们手里呢。要是没有他们，街上的巡警就非乱了营不可。这些人，可是永远不会升腾起来；老给大家办事，一点起色也没有，平生连出头露面的体面一次都没有过。他们任劳任怨的办事，一直到他们老得动不了窝，老是头等警，挣九块大洋。多嚓你在街上看见：穿着洗得很干净的灰布大褂，脚底下可还穿着巡警的皮鞋，用脚后跟慢慢的走，仿佛支使不动那双鞋似的，那就准是这路巡警。他们有时候也到大"酒缸"上，喝一个"碗酒"，就着十几个花生豆儿，挺有规矩，一边往下咽那点辣水，一边叹着气。头发已经有些白的了，嘴巴儿可还刮得很光，猛看很像个太监。他们很规则，和蔼，会作事，他们连休息的时候还得穿着那双不得人心的鞋！

跟这群人在一处办事，我长了不少的知识。可是，我也有点害怕：莫非我也就这样下去了吗？他们够多么可爱，又多么可怜呢！看着他们，我心中时常忽然凉那么一下，教我半天说不上话来。不错，我比他们都年岁小，也不见得比他们不精明，可是我有希望没有呢？年岁小？我也三十六了！

这几年在局子里可也有一样好处，我没受什么惊险。这几年，正是年年春秋准打仗的时期，旁人受的罪我先不说，单说巡警们就真够瞧的。一打仗，兵们就成了阎王爷，而巡警头朝了下！要粮，要车，要马，要人，要钱，全交派给巡警，慢一点送上去都不行。一说要烙饼一万斤，得，巡警就得挨着家去到切面铺和烙烧饼的地方给要大饼；饼烙得，还得押着清道夫给送到营里去；说不定还挨几个嘴巴回来！

要单是这么伺候着兵老爷们，也还好；不，兵老爷们还横反呢。凡是有巡警的地方，他们非捣乱不可，巡警们管吧不好，不管吧也不好，活受气。世上有糊涂人，我晓得；但是兵们的糊涂令我不解。他们只为逞一时的字号，完全不讲情理；不讲情理也罢，反正得自己别吃亏呀；不，他们连自己吃亏不吃亏都看不出来，你说天下哪里再找这么糊涂的人呢。就说我的表弟吧，他已当过十多年的兵，后来几年还老是排长，按说总该明白点事儿了。哼！那年打仗，他押着十几名俘虏往营里送。喝！他得意非常的在前面领着，仿佛是个皇上似的。他手下的弟兄都看出来，为什么不先解除了俘虏的武装呢？他可就是不这么办，拍着胸膛说一点错儿没有。走到半路上，后面响了枪，他登时就死在了街上。他是我的表弟，我还能盼着他死吗？可是这股子糊涂劲儿，教我也没法抱怨开枪打他的人。有这样一个例子，你也就能明白一点兵们是怎样的难对付了。你要是告诉他，汽车别往墙上开，好啦，他就非去碰碰不可，把他自己碰死倒可以，他就是不能听你的话。

在总局里几年，没别的好处，我算是躲开了战时的危险与受气。自然罗！一打仗，煤米柴炭都涨价儿，巡警们也随着大家一同受罪，不过我可以安坐在公事房里，不必出去对付大兵们，我就得知足。

可是，在局里我又怕一辈子就窝在那里，永没有出头之日，有人情，可以升腾

32

起来;没人情而能在外边拿贼办案,也是个路子,我既没人情,又不到街面上去,打哪儿升高一步呢?我越想越发愁。

十四

到我四十岁那年,大运亨通,我补了巡长!我顾不得想已经当了多少年的差,卖了多少力气,和巡长才挣多少钱;都顾不得想了。我只觉得我的运气来了!

小孩子拾个破东西,就能高兴的玩耍半天,所以小孩子能够快乐。大人们也得这样,或者才能对付着活下去。细细一想,事情就全糟。我升了巡长,说真的,巡长比巡警才多挣几块钱呢?挣钱不多,责任可有多么大呢!往上说,对上司们事事得说出个谱儿来;往下说,对弟兄们得又精明又热诚;对内说,差事得交得过去;对外说,得能不软不硬的办了事。这,比作知县难多了。县长就是一个地方的皇上,巡长没那个身分,他得认真办事,又得敷衍事,真真假假,虚虚实实,哪一点没想到就出蘑菇。出了蘑菇还是真糟,往上升腾不易呀,往下降可不难呢。当过了巡长再降下来,派到哪里去也不吃香:弟兄们咬吃,喝!你这作过巡长的,……这个那个的扯一堆。长官呢,看你是刺儿头,故意的给你小鞋穿,你怎么忍也忍不下去。怎办呢?哼!由巡长而降为巡警,顶好干脆卷铺盖家去,这碗饭不必再吃了。可是,以我说吧,四十岁才升上巡长,真要是卷了铺盖,我干吗去呢?

真要是这么一想,我登时就得白了头发。幸而我当时没这么想,只顾了高兴,把坏事儿全放在了一旁。我当时倒这么想:四十作上巡长,五十——哪怕是五十呢!——再作上巡官,也就算不白当了差。咱们非学校出身,又没有大人情,能作到巡官还算小吗?这么一想,我简直的拚了命,精神百倍的看着我的事,好像看着颗夜明珠似的!

作了二年的巡长,我的头上真见了白头发。我并没细想过一切,可是天天揪着心,唯恐哪件事办错了,担了处分。白天,我老喜笑颜开的打着精神办公;夜间,我睡不实在,忽然想起一件事,我就受了一惊似的,翻来覆去的思索;未必能想出办法来,我的困意可也就不再回来了。

公事而外,我为我的儿女发愁:儿子已经二十了,姑娘十八。福海——我的儿子——上过几天私塾,几天贫儿学校,几天公立小学。字吗,凑在一块儿他大概能念下来第二册国文;坏招儿,他可学会了不少,私塾的,贫儿学校的,公立小学的,他都学来了,到处准能考一百分,假若学校里考坏招数的话。本来吗,自幼失了娘,我又终年在外边瞎混,他可不是爱怎么反就怎么反啵。我不恨铁不成钢去责备他,也不抱怨任何人,我只恨我的时运低,发不了财,不能好好的教育他。

我不算对不起他们，我一辈子没给他们弄个后娘，给他们气受。至于我的时运不济，只能当巡警，那并非是我的错儿，人还能大过天去吗？

福海的个子可不小，所以很能吃呀！一顿胡搂三大碗芝麻酱拌面，有时候还说不很饱呢！就凭他这个吃法，他再有我这么两份儿爸爸也不中用！我供给不起他上中学，他那点"秀气"也没法考上。我得给他找事作。哼！他会作什么呢？

从老早，我心里就这么嘀咕：我的儿子楞可去拉洋车，也不去当巡警；我这辈子当够了巡警，不必世袭这份差事了！在福海十二三岁的时候，我教他去学手艺，他哭着喊着的一百个不去。不去就不去吧，等他长两岁再说；对个没娘的孩子不就得格外心疼吗？到了十五岁，我给他找好了地方去学徒，他不说不去，可是我一转脸，他就会跑回家来。几次我送他走，几次他偷跑回来。于是只好等他再大一点吧，等他心眼转变过来也许就行了。哼！从十五到二十，他就愣荒荒过来，能吃能喝，就是不爱干活儿。赶到教我给逼急了："你到底愿意干什么呢？你说！"他低着脑袋，说他愿意挑巡警！他觉得穿上制服，在街上走，既能挣钱，又能就手儿散心，不像学徒那样永远圈在屋里。我没说什么，心里可刺着痛。我给打了个招呼，他挑上了巡警。我心里痛不痛的，反正他有事作，总比死吃我一口强啊。父是英雄儿好汉，爸爸巡警儿子还是巡警，而且他这个巡警还必定跟不上我。我到四十岁才熬上巡长，他到四十岁，哼！不教人家开革出来就是好事！没盼望！我没续娶过，因为我咬得住牙。他呢，赶明儿个难道不给他成家吗？拿什么养着呢？

是的，儿子当了差，我心中反倒堵上个大疙疸！

再看女儿呀，也十八九了，紧自搁在家里算怎回事呢？当然，早早撮出去的为是，越早越好。给谁呢？巡警，巡警，还得是巡警？一个人当巡警，子孙万代全得当巡警，仿佛掉在了巡警阵里似的。可是，不给巡警还真不行呢：论模样，她没什么模样；论教育，她自幼没娘，只认识几个大字；论赔送，我至多能给她作两件洋布大衫；论本事，她只能受苦，没别的好处。巡警的女儿天生来的得嫁给巡警，八字造定，谁也改不了！

唉！给了就给了啵！撮出她去，我无论怎说也可以心净一会儿。并非是我心狠哪；想想看，把她撂到二十多岁，未许就剩在家里呢。我对谁都想对得起，可是谁又对得起我来着！我并不想唠里唠叨的发牢骚，不过我愿把事情都撂平了，谁是谁非，让大家看。

当她出嫁的那一天，我真想坐在那里痛哭一场。我可是没有哭；这也不是一半天的事了，我的眼泪只会在眼里转两转，简直的不会往下流！

十五

儿子有了事作,姑娘出了阁,我心里说:这我可能远走高飞了!假若外边有个机会,我楞把巡长搁下,也出去见识见识。什么发财不发财的,我不能就窝囊这么一辈子。

机会还真来了。记得那位冯大人呀,他放了外任官。我不是爱看报吗?得到这个消息,就找他去了,求他带我出去。他还记得我,而且愿意这么办。他教我去再约上三个好手,一共四个人随他上任。我留了个心眼,请他自己向局里要四名,作为是拨遣。我是这么想:假若日后事情不见佳呢,既省得朋友们抱怨我,而且还可以回来交差,有个退身步。他看我的办法不错,就指名向局里调了四个人。

这一喜可非同小喜。就凭我这点经验知识,管保说,到哪儿我也可以作个很好的警察局局长,一点不是瞎吹!一条狗还有得意的那一天呢,何况是个人?我也该抖两天了,四十多岁还没露过一回脸呢!

果然,命令下来,我是卫队长;我乐得要跳起来。

哼!也不是咱的命不好,还是冯大人的运不济;还没到任呢,又撤了差。猫咬尿泡,瞎欢喜一场!幸而我们四个人是调用,不是辞差;冯大人又把我们送回局里去了。我的心里既为这件事难过,又为回局里能否还当巡长发愁,我脸上瘦了一圈。

幸而还好,我被派到防疫处作守卫,一共有六位弟兄,由我带领。这是个不错的差事,事情不多,而由防疫处开我们的饭钱。我不确实的知道,大概这是冯大人给我说了句好话。

在这里,饭钱既不必由自己出,我开始攒钱,为是给福海娶亲——只剩了这么一档子该办的事了,爽性早些办了吧!

在我四十五岁上,我娶了儿媳妇——她的娘家父亲与哥哥都是巡警。可倒好,我这一家子,老少里外,全是巡警,凑吧凑吧,就可以成立个警察分所!

人的行动有时候莫名其妙。娶了儿媳妇以后,也不知怎么我以为应当留下胡子,才够作公公的样子。我没细想自己是干什么的,直入公堂的就留下胡子了。小黑胡子在我嘴上,我捻上一袋关东烟,觉得挺够味儿。本来吗,姑娘聘出去了,儿子成了家,我自己的事又挺顺当,怎能觉得不是味儿呢?

哼!我的胡子惹下了祸。总局局长忽然换了人,新局长到任就检阅全城的巡警。这位老爷是军人出身,只懂得立正看齐,不懂得别的。在前面我已经说过，局里区里都有许多老人们，长相不体面，可是办事多年，最有经验。我就是和局里这群老手儿排在一处的，因为防疫处的守卫不属于任何警区，所以检阅的时候便随着局里的人立在一块儿。

当我们站好了队，等着检阅的时候，我和那群老人们还有说有笑，自自然然的。我们心里都觉得，重要的事情都归我们办，提哪一项事情我们都知道，我们没升腾起来已经算很委屈了，谁还能把我们踢出去吗？上了几岁年纪，诚然，可是我们并没少作事儿呀！即使说老朽不中用了，反正我们都至少当过十五六年的差，我们年轻力壮的时候是把精神血汗耗费在公家的差事上，冲着这点，难道还不留个情面吗？谁能够看狗老了就一脚踢出去呢？我们心中都这么想，所以满没把这回事放在心里，以为新局长从远处瞭我们一眼也就算了。

局长到了，大个子胸前挂满了徽章，又是喊，又是蹦，活像个机器人。我心里打开了鼓。他不按着次序看，一眼看到我们这一排，他猛虎扑食似的就跑过来了。叉开脚，手握在背后，他向我们点了点头。然后忽然他一个箭步跳到我们跟前，抓起一个老书记生的腰带，像摔跤似的往前一拉，几乎把老书记生拉倒；抓着腰带，他前后摇晃了老书记生几把，然后猛一撒手，老书记生摔了个屁股墩。局长对准了他就是两口唾沫，"你也当巡警！连腰带都系不紧？来！拉出去毙了！"

我们都知道，凭他是谁，也不能枪毙人。可是我们的脸都白了，不是怕，是气的。那个老书记生坐在地上，哆嗦成了一团。

局长又看了看我们，然后用手指划了条长线，"你们全滚出去，别再教我看见你们！你们这群东西也配当巡警！"说完这个，仿佛还不解气，又跑到前面，扯着脖子喊："是有胡子的全脱了制服，马上走！"

有胡子的不止我一个，还都是巡长巡官，要不然我也不敢留下这几根惹祸的毛。

二十年来的服务，我就是这么被刷下来了。其实呢，我虽四十多岁，我可是一点也不显着老苍，谁教我留下了胡子呢！这就是说，当你年轻力壮的时候，你把命卖上，一月就是那六七块钱。你的儿子，因为你当巡警，不能读书受教育；你的女儿，因为你当巡警，也嫁个穷汉去吃窝窝头。你自己呢，一长胡子，就算完事，一个铜子的恤金养老金也没有，服务二十年后，你教人家一脚踢出来，像踢开一块碍事的砖头似的。五十以前，你没挣下什么，有三顿饭吃就算不错；五十以后，你该想主意了，是投河呢，还是上吊呢？这就是当巡警的下场头。

二十年来的差事，没作过什么错事，但我就这样卷了铺盖。

弟兄们有含着泪把我送出来的，我还是笑着；世界上不平的事可多了，我还留着我的泪呢！

十六

穷人的命——并不像那些施舍稀粥的慈善家所想的——不是几碗粥所能救活了的；有粥吃，不过多受几天罪罢了，早晚还是死。我的履历就跟这样的粥差不多，它只能帮助我找上个小事，教我多受几天罪；我还得去当巡警。除了说我当巡警，我还真没法介绍自己呢！它就像颗不体面的痣或瘤子，永远跟着我。我懒得说当过巡警，懒得再去当巡警，可是不说不当，还真连碗饭也吃不上，多么可恶呢！

歇了没有好久，我由冯大人的介绍，到一座煤矿上去作卫生处主任，后来又升为矿村的警察分所所长；这总算运气不坏。在这里我很施展了些我的才干与学问：对村里的工人，我以二十年服务的经验，管理得真叫不错。他们聚赌，斗殴，罢工，闹事，醉酒，就凭我的一张嘴，就事论事，干脆了当，我能把他们说得心服口服。对弟兄们呢，我得亲自去训练。他们之中有的是由别处调来的，有的是由我约来帮忙的，都当过巡警；这可就不容易训练，因为他们懂得一些警察的事儿，而想看我一手儿。我不怕，我当过各样的巡警，里里外外我全晓得；凭着这点经验，我算是没被他们给撅了。对内对外，我全有办法，这一点也不瞎吹。

假若我能在这里混上几年，我敢保说至少我可以积攒下个棺材本儿，因为我的饷银差不多等于一个巡官的，而到年底还可以拿一笔奖金。可是，我刚作到半年，把一切都布置得有个大概了，哼！我被人家顶下来了。我的罪过是年老与过于认真办事。弟兄们满可以拿些私钱，假若我肯睁着一只闭着一只眼的话。我的两眼都睁着，种下了毒。对外也是如此，我明白警察的一切，所以我要本着良心把此地的警务办得完完全全，真像个样儿。还是那句话，人民要不是真正的人民，办警察是多此一举，越办得好越招人怨恨。自然，容我办上几年，大家也许能看出它的好处来。可是，人家不等办好，已经把我踢开了。

在这个社会中办事，现在才明白过来，就得像发给巡警们皮鞋似的。大点，活该！小点，挤脚？活该！什么事都能办通了，你打算合大家的适，他们要不把鞋打在你脸上才怪。这次的失败，因为我忘了那三个宝贝字——"汤儿事"，因此我又卷了铺盖。

这回，一闲就是半年多。从我学徒时候起，我无事也忙，永不懂得偷闲。现在，虽然是奔五十的人了，我的精神气力并不比那个年轻小伙子差多少。生让我闲着，我怎么受呢？由早晨起来到日落，我没有正经事作，没有希望，跟太阳一样，就那么由东而西的转过去；不过，太阳能照亮了世界，我呢，心中老是黑糊糊的。闲得起急，闲得要躁，闲得讨厌自己，可就是摸不着点儿事作。想起过去的劳力与经验，并不能自慰，因为劳力与经验没给我积攒下养老的钱，而我眼看着就是挨饿。我不愿人家养着我，我有自己的精神与本事，愿意自食其力的去挣饭吃。我的耳目好像作贼的那么尖，只要有个消息，便赶上前去，可是老空着手回来，把头低得无可再低，真想一跤摔死，倒也爽快！还没到死的时候，社会像要把我活埋了！晴天大日头的，我觉得身子慢慢往土里陷；什么缺德的事也没作过，可是受这么大的罪。一天到晚我叼着那根烟袋，里边并没有烟，只是那么叼着，算个"意思"而已。我活着也不过是那么个"意思"，好像专为给大家当笑话看呢！

好容易，我弄到个事：到河南去当盐务缉私队的队兵。队兵就队兵吧，有饭吃就行呀！借了钱，打点行李，我把胡子剃得光光的上了"任"。

半年的工夫，我把债还清，而且升为排长。别人花俩，我花一个，好还债。别人走一步，我走两步，所以升了排长。委屈并挡不住我的努力，我怕失业。一次失业，就多老上三年，不饿死，也憋闷死了。至于努力挡得住失业挡不住，那就难说了。

我想——哼！我又想了！——我既能当上排长，就能当上队长，不又是个希望吗？这回我留了神，看人家怎作，我也怎作。人家要私钱，我也要，我别再为良心而坏了事；良心在这年月并不值钱。假若我在队上混个队长，连公带私，有几年的工夫，我不是又可以剩下个棺材本儿吗？我简直的没了大志向，只求腿脚能动便去劳动；多咱动不了窝，好，能有个棺材把我装上，不至于教野狗们把我嚼了。我一眼看着天，一眼看着地。我对得起天，再求我能静静的躺在地下。并非我倚老卖老，我才五十来岁；不过，过去的努力既是那么白干一场，我怎能不把眼睛放低一些，只看着我将来的坟头呢！我心里是这么想，我的志愿既这么小，难道老天爷还不睁开点眼吗？

来家信，说我得了孙子。我要说我不喜欢，那简直不近人情。可是，我也必得说出来：喜欢完了，我心里凉了那么一下，不由的自言自语的嘀咕："哼！又来个小巡警吧！"一个作祖父的，按说，哪有给孙子说丧气话的，可是谁要是看过我前边所说的一大片，大概谁也会原谅我吧？有钱人家的儿女是希望，没钱人家的儿女是累赘；自己的肚中空虚，还能顾得子孙万代，和什么"忠厚传家久，诗书继世长"吗？

我的小烟袋锅儿里又有了烟叶，叼着烟袋，我咂摸着将来的事儿。有了孙子，我的责任还不止于剩个棺材本儿了；儿子还是三等警，怎能养家呢？我不管他们夫妇，还不管孙子吗？这教我心中忽然非常的乱，自己一年比一年的老，而家中的嘴越来越多，哪个嘴不得用窝窝头填上呢！我深深的打了几个嗝儿，胸中仿佛横着一口气。算了吧，我还是少思索吧，没头儿，说不尽！个人的寿数是有限的，困难可是世袭的呢！子子孙孙，万年永实用，窝窝头！

风雨要是都按着天气预测那么来，就无所谓狂风暴雨了。困难若是都按着咱们心中所思虑的一步一步慢慢的来，也就没有把人急疯了这一说了。我正盘算着孙子的事儿，我的儿子死了！

他还并没死在家里呀！我还得去运灵。

福海，自从成家以后，很知道要强。虽然他的本事有限，可是他懂得了怎样尽自己的力量去作事。我到盐务缉私队上来的时候，他很愿意和我一同来，相信在外边可以多一些发展的机会。我拦住了他，因为怕事情不稳，一下子再教父子同时失业，如何得了。可是，我前脚离开了家，他紧随着也上了威海卫。他在那里多挣两块钱。独自在外，多挣两块就和不多挣一样，可是穷人想要强，就往往只看见了钱，而不多合计合计。到那里，他就病了；舍不得吃药。及至他躺下了，药可也就没了用。

把灵运回来，我手中连一个钱也没有了。儿媳妇成了年轻的寡妇，带着个吃奶的小孩，我怎么办呢？我没法再出外去作事，在家乡我又连个三等巡警也当不上，我才五十岁，已走到了绝路。我羡慕福海，早早的死了，一闭眼三不知；假若他活到我这个岁数，至好也不过和我一样，多一半还许不如我呢！儿媳妇哭，哭得死去活来，我没有泪，哭不出来，我只能满屋里打转，偶尔的冷笑一声。

以前的力气都白卖了。现在我还得拿出全套的本事，去给小孩子找点粥吃。我去看守空房；我去帮着人家卖菜；我去作泥水匠的小工子活；我去给人家搬家……除了拉洋车，我什么都作过了。无论作什么，我还都卖着最大的力气，留着十分的小心。五十多了，我出的是二十岁的小伙子的力气，肚子里可是只有点稀粥与窝窝头，身上到冬天没有一件厚实的棉袄，我不求人白给点什么，还讲仗着力气与本事挣饭吃，豪横了一辈子，到死我还不能输这口气。时常我挨一天的饿，时常我没有煤上火，时常我找不到一撮儿烟叶，可是我决不说什么；我给公家卖过力气了，我对得住一切的人，我心里没毛病，还说什么呢？我等着饿死，死后必定没有棺材，儿媳妇和孙子也得跟着饿死，那只好就这样吧！谁教我是巡警呢！我的眼前时常发黑，我仿佛已摸到了死，哼！我还笑，笑我这一辈的聪明本事，笑这出奇不公平的世界，希望等我笑到末一声，这世界就换个样儿吧！

二马

第一段

1

马威低着头儿往玉石牌楼走。走几步儿,不知不觉的就楞磕磕的站住一会儿。抬起头来,有时候向左,有时候向右,看一眼。他看什么呢?他不想看什么,也真的没看见什么。他想着的那点事,像块化透了的鳔胶,把他的心整个儿糊满了;不但没有给外面的东西留个钻得进去的小缝儿,连他身上筋肉的一切动作也满没受他的心的指挥。他的眼光只是直着出去,又直着回来了,并没有带回什么东西来。他早把世界忘了,他恨不得世界和他自己一齐消灭了,立刻消灭了,何苦再看呢!

猛孤丁的他站定不走啦。站了总有两三分钟,才慢慢的把面前的东西看清楚了。

"啊,今天是礼拜。"他自己低声儿说。

礼拜下半天,玉石牌楼向来是很热闹的。绿草地上和细沙垫的便道上,都一圈儿一圈儿的站满了人。打着红旗的工人,伸着脖子,张着黑粗的大毛手,扯着小闷雷似的嗓子喊"打倒资本阶级。"把天下所有的坏事全加在资本家的身上,连昨儿晚上没睡好觉,也是资本家闹的。紧靠着这面红旗,便是打国旗的守旧党,脖子伸得更长,(因为戴着二寸高的硬领儿,脖子是没法缩短的。)张着细白的大毛手,拼着命喊:"打倒社会党,""打倒不爱国的奸细。"把天下所有的罪恶都摞在工人的肩膀上,连今天早晨下雨,和早饭的时候煮了一个臭鸡蛋,全是工人捣乱的结果。紧靠着这一圈儿是打蓝旗的救世军,敲着八角鼓,吹着小笛儿,没结没完的唱圣诗。他们赞美上帝越欢,红旗下的工人嚷得越加劲。有时候圣灵充满,他们唱得惊天动地,叫那边红旗下的朋友不得不用字典上找不出来的字骂街。紧靠着救世军便是天主教讲道的,再过去还有多少圈儿:讲印度独立的,讲赶快灭中国的,讲自由党复兴的;也有什么也不讲,大伙儿光围着个红胡子小干老头儿,彼此对看着笑。

红旗下站着的人们,差不多是小泥烟袋嘴里一叼,双手插在裤兜儿里。台上说什么,他们点头赞成什么。站在国旗下面听讲的,多半是戴着小硬壳儿黑呢帽,点头咂嘴的嘟囔着:"对了!""可不是!"有时候两个人说对了劲,同时说出来:"对了。"还彼此挤着眼,一咧嘴,从嘴犄角儿挤出个十分之一的笑。至于那些小圈儿就不像这些大圈儿这么整齐一致了。他们多半是以讨论辩驳为主体，把脑瓜儿挤热羊似的凑在一块儿，低着声儿彼此嚼争理儿。此外单有一群歪戴帽，横眉立目的年青小伙子，绕着这些小圈儿，说俏皮话，打哈哈，不为别的，只为招大家一笑，露露自己的精细。圈儿外边围着三五成群的巡警，都是一边儿高，一样的大手大脚，好像伦敦的巡警都是一母所生的哥儿们。

这群人里最出锋头，叫好儿的，是穿红军衣的禁卫军。他们的腰板儿挺得比图画板还平还直，裤子的中缝像里面撑着一条铁棍儿似的那么直溜溜的立着。个个干净抹腻，脸上永远是笑着，露着雪白的门牙，头发剪得正好露出青青的头皮儿。他们是什么也不听，光在圈儿外边最惹人注目的地方站着，眼睛往四下里溜。站个三五分钟，不知道怎么一股子劲儿，就把胳臂插在姑娘的白手腕上，然后干踩着脚后跟，一同在草地上谈心去了。

青草地上的男男女女，也有脸对脸坐着的，也有搂着脖子躺着的，也有单人孤坐拿着张晚报，不看报，光看姑娘的腿的。一群群的肥狗都撒着欢儿乱跳，莫明其妙的汪汪的咬着。小孩儿们，有的穿着满身的白羊绒，有的从头到脚一身红绒的连脚裤，都拐着胖腿东倒西歪的在草地上跑来跑去，奶妈子们戴着小白风帽，唠里唠叨的跟着这些小神仙们跑。

马威站了好大半天，没心去听讲，也想不起上那儿去好。

他大概有二十二三岁的样子。身量不矮，可是很瘦。黄白的脸色儿，瘦，可是不显着枯弱。两条长眉往上稍微的竖着一些，眼角儿也往上吊着一点；要是没有那双永远含笑的大眼睛，他的面目便有些可怕了。他的眼珠儿是非常的黑，非常的亮；黑与亮的调和，叫他的黑眼珠的边儿上浅了一些，恰好不让黑白眼珠像冥衣铺糊的纸人儿那样死呆呆的黑白分明。一条不很高的鼻子，因为脸上不很胖，看着高矮正合适。嘴唇儿往上兜着一点，和他笑迷迷的眼睛正好联成一团和气。

从他的面貌和年纪看起来，他似乎不应当这样愁苦。可是，他的眉毛拧着，头儿低着，脊梁也略弯着一点，青年活泼的气象确是丢了好些。

他穿着一身灰呢的衣裳，罩着一件黑呢大氅。衣裳作得很讲究，可是老没有掸刷，看着正像他的脸，因为颓丧把原来的光彩减少了一大些。拿他和那些穿红军衣，夹着姑娘胳臂的青年比起来，他真算是有点不幸了。

无心中的他掏出手巾擦了擦脸；擦完了，照旧的在那里楞磕磕的站着。

已经快落太阳了，一片一片的红云彩把绿绒似的草地照成紫不溜儿的。工人的红旗慢慢的变成一块定住了的紫血似的。听讲的人也一会儿比一会儿稀少了。

马威把手掸在大氅兜儿里，往前只走了几步，在草地边儿上的铁栏杆上靠住了。

西边的红云彩慢慢的把太阳的余光散尽了。先是一层一层的蒙上浅葡萄灰色,借着太阳最后的那点反照,好像野鸽脖子上的那层灰里透蓝的霜儿。这个灰色越来越深,无形的和地上的雾圈儿联成一片,把地上一切的颜色,全吞进黑暗里去了。工人的红旗也跟着变成一个黑点儿。远处的大树悄悄的把这层黑影儿抱住,一同往夜里走了去。

人们一来二去的差不多散净了。四面的煤气灯全点着了。围着玉石牌楼红的绿的大汽车,一闪一闪的绕着圈儿跑,远远的从雾中看过去,好像一条活动的长虹。

草地上没有人了,只是铁栏杆的旁边还有个黑影儿。

2

李子荣已经钻了被窝。正在往左伸伸腿,又往右挪挪手,半睡不睡的时候,恍恍忽忽的似乎听见门铃响了一声。眼睛刚要睁开,可是脑袋不由的往枕头下面溜了下去。心里还迷迷忽忽的记得:刚才有个什么东西响了一声。可是,……

"吱——嘟!"门铃又响了。

他把才闭好的眼睛睁开了一小半,又慢慢把耳朵唇儿往枕头上面凑了一凑。

"吱——嘟!"

"半夜三更鬼叫门! 谁呢?"他一手支着褥子坐起来,一手把窗帘掀开一点往外看。胡同里虽有煤气灯,可是雾下得很厚,黑咕笼咚的什么也看不见。

"吱——嘟!"比上一回的响声重了一些,也长了一些。

李子荣起来了。摸着黑儿穿上鞋,冰凉的鞋底碰上脚心的热汗,他不由的身上起了一层小鸡皮疙瘩;虽然是四月底的天气,可是夜间还是凉渗渗的。他摸着把电灯开开。然后披上大氅,大气不出的,用脚尖儿往楼下走。楼下的老太太已经睡了觉,一不小心把她吵醒了,是非挨骂不可的。他轻轻的开了门,问了声:"谁呀?"他的声音真低,低得好像怕把外边的稠雾吓着似的。

"我。"

"老马? 怎么一个劲儿的按铃儿呀!"

马威一声儿没言语,进来就往楼上走。李子荣把街门轻轻的对好,也一声不出的随着马威上了楼。快走到自己的屋门,他站住听了听,楼下一点声儿也没有,心里说:

"还好,老太太没醒。不然,明儿的早饭是一半面包,一半儿骂!"

两个人都进了屋子,马威脱了大氅放在椅子背儿上,还是一语不发。

"怎么啦,老马? 又和老头儿拌了嘴?"李子荣问。

马威摇了摇头。他的脸色在灯底下看,更黄得难瞧了。眉毛皱得要皱出水珠儿来似的。眼眶儿有一点发青,鼻子尖上出着些小碎汗珠儿。

"怎么啦?"李子荣又问了一句。

待了半天，马威叹了口气，又舐了舐干黄的嘴唇，才说：

"我乏极了，老李！我可以在你这儿住一夜吗？"

"这儿可就有一张床啊。"李子荣指着他的床，笑着说。

"我来这张躺椅。"马威低着头说："好歹对付一夜，明天就好办了！"

"明天又怎么样呢？"李子荣问。

马威又摇了摇头。

李子荣知道马威的脾气！他要是不说，问也无益。

"好吧，"李子荣抓了抓头发，还是笑着说："你上床去睡，我照顾照顾这个躺椅。"说着他就往椅子上铺毡子。"可有一样，一天亮你就得走，别让楼底下老太太瞧见！好，睡你的呀！"

"不，老李！你睡你的去，我在椅子上忍一会儿就成。"马威脸上带出一钉点儿笑容来："我天亮就走，准走！"

"上那儿呢？"李子荣看见马威的笑容，又想往外套他的话："告诉我吧！不然，这一夜不用打算睡着觉！又跟老头儿闹了气，是不是？"

"不用提了！"马威打了个哈哧："我本不想找你来，不凑巧今天晚上没走了，只好来打搅你！"

"上那儿去，到底？"李子荣看出马威是决不上床去睡，一面说话，一面把他自己的大氅和毡子全细细的给马威围好。然后把电灯捻下去，自己又上了床。

"德国，法国，——没准儿！"

"给老头儿张罗买卖去？"

"父亲不要我啦！"

"啊！"李子荣楞磕磕的答应了一声，没说别的。

两个人都不出声了。

街上静极了，只有远远的火车和轮船的笛儿，还一阵阵的响，什么别的声音也听不见了。

街后教堂的钟打了两点。

"你不冷啊？"李子荣问。

"不冷！"

…………

李子荣临睡的时候，心里边一个劲儿的盘算："早早儿起来，别叫老马跑了！起来用凉水洗洗脸，给楼下老太太写个字条儿，告诉她：有急事，不必等吃早饭啦！然后和他出去，送他回家——对，还是上铺子去好，父子见面也不好意思在铺子里再捣乱。……常有的事，父子拌嘴罢咧！……年青，老马！……太认真！……"

在梦里他还不断的这么想着。……胡同里送牛奶的小车子唧喽唧喽的响起来了，大街上汽车的声音也越来越多了。李子荣一机灵睁开了眼，太阳已经从窗帘的缝儿射进一条金丝儿。

"老马!"

毡子大氅都在椅子背儿上搭拉着,可是马威没影儿啦!

他起来,把后面的窗帘打开,披上大氅,呆呆的站在窗子旁边。从窗子往外看,正看太晤士河。河岸上还没有什么走道儿的,河上的小船可是都活动开了。岸上的小树刚吐出浅绿的叶子,树梢儿上绕着一层轻雾。太阳光从雾薄的地方射到嫩树叶儿上,一星星的闪着,像刚由水里捞出的小淡绿珠子。河上的大船差不多全没挂着帆,只有几支小划子挂着白帆,在大船中间忽悠忽悠的摇动,好像几支要往花儿上落的大白蝴蝶儿。

早潮正往上涨,一滚一滚的浪头都被阳光镶上了一层金鳞:高起来的地方,一拥一拥的把这层金光挤破;这挤碎了的金星儿,往下落的时候,又被后浪激起一堆小白花儿,真白,恰像刚由蒲公英梗子上挤出来的嫩白浆儿。

最远的那支小帆船慢慢的忽悠着走,河浪还是一滚一滚的往前追,好像这条金龙要把那个小蝴蝶儿赶跑似的。这样赶来赶去,小帆船拐过河湾去了。

李子荣呆呆的一直看着小帆船拐了河湾,才收了收神,走到前面靠街的窗子,把窗户挡儿打开。然后想收拾收拾书桌上的东西。桌子上有个小玩艺儿,一闪一闪的发亮。这个小东西底下还放着一个小字条儿。他把这些东西一齐拿起来,心里凉了多半截。慢慢的走到躺椅那里去,坐下,细细的看纸条上的字。只有几个字,是用铅笔写的,笔画东扭西歪,好像是摸着黑儿写的:

"子荣兄:谢谢你! 小钻石戒指一个祈交温都姑娘。再见! 威。"

第二段

1

这段事情现在应从马威从李子荣那里走了的那一天往回倒退一年。

伊牧师是个在中国传过二十多年教的老教师。对于中国事儿，上自伏羲画卦，下至袁世凯作皇上，（他最喜欢听的一件事）他全知道。除了中国话说不好，简直的他可以算一本带着腿的"中国百科全书"。他真爱中国人：半夜睡不着的时候，总是祷告上帝快快的叫中国变成英国的属国；他含着热泪告诉上帝：中国人要不叫英国人管起来，这群黄脸黑头发的东西，怎么也升不了天堂！

伊牧师顺着牛津大街往东走，虽然六十多了，他走得还是飞快。

从太阳一出来直到半夜，牛津大街总是被妇女挤满了的。这条大街上的铺子，除了几个卖烟卷儿的，差不多全是卖妇女用的东西的。她们走到这条街上，无论有什么急事，是不会在一分钟里往前挪两步的。铺子里摆着的花红柳绿的帽子，皮鞋，小手套，小提箱儿……都有一种特别的吸力，把她们的眼睛，身体，和灵魂一齐吸住。伊牧师的宗教上的尊严到了这条街上至少要减去百分之九十九：往前迈一大步，那支高而碍事的鼻子非碰在老太太的小汗伞上不可；往回一杀步，大皮鞋的底儿（他永远不安橡皮底儿）十之八九是正放在姑娘的小脚指头上；伸手一掏手巾，胳臂肘儿准放在妇人提着的小竹筐儿里，……。每次他由这条街走过，至少回家要换一件汗衫，两条手巾。至于"对不起"，"没留神"这路的话，起码总说百八十个的。

好容易挤过了牛津圈了，他深深的吸了一口气，说了声"谢谢上帝！"脚底下更加了劲，一直往东走。汗珠子好像雪化了似的从雪白的鬓角儿往下流。

伊牧师虽然六十多岁了，腰板还挺得笔直。头发不多，可是全白了。没留胡子，腮上刮得晶亮；要是脸上没有褶儿，简直的像两块茶青色的磁砖。两只大眼睛，歇歇松松的安着一对小黄眼珠儿。眼睛上面挂着两条肉棱儿，大概在二三十年前棱儿上也长过眉毛。眼睛下面搭拉着一对小眼镜，因为鼻子过高的原故，眼镜和眼睛的距离足有二寸来的；所以从眼镜框儿上边看东西，比从眼镜中间看方便多了。嘴唇儿很薄，而且嘴犄角往下垂着一点。传道的时候，两个小黄眼珠儿在眼镜框儿上一定，薄嘴片往下一垂，真是不用说话，就叫人发抖。可是平常见了人，他是非常的和蔼；传教师是非有两副面孔办不了事的。

48

到了博物院街，他往左拐了去。穿过陶灵吞大院，进了戈登胡同。

这一带胡同住着不少中国学生。

在伦敦的中国人，大概可以分作两等，工人和学生。工人多半是住在东伦敦，最给中国人丢脸的中国城。没钱到东方旅行的德国人，法国人，美国人，到伦敦的时候，总要到中国城去看一眼，为是找些写小说，日记，新闻的材料。中国城并没有什么出奇的地方，住着的工人也没有什么了不得的举动。就是因为那里住着中国人，所以他们要瞧一瞧。就是因为中国是个弱国，所以他们随便给那群勤苦耐劳，在异域找饭吃的华人加上一切的罪名。中国城要是住着二十个中国人，他们的记载上一定是五千；而且这五千黄脸鬼是个个抽大烟，私运军火，害死人把尸首往床底下藏，强奸妇女不问老少，和作一切至少该千刀万剐的事情的。作小说的，写戏剧的，作电影的，描写中国人全根据着这种传说和报告。然后看戏，看电影，念小说的姑娘，老太太，小孩子，和英国皇帝，把这种出乎情理的事牢牢的记在脑子里，于是中国人就变成世界上最阴险，最污浊，最讨厌，最卑鄙的一种两条腿儿的动物！

二十世纪的"人"是与"国家"相对待的：强国的人是"人"，弱国的呢？狗！

中国是个弱国，中国"人"呢？是——！

中国人！你们该睁开眼看一看了，到了该睁眼的时候了！你们该挺挺腰板了，到了挺腰板的时候了！——除非你们愿意永远当狗！

中国城有这样的好名誉，中国学生当然也不会吃香的。稍微大一点的旅馆就不租中国人，更不用说讲体面的人家了。只有大英博物院后面一带的房子，和小旅馆，还可以租给中国人；并不是这一带的人们特别多长着一分善心，是他们吃惯了东方人，不得不把长脸一拉，不得不和这群黄脸的怪物对付一气。鸡贩子养鸡不见得他准爱鸡，英国人把房子租给中国人又何尝是爱中国人呢。

戈登胡同门牌三十五号是温都寡妇的房子。房子不很大，三层小楼，一共不过七八间房。门外拦着一排绿栅栏。三层白石的台阶，刷得一钉点儿土也没有。一个小红漆门，门上的铜环子擦得晶光。一进门是一间小客厅。客厅后面是一间小饭厅。从这间小饭厅绕过去，由楼梯下去，还有三间小房子。楼上只有三间屋子，临街一间，后面两间。

伊牧师离着这个小红门还老远，就把帽子摘下来了。擦了擦脸上的汗，又正了正领带，觉得身上一点缺点没有了，才轻轻的上了台阶。在台阶上又站了一会儿，才拿着音乐家在钢琴上试音的那个轻巧劲儿，在门环上敲了两三下。

一串细碎的脚步儿从楼上跑下来，跟着，门儿稍微开开一个缝儿，温都太太的脸露出一半儿来。

"伊牧师！近来好？"她把门开大了一点，伸出小白手，在伊牧师的手上轻轻的挨了一挨。

伊牧师随着她进去，把帽子和大氅挂在过道儿的衣架上，然后同她进了客厅。

小客厅里收拾得真叫干净爽利，连挂画的小铜钉子都像含着笑。屋子当中铺着一块长方儿的绿毯子，毯子上放着两个不十分大的卧椅。靠着窗户摆着一只小茶几，茶几上一个小三彩中国磁瓶，插着两朵小白玫瑰花。茶几两旁是两把橡木椅子，镶着绿绒的椅垫儿。里手的山墙前面摆着一架小钢琴，琴盖儿上放着两三张照像片儿。琴的前边放着一支小油漆凳儿。凳儿上卧着个白胖白胖的小狮子狗，见伊牧师进来，慌着忙着跳下来，摇头摆尾的在老牧师的腿中间乱蹦。顺着屋门的墙上挂着张油画，两旁配着一对小磁碟子。画儿底下一个小书架子，摆着些本诗集小说什么的。

温都寡妇坐在钢琴前面的小凳儿上，小白狗跳在她怀里，歪着头儿逗伊牧师。

伊牧师坐在卧椅上，把眼镜往上推了一推，开始夸奖小白狗。夸奖了好大半天，才慢慢的说到：

"温都太太，楼上的屋子还闲着吗？"

"可不是吗。"她一手抱着狗，一手把烟碟儿递给伊牧师。

"还想租人吗？"他一面装烟一面问。

"有合适的人才敢租。"她拿着尺寸这么回答。

"有两位朋友，急于找房。我确知道他们很可靠。"他从眼镜框儿上面瞅了她一眼，把"确"字说得特别的清楚有劲。他停顿了一会儿，把声音放低了些；鼻子周围还画出个要笑的圈儿，"两个中国人——"说到"中国"两个字，他的声音差不多将将儿的能叫她听见："两个极老实的中国人。"

"中国人？"温都寡妇整着脸说。

"极老实的中国人！"他又重了一句，又偷偷的看了她一眼。

"对不——"

"我担保！有什么错儿朝我说！"他没等温都太太说完，赶紧把话接过来："我实在没地方给他们找房去，温都太太，你得成全成全我！他们是父子爷儿俩，父亲还是个基督徒。看上帝的面上，你得——"伊牧师故意不再往下说，看看"看上帝的面上"到底发生什么效力不发。

"可是——"温都太太好像一点没把上帝搁在心上，脸上挂着一千多个不耐烦的样子。

伊牧师又没等她说完就插嘴：

"那怕多要他们一点房租呢！看他们不对路，撵他们搬家，我也就不再——"他觉得往下要说的话似乎和《圣经》的体裁不大相合，于是吸了一口烟，连烟带话一齐咽下去了。

"伊牧师！"温都太太站起来说："你知道我的脾气：这条街的人们靠着租外国人发财的不少，差不多只剩我这一处，宁可少赚钱，不租外国人！这一点我觉

50

得是很可以自傲的！你为什么不到别处给他们找找房呢？"

"谁说没找呢！"伊牧师露着很为难的样子说："陶灵吞大院，高威胡同，都挨着门问到了，房子全不合适。我就是看你的楼上三间小屋子正好，正够他们住的：两间作他们的卧房，一间作书房，多么好！"

"可是，牧师！"她从兜儿里掏出小手绢擦了擦嘴，其实满没有擦的必要："你想我能叫两个中国人在我的房子里煮老鼠吃吗？"

"中国人不——"他正想说："中国人不吃老鼠，"继而一想，这么一说是分明给她个小钉子碰，房子还能租到手吗？于是连忙改嘴："我自然嘱咐他们别吃老鼠！温都太太，我也不耽误你的工夫了；这么说吧：租给他们一个礼拜，看他们不好，叫他们搬家。房租呢，你说多少是多少。旅馆他们住不起，不三不四的人家呢，我又不肯叫两个中国人跟他们打交道。咱们都是真正的基督徒，咱们总得受点屈，成全成全他们爷儿两个！"

温都太太用手搓着小狗脖子下的长毛，半天没言语。心里一个劲儿颠算：到底是多租几个钱好呢，还是一定不伺候杀人放火吃老鼠的中国人好呢？想了半天，还是不能决定；又怕把伊牧师僵在那里，只好顺口支应着：

"他们也不抽鸦片？"

"不！不！"伊牧师连三并四的说。

她跟着又问了无数的问题，把她从小说，电影，戏剧，和传教士造的谣言里所得来的中国事儿，兜着底儿问个水落石出。问完了，心里又后悔了：这么问，岂不是明明的表示已经有意把房租给他们吗？

"谢谢你！温都太太！"伊牧师笑着说："就这么办了！四镑十五个先令一个礼拜，管早晚饭！"

"不准他们用我的澡盆！"

"对！我告诉他们，出去洗澡。"

伊牧师说完，连小狗儿也没顾得再逗一逗，抓起帽子大氅就跑。跑到街上，找了个清静地方才低声的说：

"他妈的！为两个破中国人……"

2

马家父子从上海坐上轮船，一直忽忽悠悠的来到伦敦。马老先生在海上四十天的工夫，就扎挣着爬起来一回；刚一出舱门，船往外手里一歪，摔了个毛儿跟头；一声没出，又扶着舱门回去了。第二次起来的时候，船已经纹丝不动的在伦敦码头靠了岸。小马先生比他父亲强多了，只是船过台湾的时候，头有点发晕；过了香港就一点事没有了。

小马先生的模样儿，我们已经看见过了。所不同的是：在船上的时候，他并不那么瘦,眉头子也不皱得那么紧。又是第一次坐海船出外,事事看着新鲜有趣;在船栏杆上一靠,卷着水花的海风把脸吹得通红,他心里差不多和海水一样开畅。

老马先生的年纪至多也不过去五十,可是老故意带出颓唐的样子,好像人活到五十就应该横草不动,竖草不拿的,一天吃了睡,睡了吃;多迈一步,都似乎与理不合。他的身量比他的儿子还矮着一点,脸上可比马威富泰多了。重重的眉毛,圆圆的脸,上嘴唇上留着小月牙儿似的黑胡子,在最近的一二年来才有几根惨白的。眼睛和马威的一样,又大,又亮,又好看;永远戴着玳瑁边的大眼镜。他既不近视,又不远视,戴着大眼镜只是为叫人看着年高有威。

马则仁(这是马老先生的名字)年青的时候在美以美会的英文学校念过书。英文单字儿记得真不少,文法的定义也背得飞熟,可是考试的时候永远至多得三十五分。有时候拿着《英华字典》,把得一百分的同学拉到清静地方去:“来!咱们搞搞!你问咱五十个单字,咱问你五十个,倒得领教领教您这得一百分的怎么个高明法儿!”于是把那得一百分的英雄撅得干瞪眼。他把字典在夹肢窝里一夹,嘴里哼唧着“A Noun is……”把得三十五分的羞耻,算是一扫儿光,雪得干干净净。

他是广州人,自幼生在北京。他永远告诉人他是北京人,直到孙中山先生的三民主义价值增高,广东国民政府的势力扩大的时候,他才在名片上印上了“广州人”三个字。

在教会学校毕业后,便慌手忙脚的抓了个妻子。仗着点祖产,又有哥哥的帮助,小两口儿一心一气的把份小日子过得挺火炽。他考过几回学部的录事,白折子写不好,作录事的希望只好打消。托人找洋事,英文又跟不上劲。有人给他往学堂里荐举去教英文,作官心盛,那肯去拿藤子棍儿当小教员呢。闲着没事也偷着去嫖一嫖,回来晚了,小夫妇也有时候拌一通儿嘴,好在是在夜里,谁也不知道。还有时候把老婆的金戒指偷出去押了宝,可是永远笑着应许哥哥寄来钱就再给她买个新的。她半恼半笑的说他一顿,他反倒高了兴,把押输了的情形一五一十说给她听。

结婚后三年多,马威才降生了。马则仁在事前就给哥哥写信要钱,以备大办满月。哥哥的钱真来了,于是亲戚朋友全在马威降世的第三十天上,吃了个“泰山不下土”;连街坊家的四眼狗也跟着啃了回猪脚鱼骨头。

现在小夫妇在世上的地位高多了,因为已经由“夫妇”变成“父母”。他们对于作父母的责任虽然没十分细想,可是作父母的威严和身分总得拿出来。于是马则仁老爷把上嘴唇的毫毛留住不剃,两三个月的工夫居然养成一部小黑胡子。马夫人呢,把脸上的胭脂擦浅了半分,为是陪衬着他的小黑胡子。

最痛心的:马威八岁的时候,马夫人,不知道是吃多了,还是着了凉,一命呜呼的死了。马则仁伤心极了:扔下个八岁的孩子没人管,还算小事。结婚一场,并没给夫人弄个皇封官诰,这有多么对不起死去的灵魂!由不得大眼泪珠儿一串跟着一串的往下流,把小胡子都哭得像卖蜜麻花的那把小糖刷子!

丧事一切又是哥哥给的钱,不管谁的钱吧,反正不能不给死鬼个体面发送。接三,放焰口,出殡,办得比马威的满月又热闹多了。

一来二去的,马先生的悲哀减少了。亲戚朋友们都张罗着给他再说个家室。他自己也有这个意思,可是选择个姑娘真不是件容易事。续弦不像初婚那么容易对付,现在他对于妇人总算有了经验:好看的得养活着,不好看的也得养活着,一样的养活着,为什么不来个好看的呢。可是,天下可有多少好看的妇人呢。这个续弦问题倒真不容易解决了:有一回差点儿就成功了,不知是谁多嘴爱说话,说马则仁先生好吃懒作没出息,于是女的那头儿打了退堂鼓。又有一回,也在快成功的时候,有人告诉他:女的鼻子上有三个星点儿,好像骨牌里的"长三";又散了,娶媳妇那能要鼻子上有"长三"的呢!

还有一层:马先生唯一增光耀祖的事,就是作官。虽然一回官儿还没作过,可是作官的那点虔诚劲儿是永远不会歇松的。凡是能作官的机会,没有轻易放过去的;续弦也是个得官儿的机会,自然也不能随便的拍拍脑袋算一个。假如娶个官儿老爷的女儿,靠着老丈人的力量,还不来份差事?假如,……他的"假如"多了,可是"假如"到底是"假如",一回也没成了事实。

"假如我能娶个总长的女儿,至小咱还不弄个主事,"他常对人们说。

"假如总长有个女儿,能嫁你不能?"人们这样回答他。

婚事和官事算是都没希望。

马威在家里把三本小书和《四书》念完之后,马老先生把他送到西城一个教会学堂里去,因为那里可以住宿,省去许多麻烦。没事的时候,老马先生常到教会去看儿子;一来二去的,被伊牧师说活了心,居然领了洗入了基督教。左右是没事作,闲着上教会去逛逛,又透着虔诚,又不用花钱。领洗之后,一共有一个多礼拜没有打牌,喝酒;而且给儿子买了一本红皮的英文《圣经》。

在欧战停了的那年,马则仁的哥哥上了英国,作贩卖古玩的生意。隔个三五个月总给兄弟寄点钱来,有时候也托他在北京给搜寻点货物。马则仁是天生来看不起买卖人的,好歹的给哥哥买几个古瓶小茶碗什么的。每次到琉璃厂去买这些东西,总绕到前门桥头都一处去喝几碗黄酒,吃一顿炸三角儿。

马先生的哥哥死在英国了,留下遗嘱教兄弟上伦敦来继续着作买卖。

这时候伊牧师已经回了英国二三年,马老先生拿着《英华字典》给他写了封长信,问他到底应该上英国去不去。伊牧师自然乐意有中国教友到英国来,好叫英国人看看:传教的人们在中国不是光吃饭拿钱不作事。他回了马先生一封信,叫他们父子千万上英国来。于是马先生带着儿子到上海,买了两张二等船票,两身洋服,几筒茶叶,和些个零七八碎的东西。轮船出了江口,马老先生把大眼镜摘下来,在船舱里一躺,身上纹丝不敢动,还觉得五脏一齐往上翻。

3

英国海关上的小官儿们，模样长像虽然不同，可是都有那么一点派头儿，叫长着眼睛的一看，就看得出来他们是干什么的。他们的眼睛总是一只看着人，那一只看着些早已撕破的旧章程本子。铅笔，永远是半截的，在耳朵上插着。鼻子老是皱皱着几个褶儿，为是叫脸上没一处不显着忙的"了不得"的样子。他们对本国人是极和气的，一边查护照，一边打哈哈说俏皮话；遇见女子，他们的话是特别的多。对外国人的态度，就不同了：肩膀儿往起一端，嘴犄角儿往下一扣，把帝国主义十足的露出来；有时候也微微的一笑，笑完了准是不许你登岸。护照都验完，他们和大家一同下了船，故意的搓着手告诉你："天气很冷。"然后还夸奖你的英国话说得不错……。

马家父子的护照验完了。老马先生有他哥哥的几件公文在手，小马先生有教育部的留学证书，于是平平安安过去，一点麻烦没有。验完护照，跟着去验身体。两位马先生都没有脏病，也没有五痨七伤，于是又平安的过了一关。而且大夫笑着告诉他们：在英国多吃点牛肉，身体还要更好；这次欧战，英国能把德国打败，就是英国兵天天吃牛肉的缘故。身体检查完了，父子又把箱子盒子都打开，叫人家查验东西。幸而他们既没带着鸦片，又没带着军火，只有马先生的几件绸子衣裳，和几筒茶叶，上了十几镑钱的税。马老先生既不知为什么把这些宝贝带来，又不知为什么要上税；把小胡子一撅，糊里糊涂的交了钱完事。种种手续办完，马老先生差点没晕过去；心里说，早知道这么麻烦，要命也不上外国来！

下了船就上火车，马老先生在车犄角儿一靠，什么没说，两眼一闭，又睡了。马威顺着窗子往外看：高高低低没有一处是平的，高的土岗儿是绿的，洼下去的地方也是绿的。火车跑得飞快，看不清别的东西，只有这个高低不平的绿地随着眼睛走，看那儿，那儿是绿的。火车越走越快，高低不平的绿地渐渐变成一起一落的一片绿浪，远远的有些牛羊，好像在春浪上飘着的各色花儿。

绿地越来越少了，楼房渐渐多起来。过了一会儿，车走得慢多了，车道两旁都是大街了。汽笛响了两声，车进了利务普街车站。

马老先生还小菩萨似的睡着，忽然咧了咧嘴，大概是说梦话呢。

站台上的人真多。"嘿喽，这边！"脚夫推着小车向客人招呼。"嘿喽，那边！"丈夫摇着帽子叫媳妇。那边的车开了，车上和站台上的人们彼此点手的点手，摇手巾的摇手巾，一溜黑烟，车不见了。卖报的，卖花的，卖烟卷儿的，都一声不言语推着小车各处出溜，英国人作买卖和送殡是拿着一样的态度的。

马威把父亲推醒。马老先生打了个哈嗽，刚要再睡，一位姑娘提着皮包往外走，使劲一开门，皮包的角儿正打在他的鼻子上。姑娘说了声"对不起，"马先生摸了摸鼻子，算是醒过来了。马威七手八脚的把箱子什么的搬下去，正要往车外走,伊牧师跳上来了。他没顾得和马老先生拉手,提起最大的那只箱子就往外走。

"你们来得真快!海上没受罪?"伊牧师把大箱子放在站台上问马氏父子。

马老先生提着个小盒子,慢慢的下了车,派头满像前清"道台"下大轿似的。

"伊牧师好?"他把小盒子也放在站台上,对伊牧师说:"伊太太好?伊小姐好?伊——?"

伊牧师没等马先生问完了好,又把大箱子抄起来了:"马威!把箱子搬到这边来!除了那只手提箱,你拿着;剩下的全搬过来!"

马威努着力随着伊牧师把箱子全搬到行李房去。马老先生手里什么也没拿,慢慢的扭过来。

伊牧师在柜台上把寄放东西的单子写好,问明白了价钱,然后向马老先生说:"给钱,今天晚上,箱子什么的就全给你们送了去。这省事不省事?"

马老先生给了钱,有点不放心:"箱子丢不了哇?"

"没错!"伊牧师用小黄眼珠绕着弯儿看了老马一眼,跟着向马威说:"你们饿不饿?"

"不——"马老先生赶紧把话接过来,一来是:刚到英国就嚷嚷饿,未免太不合体统。二来是:叫伊牧师花钱请客,于心也不安。

伊牧师没等他把"饿"字说出来,就说:"你们来吧!随便吃一点东西。不饿?我不信!"

马老先生不好意思再客气,低声的和马威用中国话说:"他要请客,别驳他的面子。"

他们父子随着伊牧师从人群里挤出站台来。马威把腰板挺得像棺材板一样的直,脖子梗梗着,噔噔的往前走。马老先生两手撒着,大氅后襟往起撅着一点,慢条斯礼的摇晃着。站台外边的大玻璃棚底下有两三家小酒馆,伊牧师领着他们进了一家。他挑了一张小桌,三个人围着坐下,然后问他们吃什么。马老先生依然说是不饿,可是肚子里直叫唤。马威没有他父亲那样客气,可是初来乍到,不知道要什么好。

伊牧师看出来了:问是没用;于是出了主意:"这么着好不好?每人一杯啤酒,两块火腿面包。"说完了,他便走到柜上去要。马威跟着站起来,帮着把酒和面包端过来。老马连一动也没动,心里说:"花钱吃东西,还得他妈的自己端过来,哼!"

"我平常不喝酒,"伊牧师把酒杯端起来,对他们说:"只是遇着朋友,爱来一杯半碗的喝着玩儿。"他在中国喝酒的时候,总是偷偷的不叫教友们看见,今天和他们父子一块儿喝,不得不这么说明一下。一气下去了半杯,对马威开始夸奖酒馆的干净,然后夸奖英国的有秩序:"到底是老英国呀!马威,看见没有?啊!"嚼了一口面包,用假牙细细的磨着,好大半天才咽下去。"马威,晕船没有？"

"倒不觉得怎么的，"马威说："父亲可是始终没起来。"

"我说什么来着？马先生！你还说不饿！马威，再去给你父亲要杯啤酒，啊，也再给我来一杯，爱喝着玩儿。马先生，我已经给你们找好了房，回来我带你们去，你得好好的歇一歇！"

马威又给他们的酒端来，伊牧师一气灌下去，还一个劲儿说："喝着玩儿。"

三个人都吃完了，伊牧师叫马威把酒杯和碟子都送回去，然后对马老先生说："一个人一个先令。不对，咱们俩还多喝着一杯酒，马威是一个先令，你是一个零六，还有零钱？"

老马先生真没想到这一招儿，心里说：几个先令的事，你作牧师的还不花，你算那道牧师呢！他故意的透着俏皮，反张罗着会伊牧师的账。

"不！不！到英国按着英国法子办，自己吃自己，不让！"伊牧师说。

三个人出了酒馆，伊牧师掏出六个铜子来，递着马威："去，买三张票，两个铜子一张。说：大英博物馆，三张，会不会？"

马威只接过两个铜子，自己掏出四个来，往伊牧师指着的那个小窗户洞儿去买票。把票买来，伊牧师乐了："好孩子！明白怎么买票了吧？"说着，在衣襟的里面掏了半天，掏出一张小地图来："马威，给你这个。看，咱们现在是在利务普街。看见这条红线没有？再走四站就是博物院。这是伦敦中央地道火车。记着，别忘了！"

伊牧师领着二马下了地道。

4

温都先生死了十几多年了。他只给温都夫人留下一处小房子和一些股票。

每逢温都寡妇想起丈夫的时候，总把二寸见方的小手绢哭湿了两三块。除了他没死在战场上，和没给她留下几百万的财产，她对于死去的丈夫没有什么不满意的地方。可是这些问题是每逢一哭丈夫，就捎带脚儿想起来的。他设若死在战场上，除了得个为国捐躯的英名，至少她还不得份儿恤金。恤金纵然赶不上几百万财产，到底也可以叫她一年多买几顶新帽子，几双长筒的丝袜子；礼拜天不喜欢上教堂的时候，还可以喝瓶啤酒什么的。

在她丈夫死后不久，欧洲就打开了大伙。她一来是为爱国，二来为挣钱，到一个汽油公司里去打字。那时候正当各处缺人，每个礼拜她能挣到三镑来钱。在打字的时候，忽然想起男人来，或者是恨男人死得早，错过了这个尽忠报国的机会，她的泪珠儿随着打字机键子的一起一落，吧哒吧哒的往下落。设若他还活着，至不济还不去打死百八十来个德国兵！万一把德皇生擒活捉，他岂不升了元帅，她还不稳稳当当的作元帅太太！她越这么想，越恨德国人，好像德国故意在她丈夫死后才开仗，成心不叫温都先生得个"战士"的英名。杀德国人！鸡犬不留！这么一想，手下的打字机响得分外有劲；打完了一看，竟会把纸戳破了好几个小窟窿——只好重新再打！

温都姑娘的年纪比她母亲小着一半。出了学校，就入了六个月的传习所，学习怎么卖帽子，怎么在玻璃窗里摆帽子，怎么替姑娘太太往头上试帽子。……出了传习所，就在伦敦城里帽铺找了个事，一个礼拜挣十六个先令。

温都寡妇在大战的时候剩了几个钱，战后她只在公司缺人的时候去帮十天半个月的忙，所以她总是在家里的时候多，出门的时候少。温都姑娘念书的时候，母女老是和和气气的，母亲说什么，女儿听什么。到了温都姑娘上帽铺作事以后，母女的感情可不像先前那么好了；时常的母女一顶一句的拌嘴。"叫她去她的！黄头发的小东西子！"温都太太含着泪对小狗儿说。说完，还在狗的小尖耳朵上要个嘴儿，小狗儿有时候也傻瓜似的陪着吊一对眼泪。

吃饭时间的问题，就是她们俩拌嘴的一个大原因。母亲是凡事有条有款，有一定的时候。女儿是初到外边作事，小皮包里老有自己挣的几个先令，回家的时候在卖糖的那里看几分钟，裁缝铺外边看几分钟，珠宝店外又看几分钟。一边看一边想：等着，慢慢的长薪水，买那包红盒子的皮糖，买那件绿绸子绣边儿的大衫。越看越爱看，越爱看越不爱走，把回家那回事简直的忘死了。不但光是回来晚了，吃完晚饭，立刻扣上小帽子，小鸟儿似的又飞出去了。她母亲准知道女儿是和男朋友出去玩，这本来不算怎么新奇；她所不高兴的是：姑娘夜间回来，把和男人出去的一切经过，没结没完的告诉母亲。跟着，还谈好些个结婚问题，离婚问题，谈得有来有去，一点拘束没有。有一回伊牧师来看她们，温都姑娘把情人给她的信，挑了几篇长的，念给老牧师听；牧师本是来劝温都姑娘礼拜天去上教堂，一听姑娘念的信，没等劝她，拿起帽子就跑了。

温都太太年青的时候，一样的享过这种爱的生活。可是她的理想和她女儿的不同了。她心目中的英雄是一拳打死老虎，两脚踹倒野象，可是一见女人便千般的柔媚，万般的奉承。女的呢，总是腰儿很细，手儿很小，动不动就晕过去，晕的时候还永远是倒在英雄的胳臂上。这样的英雄美人，只能在月下花前没人的地方说些知心话，小树林里偷偷的要个嘴儿。如今温都姑娘的爱的理想和经验，与这种小说式的一点也不同了：一张嘴便是结婚后怎么和情人坐汽车一点钟跑八十英里；怎么性情不相投就到法厅离婚；怎么喜欢嫁个意大利的厨子，好到意国去看看莫索里尼到底长着胡子没有；要不然就是嫁个俄国人，到莫斯科去看一眼。专为看俄国妇人的裙子是将盖住磕膝盖儿，还是简直的光腿不穿裙子。

温都寡妇自从丈夫死后，有时候也想再嫁。再嫁最大的难处是经济问题，没有准进项的男人简直不敢拉拢。可是这点难处，她向来没跟别人提过。爱情的甜美是要暗中咂摸的，就是心中想到经济问题，也不能不设法包上一层爱的蜜皮儿。

"去！去！嫁那个俄国鬼去！"温都太太急了，就这样对她女儿说。

"那是！在莫斯科买皮子一定便宜，叫他给我买一打皮袄，一天换一件，看美不美？啊？妈妈！"温都姑娘撒着娇儿说。

温都太太一声不出，抱着小狗睡觉去了。

温都姑娘不但关于爱情的意见和母亲不同，穿衣裳，戴帽子，挂珠子的式样也都不一样。她的美的观念是：什么东西都是越新越好，自要是新的便是好的，美不美不去管。衣裳越短越好，帽子越合时样越好。据她看：她母亲的衣裳都该至少剪去一尺；母亲的帽子不但帽沿儿大得过火，帽子上的长瓣子花儿更可笑的要命。母亲一张嘴便是讲材料的好坏，女儿一张嘴便是巴黎出了什么新样子。说着说着，母女又说僵了。

母亲说："你要是再买那小鸡蛋壳似的帽子，不用再跟我一个桌儿上吃饭！"

女儿回答："你要是还穿那件乡下老的青褂子，我再不和你一块儿上街！"

母女的长像儿也不一样。温都太太的脸是长长儿的，自上而下的往下溜，溜到下巴颏儿只剩下尖尖的一个小三角儿。浅黄的头发，已经有了几根白的，盘成两个圆髻儿，在脑瓢上扣着。一双黄眼珠儿，一只小尖鼻子，一张小薄嘴，只有笑的时候，才能把少年的俊俏露出一点来。身量不高，戴上宽沿帽子的时候更显得矮了。

温都姑娘和她母亲站在一块儿，她要高出一头来。那双大脚和她母亲的又瘦又尖的脚比起来，她们娘儿俩好像不是一家的人。因为要显着脚小，她老买比脚小着一号儿的皮鞋；系上鞋带儿，脚面上凸出两个小肉馒头。母亲走道儿好像小公鸡啄米粒儿似的，一逗一逗的好看。女儿走起道儿来是咚咚的山响，连脸蛋上的肉都震得一哆嗦一哆嗦的。顺着脚往上看，这一对儿长腿！裙子刚压住磕膝盖儿，连袜子带腿一年到头的老是公众陈列品。衣裳短，裙子瘦，又要走得快，于是走道儿的时候，总是介乎"跑"与"扭"之间；左手夹着旱伞皮包，右手因而不能不僵着一点摇晃，只用手腕贴着大腿一个一个的从左而右画半圆的小圈。帽子将把脑袋盖住，脖子不能不往回缩着一点。（不然，脖子就显着太长了。）这样，周身上下整像个扣着盖儿的小圆缩脖坛子。

她的脸是圆圆的，胖胖的。两个笑涡儿，不笑的时候也老有两个像水泡儿将散了的小坑儿。黄头发剪得像男人一样。蓝眼珠儿的光彩真足，把她全身的淘气，和天真烂漫，都由这两个蓝点儿射发出来。笑涡四围的红润，只有刚下树儿的嫩红苹果敢跟她比一比。嘴唇儿往上兜着一点，而且是永远微微的动着。

温都太太看着女儿又可爱又可气，时常的说："看你的腿！裙子还要怎么短！"

女儿把小笑涡儿一缩，拢着短头发说："人家都这样吗！妈！"

5

　　温都太太整忙了一早晨,把楼上三间屋子全收拾得有条有理。头上罩着块绿绸子,把头发一丝不乱的包起来。袖子挽到胳臂肘儿上面,露着胳臂上的细青筋,好像地图上画着的山脉。褂子上系着条白布围裙。把桌子全用水洗了一遍。地毯全搬到小后院细细的抽了一个过儿。地板用油擦了。擦完了电灯泡儿,还换上两个新绿纱灯罩儿。

　　收拾完了,她插着手儿四围看了看,觉得书房里的粉色窗帘,和墙上的蓝花儿纸不大配合,又跑到楼下,把自己屋里的那幅浅蓝地,细白花的,摘下来换上。换完了窗帘,坐在一把小椅子上,把手放在磕膝盖儿上,轻轻的叹了口气。然后把"拿破仑"(那只小白胖狗。)叫上来,抱在怀里;歪着头儿,把小尖鼻子搁在拿破仑的脑门儿上,说:"看看! 地板擦得亮不亮? 窗户帘好看不好看?"拿破仑四下瞧了一眼,摇了摇尾巴。"两个中国人! 他们配住这个房吗?"拿破仑又摇了摇尾巴。温都太太一看,狗都不爱中国人,心中又有点后悔了:"早知道,不租给他们!"她一面叨唠着,一面抱着小狗下楼去吃午饭。

　　吃完了饭,温都太太慌忙着收拾打扮:把头发重新梳了一回,脸上也擦上点粉,把最心爱的那件有狐皮领子的青绉子袄穿上,(英国妇女穿皮子是不论时节的。)预备迎接客人。她虽然由心里看不起中国人,可是既然答应了租给他们房子,就得当一回正经事儿作。换好了衣裳,才消消停停的在客厅里坐下,把狄·昆西的《鸦片鬼自状》找出来念;为是中国客人到了的时候,好有话和他们说。

　　快到了温都太太的门口,伊牧师对马老先生说:"见了房东太太,她向你伸手,你可以跟她拉手;不然,你向她一点头就满够了。这是我们的规矩,你不怪我告诉你吧?"

　　马先生不但没怪伊牧师教训他,反说了声"谢谢您哪!"

　　三个人在门外站住,温都太太早已看见了他们。她赶紧又掏出小镜子照了一照,回手又用手指头肚儿轻轻的按按耳后的鬓儿。听见拍门,才抱着拿破仑出来。开开了门,拿破仑把耳朵竖起来吧吧的叫了两声。温都太太连忙的说:"淘气! 不准!"小狗儿翻了翻眼珠,把耳朵搭拉下去,一声也不出了。

　　温都太太一手抱着狗,一手和伊牧师握手。伊牧师给马家父子和她介绍了一回,她挺着脖梗儿,只是"下巴颏儿"和眉毛往下垂了一垂,算是向他们行了见面礼。马老先生深深鞠了一躬,他的腰还没直起来,她已经走进客厅去了。马威提着小箱儿,在伊牧师背后瞪了她一眼,并没行礼。三个人把帽子什么的全放在过道儿,然后一齐进了客厅。温都太太用小手指头指着两个大椅请伊牧师和马老先生坐下,然后叫马威坐在小茶几旁边的椅子上,她自己坐在钢琴前面的小凳儿上。

伊牧师没等别人说话，先夸奖了拿破仑一顿。温都太太开始讲演狗的历史，她说一句，他夸一声好，虽然这些故事他已经听过二十多回了。

在讲狗史的时候，温都太太用"眉毛"看了看他们父子。看着：这俩中国人倒不像电影上的那么难看，心中未免有点疑惑：他们也许不是真正中国人；不是中国人？又是……

老马先生坐着的姿式，正和小官儿见上司一样规矩：脊梁背儿正和椅子垫成直角，两手拿着劲在膝上摆着。小马先生是学着伊牧师，把腿落在一块儿，左手插在裤兜儿里。当伊牧师夸奖拿破仑的时候，他已经把屋子里的东西看了一个过儿；伊牧师笑的时候，他也随着抿抿嘴。

"伊牧师，到楼上看看去？"温都太太把狗史讲到一个结束，才这样说："马先生？"

老马先生看着伊牧师站起来，也僵着身子立起来；小马先生没等让，连忙站起来替温都太太开开门。

到了楼上，温都太太告诉他们一切放东西的地方。她说一句，伊牧师回答一句："好极了！"

马老先生一心要去躺下歇歇，随着伊牧师的"好极了"向她点头，其实她的话满没听见。他也没细看屋里的东西，心里说：反正有个地方睡觉就行，管别的干吗！只有一样，他有点不放心：床上铺着的东西看着似乎太少。他走过去摸了摸，只有两层毡子。他自己跟自己说："这不冷吗！"在北京的时候，他总是盖两床厚被，外加皮袄棉裤的。

把屋子都看完了，伊牧师见马先生没说什么，赶快的向温都太太说："好极了！我在道儿上就对他们说来着：回来你们看，温都太太的房子管保在伦敦找不出第二家来！马先生！"他的两个黄眼珠钉着马老先生："现在你信我的话了吧！"

马老先生笑了一笑，没说什么。

马威看出伊牧师的意思，赶紧向温都太太说："房子是好极了，我们谢谢你！"

他们都从楼上下来，又到客厅坐下。温都太太把房钱，吃饭的时间，晚上锁门的时候，和一切的规矩，都当着伊牧师一字一板的交待明白了。伊牧师不管听见没有，自要她一停顿，一喘气的时候，他便加个"好极了"，好像乐队里打鼓的，在喇叭停顿的时候，加个鼓轮子似的。马老先生一声没出，心里说："好大规矩呀！这要娶个外国老婆，还不叫她管得避猫鼠似的呀！"

温都太太说完了，伊牧师站起来说："温都太太，我不知道怎么谢谢你才好！改天到我家里去喝茶，和伊太太说半天子话儿，好不好？"

马老先生听伊牧师说：请温都寡妇喝茶，心里一动。低声的问马威："咱们的茶叶呢？"

马威说小箱儿里只有两筒,其余的都在大箱子里呢。

"你把小箱子带来了不是?"马老先生问。

马威告诉父亲,他把小箱子带来了。

"拿过来!"马老先生沈着气说。

马威把小箱子打开,把两筒茶叶递给父亲。马老先生一手托着一筒,对他们说:

"从北京带来点茶叶。伊牧师一筒,温都太太一筒,不成敬意!"说完把一筒交给伊牧师,那一筒放在钢琴上了;男女授受不亲,那能交给温都太太的手里呢!

伊牧师在中国多年,知道中国人的脾气,把茶叶接过去,对温都寡妇说:"准保是好茶叶!"

温都太太忙着把拿破仑放在小凳上,把茶叶筒拿起来。小嘴微微的张着一点,细细的看筒上的小方块中国字,和"嫦娥奔月"的商标。

"多么有趣! 有趣!"她说着,正式的用眼睛——不用眉毛了——看了马老先生一眼。"我可以这么白白的收这么好的东西吗? 真是给我的吗? 马先生!"

"可不是真的!"马先生撅着小胡子说。

"呕! 谢谢你,马先生!"

伊牧师跟温都太太要了张纸,把茶叶筒包好,一边包,一边说:"伊太太最爱喝中国茶。马先生,她喝完你的茶,看她得怎么替你祷告上帝!"

把茶叶筒儿包好,伊牧师楞了一会儿,全身纹丝不动,只是两个黄眼珠慢慢的转了几个圈儿。心里想:白受他的茶叶不带他们出去逛一逛,透着不大和气;再说当着温都太太,总得显一手儿,叫她看看咱这传教的到底与众不同;虽然心里真不喜欢跟着两个中国人在街上走。

"马先生,"伊牧师说:"明天见。带你们去看一看伦敦;明天早点起来呀!"他说着出了屋门,把茶叶筒卷在大氅里,在腋下一夹;单拿着那个圆溜溜的筒儿,怕人家疑心是瓶酒;传教师的行为是要处处对得起上帝的。

马老先生要往外送,伊牧师从温都太太的肩膀旁边对他摇了摇头。

温都太太把伊牧师送出去,两个人站在门外,又谈了半天。马老先生才明白伊牧师摇头的意思。心里说:"洋鬼子颇有些讲究,跟他们非讲圈套不可呢!"

"看这俩中国人怎样?"伊牧师问。

"还算不错!"温都太太回答:"那个老头儿倒挺漂亮的,看那筒茶叶!"

同时,屋子里马威对父亲说:

"刚才伊牧师夸奖房子的时候,你怎么一声不出呢? 还没看出来吗:对外国人,尤其是妇女,事事得捧着说。不夸奖他们,他们是真不愿意!"

"好,不好,心里知道,得了! 何必说出来呢!"马老先生把马威干了回去,然后掏出"川绸"手巾,照撑绿皮脸官靴的架式撑了撑皮鞋。

6

正是四月底的天气:晴一会儿,阴一会儿,忽然一阵小雨;雨点还落着,太阳又出来了。窗户棱上横挂着一串小水珠,太阳一出来,都慢慢化成股白气。屋外刚吐绿叶的细高挑儿杨树,经过了雨,树干儿潮润的像刚洗过澡的象腿,又润,又亮,可是灰唧嘟嘟的。

马老先生虽然在海上已经睡了四十天的觉,还是非常的疲倦。躺在床上还觉得床铺一上一下的动,也好像还听得见海水沙沙的响。夜里醒了好几次,睁开眼,屋子里漆黑,迷迷糊糊的忘了自己到底是在那儿呢。船上?北京?上海?心里觉得无着无靠的,及至醒明白了,想起来已经是在伦敦,又觉得有点说不出来的凄惨!北京的朋友,致美斋的馄饨,广德楼的坤戏,故去的妻子,哥哥……上海……全想起来了,一会儿又全忘了,可是从眼犄角流下两个大泪珠儿来。

"离合悲欢,人生不过如此!转到那儿吃那儿吧!"马老先生安慰着自己:"等马威学成了,再享几天福,当几天老爷吧!"这么一想,心里痛快多了。把一手心热汗的手伸出来,顺着毡子边儿,理了理小胡子。跟着把脑袋从枕头上抬起一点来,听听隔壁有声音没有。一点声儿没有。"年青力壮,吃得饱,睡得着!有出息,那孩子!"他自己嘟囔着,慢慢的把眼睛又闭上。

醒一会儿又睡,睡一会儿又醒,到了出太阳的时候,他才睡安稳了。好像听见马威起来了,好像听见街上过车的声音,可是始终没睁眼。大概有七点半钟了,门上轻轻的响了两声,跟着,温都太太说:"马先生,热水!"

"谢——哼,啊,"他又睡着了。

不到七点钟,马威就起来了。一心的想逛伦敦,抓耳挠腮的无论怎样也不能再睡。况且昨天只见了温都姑娘一面,当着父亲的面儿,也没好意思和她谈话。今天吃早饭是他的好机会,反正父亲是决起不来的。他起来,轻轻的把窗子开开。雨刚住了,太阳光像回窝的黄蜂,带着春天的甜蜜,随着马威的手由窗户缝儿挤进来。他把在上海买的那件印花的西式长袍穿上,大气不出的等着热水来好刮脸。刮脸的习惯是在船上才学来的,上船之前,在上海先施公司买了把保险刀儿。在船上的时候,人家还都没起来,他便跑到浴室里去,细细的刮一回;脸上共总有十来根比较重一点的胡子茬儿,可是刮过几天之后,不刮有点刺闹的慌;而且刮完了,对着镜子一照,觉得脸上分外精神,有点英雄的气象。他常看电影里的英雄,刮脸的时候,满脸抹着胰子,就和人家打起来;打完了,手连颤也不颤,又去继续刮;有的时候,打完了,抱着姑娘要嘴儿,还把脸上的胰子沫儿印在她的腮上。刮脸,这么看起来,不光是一种习惯,里面还含着些情韵呢。

好容易把热水等来了,赶紧漱口刮脸。梳洗完了,把衣裳细细的刷了一回。穿戴好了,想下楼去;又怕下去太早,叫房东太太不愿意。轻轻开了门往外看:父亲门外的白磁水罐,还冒着点热气。楼下母女说话的声音,他听得真真的。温都姑娘的声音听得尤其真切,而且含着点刺激性,叫他听见一个字,心里像雨点儿打花瓣似的那么颤一下。

楼下铃儿响了,他猜着:早饭必定是得了。又在镜子里照了一照:两条眉毛不但没有向上吊着,居然是往下弯弯着,差不多要弯到眼睛下面来。又正了正领带,拉了拉衣襟,然后才咚咚的下了楼。

温都母女平常是在厨房吃早饭的。因为马家父子来了,所以改在小饭厅里。马威进了饭厅,温都太太还在厨房里,只有温都姑娘在桌子旁边坐着,手里拿着张报纸,正看最新式帽子的图样。见马威进来,她说了声:"咳喽!"头也没抬,还看她的报。

她只穿着件有肩无袖的绿单衫,胸脯和胳臂全在外边露着。两条白胖的胳臂好像一对不知道用什么东西作的一种象牙:又绵软,又柔润,又光泽,好像还有股香味儿。

马威端了端肩膀,说了声:"天气不错?"

"冷!"她由红嘴唇挤出这么个字来,还是没看他。

温都太太托着茶盘进来,问马威:"你父亲呢?"

"恐怕还没起呢。"马威低声儿说。

她没说什么,可是脸像小帘子似的摺下来了。她坐在她女儿的对面,给他们倒茶。她特意沏的马先生给的茶叶,要不是看着这点茶叶上面,她非炸了不可。饶这么着,倒茶的时候还低声说了一句:"反正我不能做两回早饭!"

"谁叫你把房租给中国人呢!"温都姑娘把报纸扔在一边,歪着头儿向她母亲说。

马威脸上一红,想站起来就走。皱了皱眉,——并没往起站。

温都姑娘看着他,笑了,好像是说:"中国人,挨打的货! 就不会生气!"

温都太太看了她女儿一眼,赶紧递给马威一碗茶,跟着说:"茶真香! 中国人最会喝茶。是不是?"

"对了!"马威点了点头。

温都太太咬了口面包,刚要端茶碗,温都姑娘忙着拉了她一把:"招呼毒药!"她把这四字说得那么诚恳,自然;好像马威并没在那里;好像中国人的用毒药害人是千真万确,一点含忽没有的。她的嘴唇自自然然的颤了一颤,让你看出来:她决没意思得罪马威,也决不是她特意要精细;她的话纯是"自然而然"说出来的,没心得罪人,她就不懂得什么叫得罪人。自要戏里有个中国人,他一定是用毒药害人的。电影,小说,也都是如此。温都姑娘这个警告是有历史的,是含着点近于宗教信仰的:回回不吃猪肉,谁都知道;中国人用毒药害人——一种信仰!

马威反倒笑了。端起茶碗喝了一口,一声没言语。他明白她的意思,因为他看过英国小说——中国人用毒药害人的小说。

温都太太用小薄嘴唇抿了半口茶，然后搭讪着问马威：中国茶有多少种？中国什么地方出茶？他们现在喝的这种叫什么名字？是怎么制造的？

马威把一肚子气用力压制着，随便回答了几句，并且告诉她，他们现在喝的叫作"香片"。

温都太太又叫他说了一回，然后把嘴噤嘟着说："杭便，"还问马威她学的对不对。

温都姑娘警告她母亲留心毒药以后，想起前几天看的那个电影：一个英国英雄打死了十几个黄脸没鼻子的中国人，打得真痛快，她把两只肉嘟嘟的手都拍红了，红得像搁在热水里的红胡萝卜。她想入了神，一手往嘴里送面包，一手握着拳在桌底下向马威比画着心里说：不光是英国男子能打你们这群找揍的货，女英雄也能把你打一溜跟头！心里也同时想到她的朋友约翰：约翰在上海不定多么出锋头呢！他那两只大拳头，一拳头还不捶死几十个中国鬼！她的蓝眼珠一层一层的往外发着不同的光彩，约翰是她心目中的英雄！……他来信说："加入义勇军，昨天一排枪打了五个黄鬼，内中还有个女的！"……"打死个女人，不大合人道！"温都姑娘本来可以这样想，可是，约翰打死的，打死的又是个中国女人；她只觉得约翰的英勇，把别的都忘了。……报纸上说：中国人屠宰了英国人，英国人没打死半个中国人，难道约翰是吹牛撒谎？她正想到这里，听见她母亲说："杭便。"她歪过头去问："什么？妈！"她母亲告诉她这个茶叫"杭便"，于是她也跟着学。英国人是事事要逞能的，事事要叫别人说好的，所以她忘了马威——只是因为他是中国人——的讨厌。"杭办""杭办""对不对"？她问马威。

马威当然是说："对了！"

吃完了早饭，马威正要上楼看父亲去。温都姑娘从楼下跑了上来，戴着昨天买的新帽子，帽子上插着一捆老鼠尾巴，看着好像一把儿荞麦面面条；戴老鼠尾巴是最新的花样，——所以她也戴。她斜着眼看了马威一下，说了声"再见，"一溜烟似的跑了。

7

温都姑娘上铺子去作工，温都寡妇出来进去的收拾房屋，拿破仑跟着她左右前后的乱跑。马威一个人坐在客厅里等着伊牧师来。

马威自从八岁的时候死了母亲，差不多没经过什么女性的爱护。在小学里的时候，成天和一群小泥鬼儿打交道；在中学里，跟一群稍微个儿大一点的泥鬼瞎混；只有礼拜天到教堂作礼拜去，能看见几位妇女：祈祷的时候，他低着头从眼角偷偷的看她们；可是好几回都被伊太太看见，然后报告给伊牧师，叫伊牧师用一半中国话，一半英国话臭骂他一顿："小孩子！不要看姑娘！在祷告的时候！明白？See？……”伊太太祷告的时候，永远是闭着一只眼往天堂上看上帝，睁着一只眼看那群该下地狱的学生；马威的"看姑娘"是逃不出伊太太的眼线的。

教堂的姑娘十之八九是比伊太太还难看的。他横着走的眼光撞到她们的脸上，有时候叫他不由的赶快闭上眼，默想上帝造人的时候或者有点错儿；不然，……有时候也真看到一两个好看的，可是她们的好看只在脸上那一块，纵然脸上真美，到底叫他不能不联想到冥衣铺糊的纸人儿；于是心中未免有点儿害怕！且不管纸人儿吧，不纸人儿吧，能看到她们已经是不容易！跟她们说说话，拉拉手，——妄想！

就是有一回，他真和女人们在一块儿作了好几天的事。这回事是在他上英国来的前一年，学界闹风潮：校长罢长，教员罢教，学生也罢了学；没有多少人知道为什么这样闹，可是一个不剩，全闹起活来；连教会的学堂也把《圣经》扔了一地，加入战团。马威是向来能说会道，长得体面，说话又甜甘受听，父亲又不大管他，当然被举为代表。代表会里当然有女代表，于是他在风潮里颇得着些机会和她们说几句话，有一回还跟她们拉手。风潮时期的长短是不能一定的，也许三天，也许五个月；虽然人人盼着越长越好，可是事事总要有个结束，好叫人家看着像一回事儿似的。这回风潮恰巧是个短期的，于是马威和女人们交际的命运像舞台上的小武丑儿，刚翻了一个跟头，就从台帘底下爬进后台去了。

马威和温都姑娘不一定有什么前缘，也不是月下老人把他和她的大拇脚指头隔着印度洋地中海拴上了根无形的细红线。她不过是西洋女子中的一个。可是，马威头一个见的恰巧是她。她那种小野猫似的欢蹦乱跳，一见面他心里便由惊讶而羡慕而怜爱而痴迷，好像头一次喝酒的人，一盅下去，脸上便立刻红起来了。可是，她的神气，言语，……叫他心里凉了好多……她说："再见"的时候确是笑着，眼睛还向他一飞……或者她不见得是讨厌他……对了：她不过是不喜欢中国人罢了！等着，走着瞧，日子多了叫她明白明白中国人到底是怎么回事！……何必一定跟她套交情呢，女子可多了，……

马威翻过来掉过去的想，问题很多，可是结论只有一个："等着吧，瞧！"摸了摸自己的脸蛋儿，颧骨尖儿上那一点特别的热，像有个香火头儿在那里烧着。"等着瞧，别忙！""别忙！"他这么叨唠着，嘴唇张着一些，好像是要笑，可是没笑出来；好像要恼——恼她？——又不忍的。一会儿照照镜子看自己的白牙，一会儿手插在裤兜里来回走……"别忙！走着瞧！"

"马威！马威！"马老先生一嗓子痰在楼上叫，跟着嗽了嗽，声音才尖溜了一点："马威！"

马威收了收神，三步两步跑上楼上。马老先生一手开着门，一手端着那个磁水罐。脸上睡的许多红褶儿，小胡子也在一块拧拧着。

"去，弄点热水来！"他把磁罐交给马威。

"我不敢上厨房去呀!"马威说:"昨天晚上您没听房东说吗:不叫咱们到厨房去! 早饭的时候,你没去,她已经说了闲话;您看——"

"别说了! 别说了!"马老先生揉着眼睛说:"不刮脸啦,行不行?"

"回来伊牧师不是要和咱们一块儿出去哪吗——"

"不去,行不行?"

马威没言语,把水倒在漱口盂里,递给父亲。

马老先生漱口的当儿,马威把昨天晚上来的箱子打开,问父亲换衣裳不换。马老先生是一脑门子官司,没理马威。马威本想告诉父亲:在英国就得随着英国办法走;一看父亲脸上的神气,他一声没出,溜出去了。

马老先生越想越有气:"这是上外国吗? 没事找罪受吗! ——找罪受吗! 起晚了不行,热水没有! 没有! 早知道这么着,要命也不来!"想了半天:"有啦! 住旅馆去! 多少钱也花,自要不受这个臭罪!"跟着看了看箱子什么的,心里又冷静下去一点:"东西太多,搬着太麻烦!"又待了一会儿,气更少了:"先在这儿忍着吧,有合适的地方再搬吧!"这么一想,气全没有了,戴上大眼镜,拿起烟袋往书房里去了。

思想是生命里最贱的东西:想一回,觉着有点理;再想一回,觉得第一次所想的并不怎么高明;第三次再想——老实呆着吧,越想越糊涂! 于是以前所想的全算白饶! 马先生的由"住旅馆去!"到"忍着吧!"便是这么一档子事;要不怎么他轻易不思想呢!

温都太太专等着马先生起来问她要早饭,她好抡圆了给他个钉子碰;头一次钉子碰得疼,管保他不再想碰第二次。她听见他起来了,约摸着他已经梳洗完,她嘴里哼唧着往楼上走。走到马先生的屋门外,门儿半开着,一点声儿没有。忽然听见马先生咳嗽了两声,她回头一看,书房的门也开着呢:马先生叼着烟袋在椅子上坐着呢。

"怪不得伊牧师说:中国人有些神魔鬼道儿的,"她心里说:"你不给他早饭吃,他更好,连问也不问! 好! 你就饿着!"

马先生一动也没动,吧嗒着烟袋,头上一圈一圈的冒着蓝烟。

伊牧师到十一点多钟才来,他没见温都太太,在街门口问马威:"你父亲呢? 出去不出去?"马威跑到楼上去问父亲,马老先生摇了摇头,把头上绕着的蓝烟圈弄散开一些。马威跑下来告诉伊牧师:他父亲还没歇过来,不打算出去,于是他自己和伊牧师走下去了。

8

民族要是老了,人人生下来就是"出窝儿老"。出窝老是生下来便眼花耳聋痰喘咳嗽的! 一国里要有这么四万万出窝老,这个老国便越来越老,直到老得爬也爬不动，便一声不出的呜呼哀哉了！

"我们的文明比你们的，先生，老得多呀！"到欧洲宣传中国文化的先生们撇着嘴对洋鬼子说："再说四万万人民，大国！大国！"看这"老"字和"大"字用得多么有劲头儿！

"要是'老的'便是'好的'，为什么贵国老而不见得好呢？"不得人心的老鬼子笑着回答："要是四万万人都是饭桶，再添四万万又有什么用呢？"

于是这些宣传中国文化的先生们，（凡是上西洋来念书的，都是以宣传中国文化为主，念鬼子书不过是那么一回事；鬼子书多么不好念！）听了这类的话，只好溜到中国人唯一的海外事业，中国饭馆，去吃顿叉烧肉，把肚子中的恶气往外挤一挤。

马则仁先生是一点不含糊的"老"民族里的一个"老"分子。由这两层"老"的关系，可以断定：他一辈子不但没用过他的脑子，就是他的眼睛也没有一回钉在一件东西上看三分钟的。为什么活着？为作官！怎么能作官？先请客运动呀！为什么要娶老婆？年岁到了吗！怎么娶？先找媒人呀！娶了老婆干吗还讨姨太太？一个不够吗！……这些东西满够老民族的人们享受一辈子的了。马老先生的志愿也自然止于此。

他到英国来，真像个摸不清的梦：作买卖他不懂；不但不懂，而且向来看不起作买卖的人。发财大道是作官；作买卖，拿着血汗挣钱，没出息！不高明！俗气！一点目的没有，一点计划没有，还叼着烟袋在书房里坐着。"已到了英国，"坐腻了，忽然这么想："马威有机会念书，将来回去作官！……咱呢？吃太平饭吧！哈哈！……"除此以外，连把窗帘打开看看到底伦敦的胡同什么样子都没看；已经到了伦敦，干什么还看，这不是多此一举吗！不但没有看一看伦敦，北京什么样儿也有点记不清了，虽然才离开了四五十天的工夫。到底四牌楼南边有个饽饽铺没有？想不起来了！哎呀，北京的饽饽也吃不着了，这是怎话说的！这么一来，想家的心更重了，把别的事全忘了。咳！——北京的饽饽！

快一点钟了，马老先生的肚子微微响了几声；还勉强吸着烟，烟下去之后，肚子透着分外的空得慌。心里说："看这样儿，是非吃点什么不可呀！"好几次要下楼去向房东说，总觉得还是不开口好。站起来走了几步，不行，越活动越饿。又坐下，从新装上一装烟；没抽，把烟袋又放下了。又坐了半天，肚子不但响，也有点疼了。"下楼试试去！"站起来慢慢往楼下走。

"马先生，夜里睡得好吧？"温都太太带着点讥讽的意思问。

"很好！很好！"马先生回答："温都太太，你好？姑娘出去了吧？"

温都寡妇哼儿哈儿的回答。马先生好几回话到嘴边——要吃饭——又吞回去了；而且问她的话越来越离"吃饭"远："天气还是冷呀？啊！姑娘出去了？——呕，已经问过了，对不起！拿破仑呢？"

温都太太把拿破仑叫来，马老先生把它抱起来，拿破仑喜欢极了，直舐马先

67

生的耳朵。

"小狗真聪明!"马先生开始夸奖拿破仑。

温都太太早已不耐烦了,可是一听老马称赞狗,登时拉不断扯不断的和他说起来。

"中国人也爱狗吗?"她问。

"爱狗!我妻子活着的时候,她养着三个哈吧狗,一只小兔,四只小东西在一块儿吃食,决不打架!"他回答。

"真有趣!有趣极了!"

他又告诉了她一些中国狗的故事,她越听越爱听。马先生是没事儿惯会和三姥姥五姨儿谈天的,所以他对温都太太满有话回答;妇女全是一样的,据他瞧,所不同的,是西洋妇女的鼻子比中国老娘儿们的高一点儿罢了。

说完了狗事,马先生还是不说他要吃饭。温都太太是无论怎么也想不到:他是饿了。英国人是事事讲法律的,履行条件,便完事大吉,不管别的。早饭他没吃,因为他起晚了,起晚了没早饭吃是当然的。午饭呢,租房的时候交待明白了,不管午饭。温都太太在条件上没有作午饭的责任,谁还管你饿不饿呢。

马先生看着没希望,爽得饿一回试试!把拿破仑放下,往楼上走。拿破仑好像很喜爱马先生,摇着尾巴追了上来。马先生又归了位坐下,拿破仑是东咬西抓跟他一个劲儿闹:一会儿藏在椅子背儿后面揪他的衣襟,一会儿绕到前面啃他的皮鞋。

"我说,见好儿就收,别过了火!"马先生对拿破仑说:"你吃饱了,在这儿乱蹦;不管别人肚子里有东西没有!……"

温都太太不放心拿破仑,上楼来看;走到书房门口,门是开着的,正听见马先生对拿破仑报委屈。

"呕!马先生,我不知道你要吃饭,我以为你出去吃饭呢!"

"没什么,还不十分——"

"你要吃,我可以给你弄点什么,一个先令一顿。"

"算我两个先令吧,多弄点!"

待了半天,温都太太给他端上来一壶茶,一盘子凉牛肉,几片面包,还有一点青菜。马先生一看东西都是凉的,(除了那壶茶。)皱了皱眉;可是真饿,不吃真不行。慢慢的把茶全喝了,凉牛肉只吃了一半,面包和青菜一点没剩。吃饱喝足又回到椅子上一坐,打了几个沈重的嗝儿,然后撅短了一根火柴当牙签,有滋有味的剔着牙缝。

拿破仑还在那里,斜着眼儿等着马先生和它闹着玩。马先生没心再逗它,它委委屈屈的在椅子旁边一卧。

温都太太进来收拾家伙;看见拿破仑,赶快放下东西,走过来跪在地毯上,把狗抱起来,问它和马先生干什么玩来着。

马先生从一进门到现在，始终没敢正眼看温都太太；君子人吗，那能随便看妇人呢。现在她的头发上的香味，他闻得真真的。心里未免一热，跟着一颤，简直不知怎么办才好。

温都夫人问他：北京一年开多少次"赛狗会"，中国法律上对于狗有什么保护，哈吧狗是由中国来的不是……

马先生对于"狗学"和"科学"一样的没有研究，只好敷衍她几句；反正找她爱听的说，不至于出错儿。一边说，一边放大了胆子看着她。她虽然已经差不多有三十七八岁了，可是脸上还不显得老。身上的衣裳穿得干净抹腻，更显得年青一些。

他由静而动的试着伸手去逗拿破仑。她不但不躲，反倒把狗往前送了一送；马先生的手差点儿没贴着她的胸脯儿。——他身上一哆嗦！忽然一阵明白，把椅子让给温都太太坐，自己搬过一只小凳儿来。两个人由狗学一直谈到作买卖，她似乎都有些经验。

"现在作买卖顶要紧的是广告。"她说。

"我卖古玩，广告似乎没用！"他回答。

"就是卖古玩，也非有广告不行！"

"可不是！"他很快的由辩论而承认，反倒吓了她一跳。她站起来说：

"把拿破仑留在这儿吧？"

他知道拿破仑是不可轻视的，连忙接过来。

她把家伙都收拾在托盘里，临走的时候对小狗说：

"好好的！ 不准淘气！"

她出去了，老马先生把狗放在地上，在卧椅上一躺又睡着了。

…………

马威到六点多钟才回来，累得脑筋涨起多高，白眼珠上横着几条血丝儿。伊牧师带他先上了伦敦故宫，（就手儿看伦敦桥。）圣保罗教堂和上下议院。伦敦不是一天能逛完的，也不是一天就能看懂的；伊牧师只带他逛了这三处，其余的博物院，美术馆，动物园什么的，等他慢慢的把伦敦走熟了再自己去。上圣保罗教堂的时候，伊牧师就手儿指给马威，他伯父的古玩铺就正在教堂左边的一个小巷儿里。

伊牧师的两条秫秸棍儿腿是真走得快，马威把腰躬起一点，还追不上；可是他到底不肯折脖子，拚命和伊牧师赛了半天的跑。

他刚进门，温都姑娘也回来了，走的很热，她脸更红得好看。他搭讪着要告诉她刚才看见的东西，可是她往厨房跑了去。

马威到楼上去看父亲，马老先生还叼着烟袋在书房里坐着。马威一一把看见的东西告诉了父亲，马老先生并没十分注意的听。直说到古玩铺，马老先生忽然想起个主意来：

"马威！明天咱们先上你伯父的坟,然后到铺子去看一眼,别忘了!"

铃儿响了,父子到饭厅去吃饭。

吃完饭,温都寡妇忙着刷洗家伙。马老先生又回到书房去吃烟。

马威一个人在客厅里坐着,温都姑娘忽然跑进来:"看见我的皮夹儿没有?"

马威刚要答声,她又跑出去了,一边跑一边说:"对了,在厨房里呢。"

马威站在客厅门口看着她,她从厨房把小皮夹找着,跑上来,慌着忙着把帽子扣上。

"出去吗?"他问。

"可不是,看电影去。"

马威从客厅的窗户往外看:她和一个男的,挨着肩膀一路说笑走下去了。

9

马老先生想起上坟,也就手儿想起哥哥来了;夜里梦见哥哥好几回,彼此都吊了几个眼泪。想起哥哥的好处来,心中稍有一点发愧:花过哥哥多少钱!哥哥的钱是容易挣得!不但净花哥哥的钱,那回哥哥寄来钱,还喝得醉猫儿似的,叫两个巡警把他搀回家去。拿哥哥的钱喝酒!还醉得人事不知!……可是又说回来了,过去的事反正是过去的了,还想它作什么?……现在呢,在伦敦当掌柜的,纵然没有作官那么荣耀,到底总得说八字儿不错,命星儿有起色!……对了,怎么没带本阴阳合历来呢!明天上坟是好日子不是呢?……信基督教的人什么也不怕,上帝的势力比别的神都大的多;太岁?不行!太岁还敢跟上帝比比劲头儿!……可是……种种问题,七个上来,八个下去,叫他一夜没能睡实在了。

第二天早晨,天还是阴的很沉,东风也挺凉。老马先生把驼绒紧身法兰绒汗衫,厚青呢衣裤,全穿上了。还怕出去着了凉,试着把小棉袄絮在汗衫上面,可是棉袄太肥,穿上系不上裤子。于是骂了鬼子衣裳一顿,又把棉袄脱下来了。……要不怎么说,东西文化不能调和呢!看,小棉袄和洋裤子就弄不到一块儿!……

吃过早饭,吧嗒了几袋烟,才张罗着出去。

马威领着父亲出了戈登胡同,穿过陶灵吞大院,一直往牛津街走。马威一边走,一边问父亲:是坐地道火车去,还是坐公众汽车去。坟地的地点,他昨天已经和伊牧师打听明白了。马老先生没有主意,只说了声:"到街上再说吧。"

到了牛津街,街上的汽车东往的西来的,一串一串,你顶着我,我挤着你。大汽车中间夹着小汽车,小汽车后面紧钉着摩托自行车,好像走欢了的驼鸟带着一群小驼鸟。好像都要挤在一块儿碰个粉碎,也不是怎股劲儿没挤上;都像要把前面的车顶出多远去,打个毛跟头,也不怎么没顶上。车后面突突的冒着蓝烟,车轮磁拉磁拉的响,喇叭也有仆仆的,有的吧吧的乱叫。远处也是车,近处也是车,前后左右也全是车:全冒着烟,全磁拉磁拉的响,全仆仆吧吧的叫,把这条大街整个儿的作成一条"车海"。两旁便道上的人,男女老少全像丢了点东西似的,扯着脖子往前跑。往下看,只看见一把儿一把儿的腿,往上看只见一片脑袋一点一点的动;正像"车海"的波浪把两岸的沙石冲得一动一动的。

马老先生抬头看看天,阴得灰糊糊的;本想告诉马威不去了,又不好意思;呆了一会儿,看见街心站着一溜汽车:"马威,这些车可以雇吗?"

"价钱可贵呢!"马威说。

"贵也得雇!"马老先生越看那些大公众汽车越眼晕。

"坐地道火车呢?"马威问。

"地道里我出不来气儿!"马先生想起到伦敦那天坐地道车的经验。

"咱们可别太费钱哪。"马威笑着说。

"你是怎么着?——不但雇车,还得告诉赶车的绕着走,找清静道儿走!我告诉你!晕!——"

马威无法,只得叫了辆汽车,并且嘱咐赶车的绕着走。

上了车,马老先生还不放心:不定那一时就碰个脑浆迸裂呀!低着声说:

"怎么没带本宪书来呢!这东西赶上'点儿低',非死不可呀!"

"带宪书干吗?"马威问。

"我跟我自己说呢,少搭碴儿!"马老先生斜着眼瞪了马威一眼。

赶车的真是挑着清静道儿走。一会儿向东,一会儿往西,绕过一片草地,又进了一个小胡同……走了四五十分钟,到了个空场儿。空场四围圈着一人来高的铁栅栏,栅栏里面绕着圈儿种着一行小树。草地上高高矮矮的都是石桩和石碑。伦敦真有点奇怪:热闹的地方是真热闹,清静的地方是真清静。

车顺着铁栏杆转,直转到一个小铁门才站住。父子下了车,马威打算把车打发了,马老先生非叫车等着不可。小铁门里边有间小红房子,孤孤零仃的在那群石桩子前面站着山墙上的小烟筒曲曲弯弯的冒着一股烟儿。他们敲了敲那个小铁门,小红屋子的门开了一个缝儿。门缝儿越开越大,慢慢的一个又圆又胖的脸探出来了。两腮一凸一凹的大概是正嚼着东西。门又开大了一些,这个胖脸和脸以下的那些东西全露出来,把这些东西凑在一块儿,原来是个矮胖的小老太太。

老太太的脸上好像没长着什么玩艺儿,光是"光出溜的"一个软肉球。身上要是把胳臂腿儿去了,整个儿是个小圆辘轴。她一面用围裙擦着嘴,一面问他们找谁的坟墓。她走到他们跟前,他们才看出来:她的脸上确是五官俱全,而且两只小眼睛是笑眯眯的;说话的时候露出嘴里只有一个牙,因为没有什么陪衬,这一个牙看着又长又宽,颇有独霸一方的劲儿。

"我们找马先生的坟,一个中国人。"马威向老太太说。她已经擦完了嘴,用力把手往上凑,大概是要擦眼睛。

"我知道,记得!去年秋天死的!怪可怜的!"老太太又要往起擦围裙:"棺

71

材上有三个花圈，记得！秋天——十月七号。头一个中国人埋在这里，头一个！可怜！"说着，老太太的眼泪在脸上横流；脸上肉太多，泪珠不容易一直流下来。"你们跟我来，我知道，记得！"老太太开始向前走，小短腿像刚孵出来的小鸭子的；走的时候，脸上的肉一哆嗦一哆嗦的动，好像冬天吃的鱼冻儿。

他们跟着老太太走，走了几箭远，她指着一个小石桩子说："那里！"马家父子忙着过去，石桩上的姓名是个外国人的。他们刚要问她，她又说了："不对！不对！还得走！我知道，记得！那里——头一个中国人！"

又走了一两箭远，马威眼快，看见左边一块小石碑，上面刻着中国字；他拉了马老先生一把，两个人一齐走过去。

"对了！就是那里！记得！知道！"老太太在后面用胖手指着他们已经找着的石碑说。

石碑不过有二尺来高，上面刻着马威伯父的名字，马唯仁，名字下面刻着生死年月。碑是用人造石作的，浅灰的地儿，灰紫色的花纹。石碑前面的花圈已经叫雨水冲得没有什么颜色了，上面的纸条已早被风刮去了。石碑前面的草地上，淡淡的开着几朵浅黄野花，花瓣儿上带着几点露水，好像泪珠儿。天上的黑云，地上的石碑和零散的花圈，都带出一股凄凉惨淡的气象；马老先生心中一阵难过，不由的落下泪来；马威虽然没有看见过他的伯父，眼圈儿也红了。

马老先生没管马威和那个老太太，跪在石碑前头恭恭敬敬的磕了三个头，低声的说："哥哥！保佑你兄弟发财，把你的灵运回中国去吧！"说到这里，他不觉的哭得失了声。

马威在父亲背后向石碑行了三鞠躬礼。老太太已经走过来，哭得满脸是水，小短胳臂连围裙都撩不起来了，只好用手在脸上横来竖去的抹。

哭着哭着，她说了话："要鲜花不要？我有！"

"多少钱？"马威问。

"拿来！"马老先生在那里跪着说。

"是，我拿去，拿去。"老太太说完，撩着裙子，意思是要快跑，可是腿腕始终没有一点弯的趋向，干跺着脚，前仰后合的走了。去了老大半天才慢慢的扭回来，连脖子带脸全红得像她那间小红房子的砖一样。一手撩着裙子，一手拿着一把儿杏黄的郁金香。

"先生，花儿来了。真新鲜！知道——"说着，哆哩哆嗦的把花交给马老先生。他捡起一个花圈来，从新把铁条紧了一紧，把花儿都插上；插好了，把花圈放在石碑前面；然后退了两步，端详了一番，眼泪又落下来了。

他哭了，老太太也又哭了。"钱呢！"她正哭得高兴，忽然把手伸出来："钱呢！"

马老先生没言语，掏出一张十个先令的票子递给她了。

她看了看钱票，抬起头来细细的看了看马老先生："谢谢！谢谢！头一个中国人埋在这里。谢谢！我知道。谢谢！盼着多死几个中国人，都埋在这里！"这末两句话本来是她对自己说的，可是马家父子听得真真的。

太阳忽然从一块破云彩射出一条光来，正把他们的影子遮在石碑上，把那点地方——埋着人的那点地方——弄得特别的惨淡。马老先生叹了一口气，擦了擦眼泪，回头看了看马威："马威，咱们走吧！"

爷儿俩慢慢的往外走，老太太在后面跟着跑，问他们还要花儿不要，她还有别样的。马威看了她一眼，马老先生摇了摇头。两个人走到小铁门，已经把老太太落下老远，可是还听得见她说："头一个中国人……"

父子又上了车。马老先生闭着眼睛想：怎么把哥哥的灵运回去。又想到哥哥不到六十岁就死了，自己呢，现在已奔着五十走啦！生命就是个梦呀！有什么意思！——梦！

马威也还没把坟地上那点印象忘了，斜靠着车角，两眼直瞪着驶车的宽脊梁背儿。心里想：伯父，英雄！到国外来作事业！英雄！自然卖古玩算不了什么大事业，可是，挣外国的钱，——总算可以！父亲是没用的，他看了马老先生一眼，不是作官，便是弄盅酒充穷酸。作官，名士，该死！真本事是——拿真知识挣公道钱！

10

马家的小古玩铺是在圣保罗教堂左边一个小斜胡同儿里。站在铺子外边，可以看见教堂塔尖的一部分，好像一牙儿西瓜。铺子是一间门面，左边有个小门，门的右边是通上到下的琉璃窗户。窗子里摆着些磁器，铜器，旧扇面，小佛像，和些个零七八碎儿的。窗子右边还有个小门，是楼上那家修理汗伞、箱子的出入口儿。铺子左边是一连气三个小铺子，紧靠马家的铺子也是个卖古玩的。铺子右边是个大衣装存货的地方，门前放着两辆马车，人们出来进去的往车上搬货。铺子的对面，没有什么，只有一溜山墙。

马家父子正在铺子外面左右前后的端详，李子荣从铺子里出来了。他笑着向他们说：

"马先生吧？请进来。"

马老先生看了看李子荣：脸上还没有什么下不去的地方，只是笑容太过火。再说，李子荣只穿着件汗衫，袖子卷过胳臂肘儿，手上好些铜锈和灰土，因为他正刷洗整理货物架子。马老先生心里不由的给他下了两个字的批语："俗气！"

"李先生吧？"马威赶紧过来要拉李子荣的手。

"别拉手，我手上有泥！"李子荣忙着向裤袋里找手巾，没有找着，只好叫马威拉了拉他的手腕。腕子是又粗又有力气，筋是筋骨是骨的好看。马威亲热的拉这个滚热的手腕，他算是头一眼就爱上李子荣了。汗衫，挽袖子，一手泥，粗手腕,是个干将!不真干还能和外国人竞争吗!

从外国人眼里看起来,李子荣比马威多带着一点中国味儿。外国人心中的中国人是:矮身量,带辫子,扁脸,肿颧骨,没鼻子,眼睛是一寸来长的两道缝儿,撇着嘴,唇上挂着迎风而动的小胡子,两条哈吧狗腿,一走一扭。这还不过是从表面上看,至于中国人的阴险诡诈,袖子里揣着毒蛇,耳朵眼里放着砒霜,出气是绿气炮,一挤眼便叫人一命呜呼,更是叫外国男女老少从心里打哆嗦的。

李子荣的脸差不多正合“扁而肿”的格式。若是他身量高一点,外国人也许高抬他一下,叫他声日本人;(凡是黄脸而稍微有点好处的便是日本人。)不幸,他只有五尺来高,而且两条短腿确乎是罗圈着一点。头上的黑发又粗又多,因脑门儿的扁窄和头发的蓬松,差不多眉毛以上,头发以下,没有多大的空地方了。眼睛鼻子和嘴全不难看,可惜颧骨太平了一些。他的体格可是真好,腰板又宽又直,脖子挺粗,又加着腿有点弯儿,站在那里老像座小过山炮似的。

李子荣算把外国人弄糊涂了:你说他是日本人吧,他的脸真不能说是体面。(日本人都是体面的!)说他是中国人吧,他的黄脸确是洗得晶光;中国人可有舍得钱买胰子洗脸的?再说,看他的腰板多直;中国人向来是哈着腰挨打的货,直着腰板,多么于理不合!虽然他的腿弯着一点,可是走起路来,一点不含忽,真咯噔咯噔的招呼;不但不扭,并且走得飞快,……外国老爷们真弄不清了,到底这个家伙是那种下等人类的产物呢?“啊!”李子荣的房东太太想出来了:“这个家伙是中日合种,”她背地里跟人家说:“决不是真正中国人;日本人?他那配!”

马威和李子荣还没松手,马老先生早挺着腰板儿进了门。李子荣慌忙跑进来,把地上的东西都收拾起来,然后让马老先生到柜房里坐。小铺子是两间的进身,一间是作生意的,一间作柜房。柜房很小,靠后山墙放着个保险箱,箱子前面只有放三四把椅子和一张桌子的地方。保险箱旁边放着个小茶几,上面是电话机和电话簿子。屋子里有些潮气味儿,加上一股酸溜溜的擦铜油儿,颇有点像北京的小洋货店的味儿。

“李伙计,”马老先生想了半天,才想起“伙计”这么两个字:“先沏壶茶来。”

李子荣抓了抓头上乱蓬蓬的黑头发,瞧了老马一眼,然后笑着对马威说:

“这里没茶壶茶碗,老先生一定要喝茶呢,只好到外边去买;你有钱没有?”

马威刚要掏钱,马老先生沈着脸对李子荣说:

“伙计!”这回把“李”字也省下了:“难道掌柜的喝碗茶,还得自己掏腰包吗!再说,架子上有的是茶壶茶碗,你楞说没有?”马老先生拉过张椅子来,在小茶几前面坐下;把脊梁往后一仰的时候,差点儿没把电话机碰倒了。

李子荣慢慢的把汗衫袖子放下来,转过身来看着马老先生说:

“马先生,在你哥哥活着的时候,我就在这里帮过一年多的忙;他死的时候,把买卖托付给我照应着;我不能不照着买卖作!喝茶是个人的事,不能由公账上开销。这里不同中国,公账是由律师签字,然后政府好收税,咱们不能随意开支乱用。至于架子上的茶壶茶碗是为卖的，不是为咱们用的。"他又回过身来对马威说："你们大概明白我的意思？也许你们看我太不客气；可是咱们现在是在英国，英国的办法是人情是人情，买卖是买卖，咱们也非照着这么走不可。"

"对！"马威低声说，没敢看他父亲。

"够了！够了！不喝啦，不喝行不行！"老马先生低着头说，好像有点怕李子荣的样儿。

李子荣没言语，到外间屋把保险箱的钥匙拿进来，开开箱子，拿出几本账簿和文书，都放在马老先生眼前的一把椅子上。

"马先生，这是咱们的账本子什么的，请过过眼，你看完了，我还有话说。"

"干什么呀？反正是那么一回事，我还能疑心你不诚实吗？"马老先生说。

李子荣笑了。

"马老先生，你大概没作过买卖——"

"作买卖？哼——"马老先生插嘴说。

"——好，作过买卖也罢，没作过也罢，还是那句话：公事公办。这是一种手续，提不到疑心不疑心。"李子荣笑也不好，不笑也不好的直为难。明知道中国人的脾气是讲客气，套人情的；又明知道英国人是直说直办，除了办外交，没有转磨绕圈作文章的。进退两难，把他闹得直不知道怎么办才好。只好抓了抓头发，而且把脑门子上的那缕长的，卷，卷，卷成个小圈儿。

马威没等父亲说话，笑着对李子荣说：

"父亲刚由伯父坟地回来，心里还不大消停，等明天再看账吧。"

马老先生点了点头，心里说："到底还是儿子护着爸爸，这个李小子有点成心挤兑我！"

李子荣看了看老马，看了着小马，噗哧一笑，把账本子什么的又全收回去。把东西搁好，又在保险箱的深处轻轻的摸；摸了半天，掏出一个藕荷色的小锦匣儿来。马老先生看着李子荣，直要笑，心里说："这小子变戏法儿玩呢！还有完哪！"

李子荣把小锦匣递给马威。马威看了看父亲，然后慢慢的把小匣打开，里面满塞着细白棉花；把棉花揭开，当中放着一个钻石戒指。

马威把戒指放在手心上细细的看，是件女人的首饰：一个拧着麻花的细金箍，背儿上稍微宽出一点来，镶着一粒钻石，一闪一闪的放着光。

"这是你伯父给你的纪念物。"李子荣把保险箱锁好，对马威说。

"给我瞧瞧！"马老先生说。

马威赶紧把戒指递过去。马老先生要在李子荣面前显一手儿：翻过来掉后去的看，看了外面，又探着头，半闭着眼睛看戒指里面刻着的字。又用手指头抹上点唾沫在钻石上擦了几下。

"钻石，不错，女戒指。"马先生点头咂嘴的说，说着顺手把戒指撂在自己的衣兜里啦。

李子荣刚要张嘴，马威看了他一眼，他把话又吞回去了。

待了一会儿，李子荣把保险箱的钥匙和一串小钥匙托在手掌上，递给马老先生。

"这是铺子的钥匙，你收着吧，马先生！"

"你拿着就结了，喽！"马先生的手还在兜儿里摸着那个戒指。

"马老先生，咱们该把事情说明白了，你还用我不用？"李子荣问，手掌上还托着那些钥匙。

马威向父亲点了点头。

"我叫你拿着钥匙，还能不用你！"

"好！谢谢！你哥哥活着的时候，我是早十点来，下午四点走，一个礼拜他给我两镑钱；我的事情是招待客人，整理货物。他病了的时候，我还是早十点来，可是下午六点才能走；他给我三镑钱一个礼拜。现在呢，请告诉我：工钱，事情，和作事的时间。我愿意只作半天工，工钱少一点倒不要紧；因为我总得匀出点工夫去念书。"

"啊，你还念书？"马先生真没想到李子荣是个念书的。心里说："这份儿俗气，还会念书，瞧不透！中国念书的人不这样！"

"我本来是个学生。"李子荣说："你——"

"马威！——"马老先生没主意，看着马威，眼睛里似乎是说："你给出个主意！"

"我看，我和李先生谈一谈，然后再定规一切，好不好？"马威说。

"就这么办吧！"马老先生站起来了，屋里挺凉，磕膝盖儿有点发僵。"你先把我送回家去，你再回来和李伙计谈一谈，就手儿看看账；其实看不看并不要紧。"他说着慢慢往外走，走到外间屋的货架子前面又站住了。看了半天，回头向李子荣说：

"李伙计，把那个小白茶壶给我拿下来。"

李子荣把壶轻轻的拿下来，递给马老先生。马老先生掏出手绢来，把茶壶包好，交给马威提着。

"等着我，咱们一块儿吃饭，回头见！"马威向李子荣说。

11

父子两个出了古玩铺。走了几步，马老先生站住了，从新细看看铺子的外面。这一回才看见窗子上边横着条长匾，黑地金字，外面罩着层玻璃。"俗气！"他摇着头儿说。说完了，又欠着脚儿，看楼上的牌匾；然后又转过身来，看对面的山墙。"烟筒正对着咱们的窗口，风水不见强！"

马威没管他父亲说什么，仰着头儿看圣保罗堂的塔尖，越看越觉得好看。

"父亲，赶明儿个你上这儿来作礼拜倒不错。"马威说。

"教堂是不坏，可是塔尖把风水都夺去了，咱们受不了哇！"马老先生似乎把基督教全忘了，一个劲儿抱怨风水不强。

出了小胡同口儿，马先生还连连的摇头，抱怨风水不好。马威看见一辆公众汽车是往牛津街去的，圣保罗堂的外边正好是停车的地方，他没问父亲坐不坐，拉着老头儿就往车上跳；马老先生还迷迷糊糊的不知道是怎么回事，车已经开了。马威买了票，跟父亲说：

"别叫李子荣'伙计'呀。你看，这车上的人买张票还对卖票的说'谢谢'呢。他在铺子里又真有用，你叫他'伙计'，不是叫他不好受吗！况且——"

"你说该叫他什么？我是掌柜的，难道掌柜的管伙计叫老爷？"马老先生说着伸手把马威拿着的小茶壶拿过来，掀开手巾，细细看壶底上的篆字。老先生对于篆字本来有限，加上汽车左右乱摇，越发的看不清楚；心里骂马威，不该一声儿不出便上了汽车。

"叫他声李先生，也不失咱们的身分哪！"马威把眉毛皱在一处，可是没有和父亲拌嘴的意思。

汽车正从一个铁桥底下过，桥上面的火车唧咚咕咚的把耳朵震得什么也听不见了；马威的话，自然老马先生一点没听见。汽车忽然往左边一闪，马老先生往前一出溜，差点没把小茶壶撒了手；嘴里嘟囔着骂了几句，好在汽车的声音真乱，马威也没听见。

"你到底愿意用他不愿意呢？"马威乘着汽车站住的工夫问他父亲。

"怎么不用他呢！他会作买卖，我不会！"马老先生的脸蛋红了一块，把脚伸出去一点，好像如果马威再问，他就往车下跳啦。脚伸出去太猛，差点没踩着对面坐着的老太太的小脚尖，于是赶快把腿收回来，同时把跳车的心也取消了。

马威知道问也无益，反正是这么一回事："你还用他不用？"——"怎么不用呀！""何不叫他声先生呢？"——"我是掌柜的，我叫他先生，他该管我叫什么！"算了吧，不必问了！他回过头去，留神看街上的牌子，怕走过了站；卖票的虽然到一站喊一站的地名，可是卖票人的英文字的拼法不是马威一天半天能明白的。

到了牛津街，父子下了车，马威领着父亲往家走。走不远，马老先生就站住一会儿，喘口气，又拿起小茶壶来看一看。有时候忽然站住了，后头走道的人们，全赶紧往左右躲；不然，非得撞上，跌成一堆不止。马先生不管别人，那时高兴便那时站住；马威也无法，只好随着父亲背后慢慢轧着步儿走。爷儿俩好像鱼盆里的泥鳅，忽然一动，忽然一静，都叫盆里的鱼儿乱腾一回。好容易到了家了，马老先生站在门外，用袖口儿把小茶壶擦了一个过儿。然后一手捧着茶壶，一手拿钥匙开门。

温都太太早已吃过午饭，正在客厅里歇着。看见他们回来，一声也没言语。

马老先生进了街门，便叫："温都太太！"

"进来，马先生。"她在屋里说。

马老先生进去了，马威也跟进去。拿破仑正睡午觉，听见他们进来，没睁眼睛，只从鼻子里哼哼了两声。

"温都太太，瞧！"马老先生把小茶壶举起多高，满脸堆着笑，说话的声音也嫩了许多，好像颇有返老还童的希望。

温都太太刚吃完了饭，困眼巴唧的，鼻子上的粉也谢了，露着小红鼻子尖儿，像个半熟的山里红；可是据马老先生看，这个小红鼻子尖有说不出的美。她刚要往起站，马老先生已经把小茶壶送到她的眼前。他还记得那天逗拿破仑玩的时候，她的头发差点没挨着他的衣裳；现在他所以的放大了胆子往前巴结：爱情是得进一步便进一步的事儿；老不往前迈步，便永远没有接上吻的希望；不接吻还讲什么爱情！马老先生是凡事退步，只有对妇女，他是主张进取的，而且进取的手段也不坏；在这一点，我们不能不说马则仁先生有一点天才。

温都寡妇欠着身把小壶儿接过去，歪着头儿细细的看；马老先生也陪着看，脸上笑得像个小红气球儿。

"多么好看！真好！中国磁，是不是？"温都太太指着壶上的红鸡冠子花和两只小芦花鸡说。

马老先生听她夸奖中国磁，心里喜欢的都痒痒了。

"温都太太，我给你拿来的！"

"给我？真的？马先生？"她的两只小眼睛都睁圆了，薄片嘴也成了个大写的"O"，索子骨底下露着的那点胸脯也红了一点。"这个小壶得值好几镑钱吧？"

"不算什么，"马老先生指着茶几上的小瓶儿说："我知道你爱中国磁，那个小瓶儿就是中国的，是不是？"

"你真有眼力，真细心！那只小瓶是我由一个兵手里买的。拿破仑，还不起来谢谢马先生！"她说着把拿破仑抱起来，用手按着狗头向马先生点了两点；拿破仑是真困，始终没睁眼。叫拿破仑谢完了马先生，她还是觉得不好意思白收下那个小壶，转了转眼珠儿，又说："马先生，咱们对换好不好？我真爱这个小壶儿，我要你的壶，你拿我的瓶去卖——大概那个小瓶也值些个钱，我花——多少钱买的呢？你看，我可忘了！"

"对换？别捣麻烦啦！"马老先生笑着说。

马威站在窗前，眼睛钉着他父亲，心里想：他也许把那个戒指给她呢。马老先生确是在兜儿里摸了摸，可是没有把戒指拿出来。

"马先生，告诉我，这个小壶到底值多少钱？人家问我的时候，我好说呀！"温都太太把壶抱在胸口前面，好像小姑娘抱着新买的小布人一样。

"值多少钱？"马老先生往上推了推大眼镜，回过头去问马威："你说值多少钱？"

"我那知道呢！"马威说："看看壶盖里面号着价码没有。"

"对，来，咱看上一看。"马老先生把这几个字说得真像音乐一般的有腔有调。

"不，等我看！"温都太太逗着能说，然后轻轻把壶盖拿下来："喝！五镑十个先令！五镑十个先令！"

马老先生把头歪着挤过去看："可不是，合多少中国钱？六十来块！冤人的事，六十来块买个茶壶！在东安市场花一块二毛钱买把，准比这个大！"

马威越听越觉得不入耳，抓起帽子来说："父亲，我得去找李子荣，他还等着我吃饭呢。"

"对了，马先生，你还没吃饭哪吧？"温都寡妇问："我还有块凉牛肉，很好，你吃不吃？"

马威已经走出了街口，隔着窗帘的缝儿看见父亲的嘴一动一动的还和她说话。

12

马威又回到古玩铺去找李子荣。

"李先生，对不起！你饿坏了吧？上那儿去吃饭？"马威问。

"叫我老李，别先生先生的！"李子荣笑着说。他已经把货架子的一部分收拾干净了，也洗了脸，黄脸蛋上光润了许多。"出了这个胡同就是个小饭馆，好歹吃点东西算了。"说完他把铺子锁好，带着马威去吃饭。

小饭铺正斜对着圣保罗教堂，隔着窗子把教堂的前脸和外边的石像看得真真的。一群老太太，小孩子，都拿着些个干粮，面包什么的，围着石像喂鸽子。

"你吃什么？"李子荣问："我天天就是一碗茶，两块面包，和一块甜点心。这是伦敦最下等的饭铺子，真想吃好的，这里也没有；好在我也吃不起好的。"

"你要什么，就给我要什么吧。"马威想不出主意来。

李子荣照例要的是茶和面包，可是给马威另要了一根炸肠儿。

小饭铺的桌子都是石头面儿，铁腿儿，桌面擦得晶光，怪爱人儿的。四面墙上都安着大镜子，把屋子里照得光明痛快，也特别显着人多火炽。点心和面包什么的，都在一进门的玻璃窗子里摆着，东西好吃不好吃先放在一边，反正看着漂亮干净。跑堂的都是姑娘，并且是很好看的姑娘：一个个穿着小短裙子，头上箍着带褶儿的小白包头，穿梭似的来回端茶拿菜；脸蛋儿都是红扑扑的，和玻璃罩儿里的红苹果一样鲜润。吃饭的人差不多都是附近铺子里的，人人手里拿着张晚报，(伦敦的晚报是早晨九点多钟就下街的。)专看赛马赛狗的新闻。屋里只听得见姑娘们沙沙的来回跑，和刀叉的声音，差不多没有说话的；英国人自要有报看，是什么也不想说的。马威再细看人们吃的东西，大概都是一碗茶，面包黄油，很少有吃菜的。

"这算最下等的饭铺？"马威问。

"不像啊？"李子荣低声的说。

"真干净！"马威嘴里说，心里回想北京的二荤铺，大碗居的那些长条桌子上的黑泥。

"唉，英国人摆饭的时间比吃饭的时间长，稍微体面一点的人就宁可少吃一口，不能不把吃饭的地方弄干净了！咱们中国人是真吃，不管吃的地方好歹。结果是：在干净地方少吃一口饭的身体倒强，在脏地方吃熏鸡烧鸭子的倒越吃越瘦……"

他还没说完，一个姑娘把他们的吃食拿来了。他们一面吃，一面低声的说话。

"老李，父亲早上说话有点儿——"马威很真诚的说。

"没关系！"李子荣没等马威说完，就接过来了："老人们可不都是那样吗！"

"你还愿意帮助我父亲？"

"你们没我不行，我呢，非挣钱不可！放心吧，咱们散不了伙！"李子荣不知不觉的笑的声音大了一点，对面吃饭的老头子们一齐狠狠的瞪他一眼，他连忙低下头去嚼了一口面包。

"你还念书？"

"不念书还行吗！"李子荣说着又要笑，他总觉得他的话说得俏皮可笑，还是不管别人笑不笑，他自己总先笑出来："我说，快吃，回铺子去说。话多着呢，这里说着不痛快，老头子们净瞪我！"

两个人忙着把东西吃完了，茶也喝净了，李子荣立起来和小姑娘要账单儿。他把账单儿接过来，指着马威对她说："你看他体面不体面？他已经告诉我了，你长的真好看！"

"去你的吧！"小姑娘笑着对李子荣说，然后看了马威一眼，好像很高兴有人夸她长的美。

马威也向她笑了一笑，看李子荣和她说话的神气，大概是李子荣天天上这里吃饭来，所以很熟。李子荣掏出两个铜子，轻轻的放在盘子底下，作为小账。李子荣给了饭钱，告诉马威该出十个便士；马威登时还他。

"英国办法，彼此不客气。"李子荣接过钱来笑着对马威说。

两个人回到铺子，好在没有照顾主儿，李子荣的嘴像开了闸一样，长江大河的说下去：

"我说，先告诉你一件事：喝茶的时候别带响儿！刚才你喝茶的时候，没看见对面坐着的老头儿直瞪你吗！英国人擤鼻子的时候是有多大力量用多大力量，可是喝东西的时候不准出声儿；风俗吗，没有对不对的理由；你不照着人家那么办，便是野蛮；况且他们本来就看不起我们中国人！当着人别抓脑袋，别剔指甲,别打嗝儿;喝!规矩多啦!有些留学的名士满不管这一套,可是外国人本来就看不起我们,何必再非讨人家的厌烦不可呢!我本来也不注意这些事,有一回可真碰了钉子啦!是这么回事:有一回跟一个朋友到人家里去吃饭,我是吃饱了气足,仰着脖儿来了个深长的嗝儿;喝!可坏了!旁边站着的一位姑娘,登时把脸子一摞,扭过头去跟我的朋友说:'不懂得规矩礼道的人,顶好不出来交际!'请吃饭的人呢是在中国传过教的老牧师,登时得着机会,对那位姑娘说:'要不咱们怎得到东方去传教呢,连吃饭喝茶的规矩都等着咱们教给他们呢!'我怎么办?在那里吧,真僵的慌;走吧,又觉得不好意思,好难过啦!其实打个嗝儿算得了什么,他们可是真拿你当野蛮人对待呢!老马,留点神吧!你不怪我告诉你?"

"不!"马威坐下说。

李子荣也坐下了,跟着说:"好,我该告诉你,我的历史啦!我原是出来留学的,山东官费留学生。先到了美国,住了三年,得了个商业学士。得了学位就上欧洲来了,先上了法国;到了巴黎可就坏了,国内打起仗来,官费简直的算无望了。我是个穷小子,跟家里要钱算是办不到的事。于是我东胡搂西抓弄,弄了几个钱上英国来了。我准知道英国生活程度比法国高,可是我也准知道在英国找事,工钱也高;再说英国是个商业国,多少可以学点什么。还有一层,不瞒你说!巴黎的妇女我真惹不起;这里,在伦敦,除非妓女没人看得起中国人,倒可以少受一点试探。"说到这里,李子荣又乐起来了;而且横三竖四的抓了抓头发。

"老李,你不是说,别当着人抓脑袋吗?"马威故意和他开玩笑。

"可是你不是外国人哪!当着外国人决不干!说到那儿啦——对,到了伦敦,官费还是不来,我可真抓了瞎啦!在东伦敦住了一个来月,除了几本书和身上的衣裳,简直成了光屁股狗啦!一来二去,巡警局给我找了去啦,叫我给中国工人当翻译。中国工人的英国话有限,巡警是动不动就察验他们,(多么好的中国人也是一脑门子官司,要不怎么说别投生个中国人呢!)我替他们来回作翻译;我的广东话本来有限,可是还能对付,反正我比英国巡警强。我要是不怕饿死,我决不作这个事;可是人到快饿死的时候是不想死的!看着这群老同乡叫英国巡警要笑!咳,无法!饿,没法子!我和咱们这群同乡一样没法子!作这个事情,一个月不过能得个三四镑钱,那够花的;后来又慢慢的弄些个广告什么的翻成中国文,这笔买卖倒不错:能到中国卖货的,自然不是小买卖,一篇广告翻完了,总挣个一镑两镑的。这两笔钱凑在一处,对付着够吃面包的了,可还是没钱去念书。可巧你伯父要找个伙计,得懂得作买卖,会说英国话;我一去见他,事情就成了功。你想,留学的老爷们谁肯一礼拜挣两镑钱作碎催;可是两镑钱到我手里,我好像登了天堂一样。行了,可以念书了!白天作翻译,作买卖,晚上到大学去听讲。你看怎样?老马!"

"不容易,老李你行!"马威说。

"不容易?天下没有容易的事!"李子荣咚的一声站起来,颇有点自傲的神气。

"在伦敦一个人至少要花多少钱？论月说吧。"马威问。

"至少二十镑钱一个月，我是个例外！我在这儿这么些日子了，一顿中国饭还没吃过；不是我吃不起一顿，是怕一吃开了头儿，就非常吃不可！"

"这儿有中国饭馆吗？"

"有！作饭，洗衣裳，中国人在海外的两大事业！"李子荣又坐下了："日本人所到的地方，就有日本窑子；中国人所到的地方，就有小饭铺和洗衣裳房。中国人和日本人不同的地方，是日本人除了窑子以外，还有轮船公司，银行，和别的大买卖。中国人除了作饭，洗衣裳，没有别的事业。要不然怎么人家日本人老挺着胸脯子，我们老不敢伸腰呢！欧美人对日本人和对中国人一样的看不起；可是，对日本人于藐视之中含着点"怕"，"佩服"的劲儿。对中国人就完全不搁在眼里了。对日本人是背后叫 Jap，当面总是奉承；对中国人是当着面儿骂，满不客气！别提啦，咱们自己不争气，别怨人家！问我点别的事好不好？别提这个了，真把谁气死！"

"该告诉我点关于这个铺子的事啦。"

"好，你听着。你的伯父真是把手，真能干！他不专靠着卖古玩，古玩又不是面包，那能天天有买卖；他也买卖股票，替广东一带商人买办货物什么的。这个古玩铺一年作好了不过赚上，除了一切开销，二百来镑钱；他给你们留下个二千来镑钱，都是他作别的事情赚下的。你们现在有这点钱，顶好把这个生意扩充一下，好好的干一下，还许有希望；要是还守着这点事情作，连你们爷俩的花销恐怕也赚不出来；等把那二千来镑钱都零花出来，事情可就不好办了。老马，你得劝你父亲立刻打主意：扩充这个买卖，或是另开个别的小买卖。据我看呢，还是往大了弄这个买卖好，因为古玩是没有定价的，凑巧了一样东西就赚个几百镑；自然这全凭咱们的能力本事。开别的买卖简直的不容易，你看街上的小铺子，什么卖烟的，卖酒的，全是几家大公司的小分号，他们的资本是成千累万的，咱们打算用千十来镑钱跟他们竞争，不是白饶吗！"

"父亲不是个作买卖的人，很难说话！"马威的眉毛又皱在一块，脸上好像也白了一点。

"老人家是个官迷，糟！糟！中国人不把官迷打破，永不会有出息！"李子荣楞了一会，又说："好在这里有咱们两个呢，咱们非逼着他干不可！不然，铺子一赔钱，你们的将来，实在有点危险呢！我说，你打算干什么呢？"

"我？念书啊！"

"念什么？又是翻译篇《庄子》骗个学位呀？"李子荣笑着说。

"我打算学商业，你看怎么样？"

"学商业，好哇！你先去补习英文，把英文弄好，去学商业，我看这个主意不错。"

两个人又说了半天,马威越看李子荣越可爱,李子荣是越说越上精神。两个人一直说到四点多钟才散。马威临走的时候,李子荣告诉他:明天早晨他同他们父子到巡警局去报到:

"律师,医生,是英国人离不开身的两件宝贝。可是咱们别用他们才好。我告诉你:别犯法,别生病,在英国最要紧的两件事!"李子荣拉不断扯不断的和马威说,"我说,从明天起,咱们见面就说英国话,非练习不可。有许多留学生最讨厌说外国话,好在你我是'下等'留学生,不用和老爷们学,对不对?"

两个人站在铺子外面又说了半天的话。说话的时候,隔壁那家古玩铺的掌柜的出来了,李子荣赶紧的给马威介绍了一下。

马威抬头看着圣保罗堂的塔尖,李子荣还没等他问,又把他拉回去,给他说这个教堂的历史。

"我可该回去啦!"马威把圣保罗堂的历史听完,又往外走。

李子荣又跟出来,他好像是鲁滨孙遇见礼拜五那么亲热。

"老马,问你一件事:你那个戒指,父亲给了你没有?"

"他还拿着呢!"马威低声儿说。

"跟他要过来,那是你伯父给你的;谁的东西是谁的!"

马威点了点头,慢慢的往街上走。圣保罗教堂的钟正打五点。

第三段

1

春天随着落花走了，夏天披着一身的绿叶儿在暖风儿里跳动着来了。伦敦也居然有了响晴的蓝天，戴着草帽的美国人一车一车的在街上跑，大概其的看看伦敦到底什么样儿。街上高杨树的叶子在阳光底下一动一动的放着一层绿光，楼上的蓝天四围挂着一层似雾非雾的白气；这层绿光和白气叫人觉着心里非常的痛快，可是有一点发燥。顶可怜的是大"牛狗"，把全身的力量似乎都放在舌头上，喘吁吁的跟着姑娘们腿底下跑。街上的车更多了，旅行的人们都是四五十个坐着一辆大汽车，戴着各色的小纸帽子，狼嚎鬼叫的飞跑，简直的要把伦敦挤破了似的。车站上，大街上，汽车上，全花红柳绿的贴着避暑的广告。街上的人除了左右前后的躲车马，都好像心里盘算着怎样到海岸或乡下去歇几天。姑娘们更显着漂亮了，一个个的把白胳臂露在外面，头上戴着压肩的大草帽，帽沿上插着无奇不有的玩艺儿，什么老中国绣花荷包咧，什么日本的小磁娃娃咧，什么驼鸟翎儿咧，什么大朵的鲜蜀菊花咧，……坐在公众汽车的顶上往下看，街两旁好像走着无数的大花蘑菇。

每逢马威看到这种热闹的光景，他的大眼睛里总含着两颗热泪，他自言自语的说："看看人家！挣钱，享受！快乐，希望！看看咱们，省吃俭用的苦耐——省下两个铜子还叫兵大爷抢了去！哼！……"

温都姑娘从五月里就盘算着到海岸上去歇夏，每天晚上和母亲讨论，可是始终没有决定。母亲打算到苏格兰去看亲戚，女儿嫌车费太贵，不如到近处海岸多住几天。母亲改了主意要和女儿到海岸去，女儿又觉着上苏格兰去的锋头比上海岸去的高的多。母亲刚要给在苏格兰的亲戚写信，女儿又想起来了：海岸上比苏格兰热闹的多。本来姑娘们的歇夏并不为是歇着，是为找个人多的地方欢蹦乱跳的闹几天：露露新衣裳，显显自己的白胳臂；自然是在海岸上还能露露白腿。于是母亲一句，女儿一句，本着英国人的独立精神，一人一个主意，谁也不肯让谁，越商量双方的意见越离的远。

有一天温都太太说了：

"玛力！咱们不能一块儿去；咱们都走了，谁给马先生作饭呢！"（玛力是温都姑娘的名字。）

"叫他们也去歇夏呀！"温都姑娘说，脸上的笑涡一动一动的像个小淘气儿。

"我问过马老先生了，他不歇工！"温都太太把"不"字说得特别有力，小鼻子尖儿往上指着，好像要把棚顶上倒落着的那个苍蝇哄跑似的——棚顶上恰巧有个苍蝇。

"什么？什么？"玛力把眼睛睁得连眼毛全一根一根的立起来了："不歇夏？没听说过！"——英国人真是没听说过，世界上会有终年干活，不歇工的！待了一会儿，她噗嗤一笑，说："那个小马对我说了，他要和我一块儿上海岸去玩。我告诉了他，我不愿和中——国——人——一块儿去！跟着他去，笑话！"

"玛力！你不应当那么顶撞人家！说真的，他们父子也没有什么多大不好的地方！"

温都太太虽然不喜欢中国人，可是天生来的有点愿意和别人嚼争理儿；别人要说玫瑰是红的最香，她非说白的香得要命不可；至不济也是粉玫瑰顶香；其实她早知道粉玫瑰不如红的香。

"得啦，妈！"玛力把脑袋一歪，撇着红嘴唇说："我知道，你爱上那个老马先生啦！你看，他给你一筒茶叶，一把小茶壶！要是我呀，我就不收那些宝贝！看那个老东西的脸，老像叫人给打肿了似的！瞧他坐在那里半天不说一句话！那个小马，更讨厌！没事儿就问我出去不出去，昨天又要跟我去看电影，我——"

"他跟你看电影去，他老给你买票，啊？"温都太太板着脸绐了玛力一句！

"我没叫他给我买票呀！我给他钱，他不要！说起来了，妈！你还该我六个铜子呢，对不对，妈？"

"明天还你，一定！"温都太太摸了摸小兜儿，真是没有六个铜子："据我看，中国人比咱们还宽宏，你看马老先生给马威钱的时候，老是往手里一塞，没数过数儿。马威给他父亲买东西的时候，也不逼着命要钱。再说，"温都太太把脑袋摇了两摇，赶紧用手指肚儿轻轻的按了按脑袋后边挂着的小髻儿："老马先生每礼拜给房钱的时候，一手把账条往兜儿里一塞，一手交钱，永远没问过一个字。你说——"

"那不新新！"玛力笑着说。

"怎么？"她母亲问。

"伦理是随着经济状况变动的。"玛力把食指插在胸前的小袋里，腆着胸脯儿，颇有点大学教授的派头："咱们的祖先也是一家老少住在一块，大家花大家的钱，和中国人一样；现在经济制度改变了，人人挣自己的钱，吃自己的饭，咱们的道德观念也就随着改了：人人拿独立为荣，谁的钱是谁的，不能有一点儿含忽的地方！中国人，他们又何尝比咱们宽宏呢！他们的经济的制度还没有发展得——"

"这又是打那里听来的，跟我显排？"温都太太问。

"不用管我那儿听来的！"玛力姑娘的蓝眼珠一转，歪棱着脑袋噗嗤一笑：

85

"反正这些话有理！有理没有？有理没有？妈？"看着她妈妈点了点头,玛力才接着说:"妈,不用护着中国人,他们要是不讨人嫌为什么电影上,戏里,小说上的中国人老是些杀人放火抢女人的呢?"

（玛力姑娘的经济和伦理的关系是由报纸上看来的,她的讨厌中国人也全是由报纸上,电影上看来的,其实她对于经济与中国人的知识,全不是她自己揣摸出来的。也难怪她,设若中国不是一团乱糟,外国报纸又何从得到这些坏新闻呢！）

"电影上都不是真事！"温都太太心里也并不十分爱中国人,不过为和女儿辩驳,不得不这么说:"我看,拿弱国的人打哈哈,开玩笑,是顶下贱的事！"

"啊哈,妈妈！不是真事？篇篇电影是那样,出出戏是那样,本本小说是那样,就算有五成谎吧,不是还有五成真的吗?"玛力非要把母亲说服了不可,往前探着头问:"对不对,妈？对不对?"

温都太太干嗽了一声,没有言语。心里正预备别的理由去攻击女儿。

客厅的门响了两声,好像一根麻绳碰在门上一样。

"拿破仑来了,"温都太太对玛力说:"把它放进来。"

玛力把门开开,拿破仑摇着尾巴跳进来了。

"拿破仑,宝贝儿,来！帮助我跟她抬杠！"温都太太拍着手叫拿破仑:"她没事儿去听些臭议论,回家来跟咱们露精细！是不是？宝贝儿？"

温都姑娘没等拿破仑往里跑,早并着腿跪在地毯上和它顶起牛儿来。她爬着往后退,小狗儿就前腿伸平了预备往前扑。她撅着嘴忽然说:"忽！"小狗儿往后一蹶腰,然后往前一伸脖,说:"吧！"她斜着眼看它,它横着身往前凑,轻轻的叼住她的胖手腕。……闹了半天,玛力的头发也叫小狗给顶乱了,鼻子上的粉也抹没了;然后拿破仑转回她的身后,咬住她的鞋跟儿。

"妈！瞧你的狗,咬我的新鞋！"

"快来,拿破仑不用跟她玩！"

玛力站起来,一边喘,一边理头发,又握着小白拳头向拿破仑比画着。小狗儿藏在温都太太的脚底下,用小眼睛一眨巴一眨巴的瞅着玛力。

玛力喘过气儿来,又继续和母亲商议旅行的事。温都太太还是主张母女分着去歇夏,玛力不干,她不肯给马家父子作饭。

"再说,我也不会作饭呀！是不是？妈！"

"也该学着点儿啦！"温都太太借机会给女儿一句俏皮的！

"这么办:咱们一块去,写信把多瑞姑姑找来,替他们作饭,好不好？她在乡下住,一定喜欢到城里来住几天;可是咱们得替她出火车费！"

"好吧,你给她写信,我出火车费。"

温都姑娘先去洗了手,又照着镜子,歪着脸,用粉扑儿擤了粉。左照照,右照照,直到把脸上的粉匀得一星星缺点没有了,才去把信封信纸钢笔墨水都拿来。

把小茶儿推到紧靠窗户;坐下;先把衣裳的褶儿拉好;然后把钢笔插在墨水瓶儿里。窗外卖苹果的吆喝了一声,搁下笔,掀开窗帘看了看。又拿起笔来,歪着脖,先在吃墨纸上画了几个小苹果,然后又用中指轻轻的弹笔管儿,一滴一滴的墨水慢慢的把画的小苹果都阴过去;又把笔插在墨水瓶儿里;低着头看自己的胖手;掏出小刀修了修指甲;把小刀儿放在吃墨纸上;又觉得不好,把刀子拿起来,吹了吹,放在信封旁边。又拿起笔来,又在吃墨纸上弹了几个墨点儿;有几个墨点弹得不十分圆,都慢慢的用笔尖描好。描完了圆点,站起来了:

"妈,你写吧!我去给拿破仑洗个澡,好不好?"

"我还要上街买东西呢!"温都太太抱着小狗走过来:"你怎么给男朋友写信的时候,一写就是五六篇呢?怪!"

"谁爱给姑姑写信呢!"玛力把笔交给母亲,接过拿破仑就跑:

"跟我洗澡去,你个小脏东西子!"

<h1 style="text-align:center">2</h1>

马老先生在伦敦三四个月所得的经验,并不算很多:找着了三四个小中国饭铺,天天去吃顿午饭。自己能不用马威领着,由铺子走回家去。英文长进了不少,可是把文法忘了好些,因为许多下等英国人说话是不管文法的。

他的生活是没有一定规律的:有时候早晨九点钟便跑到铺子去,一个人慢条廝理的把窗户上摆着的古玩都从新摆列一回;因为他老看李子荣摆的俗气,不对!李子荣跟他说了好几回,东西该怎摆,颜色应当怎么配,怎么才能惹行人的注意……。他微微的一摇头,作为没听见。

头一回摆的时候,他把东西像抱灵牌似的双手捧定,舌头伸着一点,闭住气,直到把东西摆好才敢呼吸。摆过两回,胆子渐渐的大了。有时候故意耍俏:端着东西,两眼特意的不瞧着手,颇像饭馆里跑堂的端菜那么飘洒。遇着李子荣在铺子的时候,他的飘洒劲儿更耍得出神;不但手里端着东西,小胡子嘴还叼着一把小茶壶,小胡子撅撅着,斜着眼看李子荣,心里说:

"咱是看不起买卖人,要真讲作买卖,咱不比谁不懂行,嗻!"

正在得意,嘴里一干,要咳嗽;茶壶被地心吸力吸下去,——粉碎!两手急于要救茶壶,手里的一个小瓶,两个盘子,也都分外的滑溜:李子荣跑过来接住了盘子;小瓶儿的脖子细嫩,掉在地上就碎了!

把东西摆好,马老先生出去,偷偷的看一看隔壁那家古玩铺的窗户。他捻着小胡子向自己刚摆好的东西点了点头,觉得那家古玩铺的东西和摆列的方法都俗气!可是隔壁那家的买卖确是比自己的强,他猜不透,是什么原因,只好骂英国人全俗气!隔壁那家的掌柜的是个又肥又大,有脑袋,没头发的老家伙;还有个又肥又大,有脑袋,也有头发的(而且头发不少)老妇人。他们好几次赶着马老先生套亲热说话,马老先生把头一扭,给他们个小钉子碰。然后坐在小椅子上自己想着碴儿笑:"你们的买卖好哇,架不住咱不理你! 俗气!"

李子荣劝他好几回,怎么应当添货物,怎么应当印些货物的目录和说明书,怎么应当不专卖中国货。马老先生酸酸的给了他几句:

"添货物! 这些东西还不够摆半天的呀! 还不够眼花的呀!"

有时候马老先生一高兴,整天的不到铺子去,在家里给温都太太种花草什么的。她房后的那块一间屋子大的空地,当马家父子刚到伦敦的时候,只长着一片青草,和两棵快死的月季花。温都太太最喜欢花草,可是没有工夫去种,也舍不得花钱买花秧儿。她的女儿是永远在街上买现成的花,也不大注意养花这回事。有一天,马老先生并没告诉温都太太,在街上买来一捆花秧儿:五六棵玫瑰,十几棵桂竹香,还有一堆刚出芽的西番莲根子,几棵没有很大希望的菊花,梗子很高,叶儿不多,而且不见得一定是绿颜色。

他把花儿堆在墙角儿,浇上了两罐子水,然后到厨房把铁锹花铲全搬运出来。把草地中间用土围成一个圆岗儿,把几棵玫瑰顺着圆圈种上。圆圈的外边用桂竹香种成一个十字。西番莲全埋在墙根底下。那些没什么希望的菊秧子都插在一进园门的小路两旁。种完了花,他把铁锹什么的都送回原地方去,就手儿拿了一筒水,浇了一个过儿。……洗了洗手,一声没言语回到书房抽了一袋烟。……跑到铺子去,找了些小木条和麻绳儿,连哈带喘的又跑回来,把刚种的花儿全扶上一根木条,用麻绳松松的捆好。正好捆完了,来了一阵小雨,他站在那里呆呆的看着那些花儿,在雨水下一点头一点头的微动;直到头发都淋得往下流水啦,才想起往屋里跑。

温都太太下午到小院里放狗,慌着忙着跑上楼去,眼睛和嘴都张着:

"马先生! 后面的花是你种的呀?!"

马老先生把烟袋往嘴角上挪了挪,微微的一笑。

"呕! 马先生! 你是又好又淘气! 怎么一声儿不言语! 多少钱买的花?"

"没花多少钱! 有些花草看着痛快!"马先生笑着说。

"中国人也爱花儿吧?"温都寡妇问。——英国人决想不到:除了英国人,天下还会有懂得爱花的。

"可不是!"马老先生听出她的话味来,可是不好意思顶撞她,只把这三个字说得重一些,并且从嘴里挤出个似笑非笑的笑。楞了一会儿,他又说:"自从我妻子去世以后,我没事就种花儿玩。"想到他的妻子,马老先生的眼睛稍微湿润了一些。

温都太太点了点头,也想起她的丈夫;他在世的时候,那个小院是一年四季不短花儿的。

马老先生让她坐下,两个谈了一点多钟。她问马太太爱穿什么衣服,爱戴什么帽子。他问她丈夫爱吃什么烟,作过什么官。两个越说越彼此不了解;可是越谈越亲热。他告诉她:马太太爱穿紫宁绸坎肩,她没瞧见过。她说:温都先生没作过官,他简直的想不透为什么一个人不作官。……

晚上温都姑娘回来,她母亲没等她摘了帽子就扯着她往后院儿跑。

"快来,玛力!给你点新东西看。"

"呕!妈妈!你怎么花钱买这么些个花儿?"玛力说着,哈着腰在花上闻了一鼻子。

"我?马老先生买的,种的!你老说中国人不好,你看——"

"种些花儿也算不了怎么出奇了不得呀!"玛力听说花儿是马先生种的,赶紧的直起腰来,不闻了。

"我是要证明中国人也和文明人一样的懂得爱花——"

"爱花儿不见得就不爱杀人放火呀!妈,说真的,我今天在报纸又看见三张相片,都是在上海照来的。好难看啦,妈!妈!他们把人头杀下来,挂在电线杆子上。不但是挂着,底下还有一群人,男女老少都有,在那块看电影似的看着!"玛力说着,脸上都白了一些,嘴唇不住的颤,忙着跑回屋里去了。

后院种上花之后,马老先生又得了个义务差事:遇到温都太太忙的时候,他得领着拿破仑上街去散逛。小后院儿本来是拿破仑游戏的地方,现在种上花儿,它最好管闲事,看见小蜜蜂儿,它蹦起多高想把蜂儿捉住;它这一跳,虫儿是飞了,花儿可是倒啦;所以天天非把它拉出去溜溜不可;老马先生因而得着这份美差。玛力姑娘劝她母亲好几回,不叫老马带狗出去。她听说中国人吃狗肉,万一老马一犯馋,半道儿上用小刀把拿破仑宰了,开开斋,可怎么好!

"我问过马老先生,他说中国人不吃狗。"温都太太板着脸说。

"我明白你了,妈!"玛力成心戏弄她的母亲:"他爱花儿,爱狗,就差爱小孩子啦!"

(英国普通人以为一个人爱花爱狗爱儿女便是好丈夫。玛力的意思是:温都太太爱上老马啦。)

温都寡妇没言语,半恼半笑的瞪了她女儿一眼。

马威也劝过他父亲不用带小狗儿出去,因为他看见好几次:他父亲拉着狗在街上或是空地上转,一群孩子在后面跟着起哄:

"瞧这个老黄脸!瞧他的脸!又黄又肿!……"

一个没有门牙的黄毛孩子还过去揪马老先生的衣裳。一个姥姥不疼,舅舅不爱的瘦孩子,抱起拿破仑就跑,成心叫老马先生追他。他一追,别的孩子全扯着脖子嚷:

"看他的腿呀!看他的腿呀!和哈吧狗一样呀!"……"陶马!"——大概那个姥姥不疼,舅舅不爱的瘦孩子叫陶马——"快呀!别叫他追上!"……"陶马!"一个尖嗓儿的小姑娘,头发差不多和脸一样红,喊:"好好抱着狗,别摔了它!"

英国的普通学校里教历史是不教中国事的。知道中国事的人只是到过中国做买卖的,传教的;这两种人对中国人自然没有好感,回国来说中国事儿,自然不会往好里说。又搭着中国不强,海军不成海军,陆军不成陆军,怎么不叫专以海陆军的好坏定文明程度高低的欧洲人看低了!再说,中国还没出一个惊动世界的科学家,文学家,探险家——甚至连在万国运动会下场的人材都没有,你想想,人家怎能看得起咱们!

马威劝了父亲,父亲不听。他(马老先生)积攒了好些洋烟画儿,想去贿赂那群小淘气儿;这么一来,小孩子们更闹得欢了。

"叫他 Chink! 叫他 Chink! 一叫他,他就给烟卷画儿!"……"陶马!抢他的狗哇!"……

3

在蓝加司特街的一所小红房子里,伊太太下了命令:请马家父子,温都母女,和她自己的哥哥吃饭。第一个说"得令"的,自然是伊牧师。伊夫人在家庭里的势力对于伊牧师是绝对的。她的儿女,(现在都长成人了)有时候还不能完全服从她。儿女是越大越难管,丈夫是越老越好管教;要不怎么西洋女子多数挑着老家伙嫁呢。

伊太太不但嘴里出命令,干脆的说,她一身全是命令。她一睁眼,——两只大黄眼睛,比她丈夫的至少大三倍,而且眼皮老肿着一点儿——丈夫,女儿,儿子全鸦雀无声,屋子里比法庭还严肃一些。

她长着一部小黑胡子,挺软挺黑还挺长;要不然伊牧师怎不敢留胡子呢,他要是也有胡子,那不是有意和她竞争吗!她的身量比伊牧师高出一头来,高,大,外带着真结实。脸上没什么肉,可是所有的那些,全好像洋灰和麻刀作成的,真叫有筋骨!鼻子两旁有两条不浅的小沟,一直通到嘴犄角上;哭的时候,(连伊太太有时候也哭一回!)眼泪很容易流到嘴里去,而且是随流随干,不占什么时间。她的头发已经半白了,歇歇松松的在脑后挽着个髻儿,不留神看,好像一团絮鞋底子的破干棉花。

伊牧师是在天津遇见她的,那时候她鼻子旁边的沟儿已经不浅,可是脑后的髻儿还不完全像干棉花。伊牧师是急于成家,她是不反对有个丈夫,于是他们三七二十一的就结了婚。她的哥哥,亚力山大,不大喜欢作这门子亲;他是个买卖人,自然看不起讲道德说仁义,而挣不了多少钱的一个小牧师;可是他并没说什么;看着她脸上的两条沟儿,和头上那团有名无实的头发,他心里说:"嫁个人也好,管他是牧师不是呢!再搁几年,她脸上的沟儿变成河道,还许连个牧师也弄不到手呢!"这么一想,亚力山大自己笑了一阵,没对他妹妹说什么。到了结婚的那天,他还给他们买了一对福建漆瓶。到如今伊太太看见这对瓶子就说:"哥哥多么有审美的能力!这对瓶子至少还不值六七镑钱!"除了这对瓶子,亚力山大还给了妹妹四十镑钱的一张支票。

他们的儿女（正好一儿一女，不多不少，不偏不向。）都是在中国生的，可是都不很会说中国话。伊太太的教育原理是：小孩子们一开口就学下等言语——如中国话，印度话等等。——以后绝对不能有高尚的思想。比如一个中国小孩儿在怀抱里便说英国话，成啦，这个孩子长大成人不会像普通中国人那么讨厌。反之，假如一个英国孩子一学话的时候就说中国话，无论怎样，这孩子也不会有起色！英国的茄子用中国水浇，还能长得薄皮大肚一兜儿水吗！她不许她的儿女和中国小孩子们一块儿玩，只许他们对中国人说必不可少的那几句话，像是："拿茶来！""去！""一只小鸡！"……每句话后面带着个"！"。

伊牧师不很赞成这个办法，本着他的英国世传实利主义，他很愿意叫他的儿女学点中国话，将来回国或者也是挣钱的一条道儿。可是他不敢公然和他的夫人挑战；再说伊太太也不是不明白实利主义的人，她不是不许他们说中国话吗，可是她不反对他们学法文呢。其实伊太太又何尝看得起法文呢；天下还有比英国话再好的！英国贵族，有学问的人，都要学学法文，所以她也不情愿甘落人后；要不然，学法文？噎！……

她的儿子叫保罗，女儿叫凯萨林。保罗在十二岁的时候就到英国来念书，到了英国把所知道的那些中国话全忘了，只剩下最得意的那几句骂街的话。凯萨林是在中国的外国学校念书的，而且背着母亲学了不少中国话，拿着字典也能念浅近的中国书。

…………

"凯！"伊太太在厨房下了命令："预备个甜米布丁！中国人爱吃米！"

"可是中国人不爱吃搁了牛奶和糖的米，妈！"凯萨林姑娘说。

"你知道多少中国事？你知道的比我多？"伊太太梗着脖子说。她向来是不许世界上再有第二个人知道中国事像她自己知道的那么多。什么驻华公使咧，中国文学教授咧，她全没看在眼里。她常对伊牧师说：（跟别人说总得多费几句话。）"马公使懂得什么？白拉西博士懂得什么？也许他们懂得一点半点的中国事，可是咱们才真明白中国人，中国人的灵魂！"

凯萨林知道母亲的脾气，没说什么，低着头预备甜米布丁去了。

伊太太的哥哥来了。

"俩中国人还没来？"亚力山大在他妹妹的乱头发底下鼻子上边找了块空地亲了一亲。

"没哪，进去坐着吧。"伊太太说，说完又到厨房去预备饭。

亚力山大来的目的是在吃饭，并不要和伊牧师谈天，跟个传教师有什么可说的。

伊牧师把烟荷包递给亚力山大。

"不，谢谢，我有——"亚力山大随手把半尺长的一个金盒子掏出来，挑了支吕宋烟递给伊牧师。自己又挑了一支插在嘴里。噌的一声划着一枝火柴，腮梆子一凹，吸了一口；然后一凸，噗！把烟喷出老远。看了看烟，微微笑了一笑，顺手把火柴往烟碟儿里一扔。

亚力山大跟他的妹妹一样高，宽肩膀，粗脖子，秃脑袋，一嘴假牙。两腮非常的红，老像刚挨过两个很激烈的嘴巴似的。衣裳穿得讲究，从头至脚没有一点含忽的地方。

他一手夹着吕宋烟，一手在脑门上按着，好像想什么事，想了半天：

"我说，那个中国人叫什么来着？天津美利公司跑外的，楞头磕脑的那小子。你明白我的意思？"

"张元。"伊牧师拿着那根吕宋烟，始终没点，又不好意思放下，叫人家看出没有吃吕宋的本事。

"对！张元！我爱那小子；你看，我告诉你："亚力山大跟着吸了一口烟，又噗的一下把烟喷了个满堂红："别看他傻头傻脑的，他，更聪明。你看我的中国话有限，他又不会英文，可是我们办事非常快当。你看，他进来说'二千块！'我一点头；他把货单子递给我。我说：'写名字？'他点点头；我把货单签了字。你看，完事！"说到这里，亚力山大捧着肚子，哈哈的乐开了，吕宋烟的灰一层一层的全落在地毯上，直乐得脑皮和脸蛋一样红了，才怪不高兴的止住。

伊牧师觉不出有什么可笑来，推了推眼镜，咧着嘴看着地毯上的烟灰。

马家父子和温都太太来了。她穿着件黄色的衫子，戴着宽沿的草帽。一进门被吕宋烟呛的咳嗽了两声。马老先生手里捧着黑呢帽，不知道放在那里好。马威把帽子接过去，挂在衣架上，马老先生才觉得舒坦一点。

"嘿喽！温都太太！"亚力山大没等别人说话，站起来，举着吕宋烟，瓮声瓮气的说："有几年没看见你了！温都先生好？他作什么买卖呢？"

伊太太和凯萨林正进来，伊太太忙着把哥哥的话接过来：

"亚力！温都先生已经不在了！温都太太！谢谢你来！温都姑娘呢？"

"嘿喽！马先生！"亚力山大没管他妹妹，扑过马老先生来握手："常听我妹妹说道你们！你从上海来的？上海的买卖怎么样？近来闹很多的乱子，是不是？北京还是老张管着吧？那老家伙成！我告诉你，他管东三省这些年啦，没闹过一回排外的风潮！你明白我的意思？在天津的时候我告诉他，不用管——"

"亚力！饭好了，请到饭厅坐吧！"伊太太用全身之力气喊；不然，简直的压不过去他哥哥的声音。

"怎么着？饭得了？有什么喝的没有？"亚力山大把吕宋烟扔下，跟着大家走出客厅来。

"姜汁啤酒！"伊太太梗着脖子说。——她爱她的哥哥，又有点怕他，不然，她连啤酒也不预备。

大家都坐好了，亚力山大又嚷起来了："至不济还不来瓶香槟！"

英国人本来是最讲规矩的,亚力山大少年的时候也是规矩礼道一点不差;自从到中国作买卖,他觉得对中国人不屑于讲礼貌,对他手下的中国人永远是吹胡子瞪眼睛,所以现在要改也改不了啦。因为他这么乱嚷不客气,许多的老朋友现在全不理他了;这是他肯上伊牧师家来吃饭的原因;要是他朋友多,到处受欢迎,他那肯到这里来受罪,喝姜汁啤酒!

“伊太太,保罗呢?”温都太太问。

“他到乡下去啦,还没回来。”伊太太说,跟着用鼻子一指伊牧师:“伊牧师,祷告谢饭!”

伊牧师从心里腻烦亚力山大,始终没什么说话,现在他得着机会,没结没完的祷告;他准知道亚力山大不愿意,成心叫他多饿一会儿。亚力山大睁开好几回眼看桌上的啤酒,心里一个劲儿骂伊牧师。伊牧师刚说“阿门!”他就把瓶子抓起来,替大家斟起来,一边斟酒一边问马老先生:

“看英国怎样?”

“美极了!”马老先生近来跟温都太太学的,什么问题全答以:好极了! 美极了! 对极了!……

“什么意思? 美?”亚力山大透着有点糊涂,他心里想不到什么叫做美,除非告诉他“美”值多少钱一斤。他知道古玩铺的大彩瓶美,展览会的画儿美,因为都号着价码。

“啊?”马老先生不知说什么好,翻了翻白眼。

“亚力!”伊太太说:“递给温都太太盐瓶儿!”

“对不起!”亚力山大把盐瓶抓起来送给温都太太,就手儿差点把胡椒面瓶碰倒了。

“马威,你爱吃肥的,还是爱吃瘦的?”伊姑娘问。

伊太太没等马威说话,梗着脖子说:“中国人都爱吃肥的!”跟着一手用叉子按着牛肉,一手用刀切;嘴唇咧着一点,一条眉毛往上挑着,好像要把谁杀了的神气。

“好极了!”马老先生忽然又用了个温都太太的字眼,谁也不知道他为什么说的。

牛肉吃完了,甜米布丁上来了。

“你能吃这个呀?”伊姑娘问马威。

“可以,”马威向她一笑。

“中国人没有不爱吃米的,是不是? 马先生!”伊太太看着凯萨林,问马先生。

“对极了!”马老先生点着头说。

亚力山大笑开了,笑得红脸蛋全变紫了。没有人理他,他妹妹也没管他,直笑到嘴咧的有点疼了,他自己停住了。

马威舀了一匙子甜米布丁,放在嘴唇上,半天没敢往嘴里送。马老先生吞了一口布丁,伸着脖子半天没转眼珠,似乎是要晕过去。

"要点凉水吧?"伊姑娘问马威。马威点了点头。

"你也要点凉水?"温都太太很亲热的问马老先生。

马老先生还伸着脖子,极不自然的向温都太太一笑。

亚力山大又乐起来了。

"亚力!再来一点布丁?"伊太太斜着眼问。

伊牧师没言语,慢慢的给马家父子倒了两碗凉水。他们一口布丁,一口凉水,算是把这场罪忍过去了。

"我说个笑话!"亚力山大对大伙儿说,一点没管人家爱听不爱听。

温都太太用小手轻轻的拍了几下,欢迎亚力山大说笑话。马老先生见她鼓掌,忙着说了好几个:"好极了!"

"那年我到北京,"亚力山大把大拇指插在背心的小兜儿里,两腿一直伸出去,脊梁在椅子背上放平了。"我告诉你们,北京,穷地方!一个大铺子没有,一个工厂没有,街上挺脏!有人告诉我北京很好看,我看不出来;脏和美挱不到一块!明白我的意思?"

"凯!"伊太太看见马威的脸有点发红,赶紧说:"你带马威去看看你兄弟的书房,回来咱们在客厅里喝咖啡。保罗搜集了不少的书籍,他的书房简直是个小图书馆,马威,你同凯去看看。"

"你听着呀!"亚力山大有点不愿意的样子:"我住在北京饭店,真叫好地方,你说喝酒,打台球,跳舞,赌钱,全行!北京只有这么一个好地方,你明白我的意思?吃完饭没事,我到楼下打台球,球房里站着个黑胡子老头儿,中国人,老派的中国人;我就是爱老派的中国人,你明白我的意思?我一打,他撅着胡子嘴一笑。我心里说,这个老家伙倒怪有意思的。我打完球,他还在那里站着。我过去问他,用中国话问的,'喝酒不喝?'"亚力山大说这四个中国字的时候,脖子一仰,把拳头搁在嘴上,闭着眼,嘴里"嗞"的响了一声——学中国人的举动。

伊太太乘着他学中国人的机会,赶紧说:"请到客厅坐吧!"

伊牧师忙着站起来去开门,亚力山大奔过马老先生去,想继续说他的笑话。温都太太很想听到过中国的人说中国事,对亚力山大说:

"到客厅里去说,叫大家听。"

"温都太太,你的黄衫子可真是好看!"伊太太设尽方法想打断亚力山大的笑话。

"好看极了!"老马给伊太太补了一句。

大家到了客厅,伊太太给他们倒咖啡。

伊牧师笑着对温都太太说:

"听话匣子吧?爱听什么片子?"

"好极了！可是请等兰茉先生说完了笑话。"（兰茉是亚力山大的姓。）

伊牧师无法,端起咖啡坐下了。亚力山大嗽了两声,继续说他的笑话,心里十分高兴。

"温都太太,你看,我问他喝酒不喝,他点了点头,又笑了。我在前头走,他在后面跟着,像个老狗——"

"亚力,递给温都太太一个——,温都太太,爱吃苹果,还是香蕉?"

亚力山大把果碟子递给她,马不停蹄的往下说:

"'你喝什么?'我说。'你喝什么?'他说。'我喝灰色剂,'我说。'我陪着,'他说。我们一对一个的喝起来了,老家伙真成,陪着我喝了五个,一点不含忽!"

"哈哈,兰茉先生,你在中国敢情教给人家中国人喝灰色剂呀!"温都太太笑着说。

伊牧师和伊太太一齐想张嘴说话,把亚力山大的笑话岔过去;可是两个人同时开口,谁也没听出谁的话来,亚力山大乘着机会又说下去了:

"喝完了酒,更新新了,那个老家伙给了酒钱。会了账,他可开了口啦,问我上海赛马的马票怎么买,还是一定求我给他买,你们中国人都好赌钱,是不是?"他问马老先生。

马老先生点了点头。

温都太太嘴里嚼着一点香蕉,低声儿说:

"教给人家赛马赌钱,还说人家——"

她还没说完,伊牧师说:

"温都太太,张伯伦牧师还在——"

伊太太也开了口:"马先生,你礼拜到那里作礼拜去呢?"

亚力山大一口跟着一口喝他的咖啡,越想自己的笑话越可笑;结果,哈哈的乐起来了。

4

在保罗的书房里,伊姑娘坐在她兄弟的转椅上,马威站在书架前面看:书架里大概有二三十本书,莎士比亚的全集已经占去十五六本。墙上挂着三四张彩印的名画,都是保罗由小市上六个铜子一张买来的。书架旁边一张小桌上摆着一根鸦片烟枪,一对新小脚儿鞋,一个破三彩鼻烟壶儿,和一对半绣花的旧荷包。

保罗的朋友都知道他是在中国生的,所以他不能不给他们些中国东西看。每逢朋友来的时候,他总是把这几件宝贝编成一套说词:裹着小脚儿抽鸦片,这是装鸦片的小壶,这是装小壶之荷包。好在英国小孩子不懂得中国事,他怎说怎好。

"这就是保罗的收藏啊?"马威回过身来向凯萨林笑着说。

伊姑娘点了点头。

她大概有二十七八岁的样子。像她父亲,身量不高,眼睛大,可是眼珠儿小。头发和她母亲的一样多,因为她没有她妈妈那样高大的身量,这一脑袋头发好像把她的全身全压得不轻俏了。可是她并不难看,尤其是坐着的时候,小脊梁一挺,带光的黄头发往后垂着,颇有一点东方妇女的静美。说话的时候,嘴唇上老带着点笑意,可是不常笑出来。两只手特别肥润好看,不时的抬起来拢拢脑后的长头发。

"马威,你在英国还舒服吧?"伊姑娘看着他问。

"可不是!"

"真的?"她微微的一笑。

马威低着头摆弄桌上那个小烟壶,待了半天才说:

"英国人对待我们的态度,我不很注意。父亲的事业可是——我一想起来就揪心! 你知道,姐姐!"他在中国叫惯了她姐姐,现在还改不过来:"中国人的脾气,看不起买卖人,父亲简直的对作买卖一点不经心! 现在我们指着这个铺子吃饭,不经心成吗! 我的话,他不听;李子荣的话,他也不听。他能一天不到铺子去,给温都太太种花草。到铺子去的时候,一听照顾主儿夸奖中国东西,他就能白给人家点什么。伯父留下的那点钱,我们来了这么几个月,已经花了二百多镑。他今天请人吃饭,明天请人喝酒,姐姐,你看这不糟心吗! 自要人家一说中国人好,他非请人家吃饭不可;人家再一夸他的饭好,得,非请第二回不可。这还不提,人家问他什么,他老顺着人家的意思爬:普通英国人知道的中国事没有一件是好的,他们最喜把这些坏事在中国人嘴里证明了。比如人家问他有几个妻子,他说'五六个!'我一问他,他急扯白脸的说:'人家信中国人都有好几个妻子,为什么不随着他们说,讨他们的喜欢!'有些个老头儿老太太都把他爱成宝贝似的,因为他老随着他们的意思说话吗!

"那天高耳将军讲演英国往上海送兵的事,特意请父亲去听。高耳将军讲到半中腰,指着我父亲说:'英国兵要老在中国,是不是中国人的福气造化? 我们问问中国人,马先生,你说——'好,父亲站起来规规矩矩的说:'欢迎英国兵!'

"那天有位老太太告诉他,中国衣裳好看。他第二天穿上绸子大褂满街上走,招得一群小孩子在后面叫他 Chink! 他要是自动的穿中国衣裳也本来没有什么;不是,他只是为穿上讨那位老太婆的喜欢。姐姐,你知道,我父亲那一辈的中国人是被外国人打怕了,一听外国人夸奖他们几句,他们觉得非常的光荣。他连一钉点国家观念也没有,没有——"

伊姑娘笑着叹了一口气。

"国家主义。姐姐,只有国家主义能救中国! 我不赞成中国人,像日本人一样,造大炮飞艇和一切杀人的利器;可是在今日的世界上,大炮飞艇就是文明的表现!普通的英国人全咧着嘴笑我们,因为我们的陆海军不成。我们打算抬起头来,非打一回不可!——这个不合人道,可是不如此我们便永久不用想在世界上站住脚!"

"马威!"伊姑娘拉住马威的手:"马威!好好的念书,不用管别的!我知道你的苦处,你受的刺激!可是空暴燥一回,能把中国就变好了吗?不能!当国家乱的时候,没人跟你表同情。你就是把嘴说破了,告诉英国人,法国人,日本人:'我们是古国,古国变新了是不容易的,你们应当跟我们表同情呀,不应当借火打劫呀!'这不是白饶吗!人家看你弱就欺侮你,看你起革命就讥笑你,国与国的关系本来是你死我活的事。除非你们自己把国变好了,变强了,没人看得起你,没人跟你讲交情。马威,听我的话,只有念书能救国;中国不但短大炮飞艇,也短各样的人材;除了你成了个人材,你不配说什么救国不救国!!现在你总算有这个机会到外国来,看看外国的错处,看看自己国家的错处,——咱们都有错处,是不是?——然后冷静的想一想。不必因着外面的些个刺激,便瞎生气。英国的危险是英国人不念书;看保罗的这几本破书,我妈妈居然有脸叫你来看;可是,英国真有几位真念书的,真人材;这几个真人材便叫英国站得住脚。一个人发明了治霍乱的药,全国的人,全世界的人,便随着享福。一个人发明了电话,全世界的人跟着享受。从一有世界直到世界消灭的那天,人类是不能平等的,永远是普通人随着几个真人物脚后头走。中国人的毛病也是不念书,中国所以不如英国的,就是连一个真念书的人物也没有。马威,不用瞎着急,念书,只有念书!你念什么?商业,好,只有你能真明白商业,你才能帮助你的同胞和外国商人竞争!至于马老先生,你和李子荣应当强迫他干!我知道你的难处,你一方面要顾着你们的孝道,一方面又看着眼前的危险;可是二者不可得兼,从英国人眼中看,避危险比糊涂的讲孝道好!我生在中国,我可以说我知道一点中国事;我是个英国人,我又可以说我明白英国事;拿两国不同的地方比较一下,往往可以得到一个很明确妥当的结论。马威,你有什么过不去的地方,请找我来,我要是不能帮助你,至少我可以给你出个主意。

"你看,马威!我在家里也不十分快乐:父母和我说不到一块儿,兄弟更不用提;可是我自己有我自己的事,作完了事,念我的书,也就不觉得有什么苦恼啦!人生,据我看,只有两件快活事:用自己的知识,和得知识!"

说到这里,凯萨林又微微的一笑。

"马威!"她很亲热的说:"我还要多学一点中文,咱们俩交换好不好?你教我中文,我教你英文,可是——"她用手拢了拢头发,想了一会儿:"在什么地方呢?我不愿意叫你常上这儿来,实在告诉你说,母亲不喜欢中国人!上你那里去?你们——"

"我们倒有间小书房,"马威赶紧接过来说:"可是叫你来回跑道儿,未免——"

"那倒不要紧,因为我常上博物院去念书,离你们那里不远。等等,我还得想想;这么着吧,你听我的信吧!"

谈到念英文,凯萨林又告诉了马威许多应念的书籍,又告诉他怎么到图书馆去借书的方法。

"马威,咱们该到客厅瞧瞧去啦。"

"姐姐,我谢谢你,咱们这一谈,叫我心里痛快多了!"马威低声儿说。

凯萨林没言语,微微的笑了笑。

5

伊太太和温都寡妇的脑门儿差不多都挤到一块了。伊太太的左手在磕膝盖儿上放着,右手在肩膀那溜儿向温都寡妇指着;好几回差一点戳着温都的小尖鼻子。温都太太的小鼻子耸着一点,小嘴儿张着,脑袋随着伊太太的手指头上下左右的动,好像要咬伊太太的手。两位喊喊喳喳的说,没人知道她们说的是什么。

亚力山大坐在椅子上,两只大脚伸出多远,手里的吕宋烟已经慢慢的自己烧灭了。他的两眼闭着,脸蛋儿分外的红,嘴里哧呼哧呼的直响。

马老先生和伊牧师低声的谈,伊牧师的眼镜已经快由鼻子上溜下来了。

伊姑娘和马威进来,伊太太忙着让马威喝咖啡。伊姑娘坐在温都太太边旁,加入她们的谈话。

亚力山大的呼声越来越响,特噜一声,把自己吓醒了:"谁打呼来着?"他眨巴着眼睛问。

这一问,大家全笑了;连他妹妹都笑得脑后的乱头发直颤动。他自己也明白过来,也笑开了,比别人笑的声音都高着一个调门儿。

"我说,马先生,喝两盅去!"亚力山大扶着马老先生的肩膀说:"伊牧师,你也去,是不是?"

伊牧师推了推眼镜,看着伊太太。

"伊牧师还有事呢!"伊太太说:"你和马先生去吧,你可不许把马先生灌醉了,听见没有?"

亚力山大向马先生一挤眼,没说什么。

马老先生微微一笑,站起来对马威说:

"你同温都太太回家,我去喝一盅,就是一盅,不多喝;我老没喝酒啦!"

马威没言语,看了看凯萨林。

亚力山大跟他外甥女亲了个嘴,一把拉住马先生的胳臂:"咱们走哇!"

伊太太和她哥哥说了声"再见,"并没站起来。伊牧师把他们送到门口。

"你真不去?"在门口亚力山大问。

"不!"伊牧师说,然后向马先生:"一半天见,还有事跟你商议呢!"

两个人出了蓝加司特街,过了马路,顺着公园的铁栏杆往西走。正是夏天日长,街上还不很黑,公园里人还很多。公园里的树叶真是连半个黄的也没有,花池里的晚郁金香开得像一片金红的晚霞。池子边上,挨着地的小白花,一片一片的像刚下的雪,叫人看着心中凉快了好多。隔着树林,还看得见远远的一片水,一群白鸥上下的飞。水的那边奏着军乐,隔着树叶,有时候看见乐人的红军衣。凉风儿吹过来,军乐的声音随着一阵阵的送到耳边。天上没有什么云彩,只有西边的树上挂着一层淡霞,一条儿白,一条儿红,和公园中的姑娘们的帽子一样花哨。

公园对面的旅馆全开着窗子,支着白地粉条,或是绿条的帘子,帘子底下有的坐着露着胳臂的姑娘,端着茶碗,赏玩着公园的晚景。

马老先生看看公园,看看对面的花帘子,一个劲点头夸好。心中好像有点诗意,可是始终作不成一句,因为他向来没作过诗。

亚力山大是一直往前走,有时候向着公园里的男女一冷笑。看见了皇后门街把口的一个酒馆,他真笑了;舐了舐嘴唇,向马老先生一努嘴。马老先生点了点头。

酒馆外面一个瘸子拉着提琴要钱,亚力山大一扭头作为没看见。一个白胡子老头撅着嘴喊:"晚报——!晚报!"亚力山大买了一张夹在胳臂底下。

进了门,男男女女全在柜台前面挤满了。一人手里端着杯酒,一边说笑一边喝。一个没牙的老太太在人群里挤,脸蛋红着,问大伙儿:"看见我的孩子没有?"她只顾喝酒,不知道什么工夫她的孩子跑出去啦。亚力山大等着这个老太太跑出去,拉着马先生进了里面的雅座。

雅座里三面围着墙全是椅子,中间有一块地毯,地毯上一张镶着玻璃心的方桌,桌子旁边有一架深紫色的钢琴。几个老头子,一人抱着一个墙角,闭着眼吸烟,酒杯在手里托着。一个又胖又高的妇人,眼睛已经喝红,摇着脑袋,正打钢琴。她的旁边站着个脸红胡子黄的家伙,举着酒杯,张着大嘴,(嘴里只有三四个黑而危险的牙。)高唱军歌。他的声音很足,表情也好,就是唱的调子和钢琴一点不发生关系。看见马先生进来,那个弹琴的妇人脸上忽然一红,忽然一白,肩膀向上一耸,说:"喝!老天爷!来了个Chink!"说完,一摇头,弹得更欢了,大胖腿在小凳上一起一落的碰得噗哧噗哧的响。那个唱的也忽然停住了,灌了一气酒。四犄角的老头儿全没睁眼,都用烟袋大概其的向屋子当中指着,一齐说:"唱呀!乔治!"乔治又灌了一气酒,吧的一声把杯子放在小桌上,又唱起活儿来;还是歌和琴不发生关系。

"喝什么,马先生?"亚力山大问。

"随便!"马老先生规规矩矩的坐在靠墙的椅子上。

亚力山大要了酒,一边喝一边说他的中国故事。四角的老头子全睁开了眼,看了马先生一眼,又闭上了。亚力山大说话的声音比乔治唱的还高还足,乔治赌气子不唱了,那个胖妇人也赌气子不弹了,都听着亚力山大说。马老先生看这个一眼,看那个一眼,抿着嘴笑一笑,喝一口酒。乔治凑过来打算和亚力山大说话,因为他的妹夫在香港当过兵,颇听说过一些中国事。亚力山大是连片子嘴一直往下说,没有乔治开口的机会;乔治咧了咧嘴,用他的黑而危险的牙示了示威,坐下了。

"再来一个?"亚力山大把笑话说到一个结束,问马先生。

马老先生点了点头。

"再来一个?"亚力山大把笑话又说到一个结束,又问马先生。

马老先生又点了点头。

…………

喝来喝去,四个老头全先后脚儿两腿拧着麻花扭出去了。跟着,那个胖妇人也扣上帽子,一步三摇的摇出去。乔治还等着机会告诉亚力山大中国事,亚力山大是始终不露空。乔治看了看表,一声没言语,溜出去;出了门,一个人唱开了。

酒馆的一位姑娘进来,笑着说:"先生,对不起!到关门的时候了!"

"谢谢,姑娘!"亚力山大的酒还没喝足。可是政府有令,酒馆是十一点关门;无法,只好走吧:"马先生,走啊!"

…………

天上的星密得好像要挤不开了。大街两旁的树在凉风儿里摇动着叶儿,沙沙的有些声韵。汽车不多了,偶尔过来一辆,两只大灯把空寂的马路照得像一条发光的冰河。车跑过去,两旁的黑影登时把这条亮冰又遮盖起来。公园里的树全在黑暗里鼓动着花草的香味,一点声音没有,把公园弄成一片甜美的梦境。

马老先生扶着公园的栏杆,往公园里看,黑丛丛的大树都像长了腿儿,前后左右乱动。而且树的四围挂着些乱飞的火星,随着他的眼睛转。他转过身来,靠定铁栏杆,用手揉了揉眼睛,那些金星儿还是在前面乱飞,而且街旁的煤气灯全是一个灯两道灯苗儿;有的灯杆子是弯的,好像被风吹倒的高粱秆儿。

脑袋也跟他说不来,不扶着点东西脑袋便往前探,有点要把两脚都带起来的意思;一不小心,两脚还真就往空中探险。手扶住些东西,头的"猴儿啃桃"运动不十分激烈了,可是两条腿又成心捣乱。不错,从磕膝盖往上还在身上挂着,但是磕膝盖以下的那一截似乎没有再服从上部的倾向——真正劳工革命!街上的人也奇怪,没有单行客,全是一对一对的,可笑!也不是谁把话匣子片上在马先生的脑子里啦,一个劲儿转,耳朵里听得见,吱,吱,嗡,嗡,吱嗡吱嗡,一劲儿响。

心里还很明白,而且很喜欢:看什么都可笑;不看什么时,也可笑。他看看灯杆子笑开了!笑完了,从栏杆上搬下一只手来,往前一抢,嘴一咧:"那边是家!慢慢的走,不忙!忙什么?有什么可忙的呀?嘁!"……"亚力山大,不对,是亚力山大,他上那儿啦?好人!"说完了,低着头满处找:"刚才谁说话来着?"找了

100

半天,手向上一抢,碰着鼻子了:"嗐!这儿!这儿说话来着!对不对,老伙计?"…………

6

马威和温都太太到了家。因为和伊太太说话太多了,她有点乏啦。进了门,房里一点声音没有,只听见拿破仑在后院里叫唤呢。温都太太没顾得摘帽子,三步两步跑到后花园,拿破仑正在一棵玫瑰花下坐着:两条前腿壁直,头儿扬着,向天上的星星叫唤呢;听见它主母的脚步声儿,它一蹿蹿到她的眼前,一团毛似的在她腿上乱滚乱绕。

"哈喽!宝贝!剩你一个人啦?玛力呢?"温都太太问。

拿破仑一劲儿往上跳,吧吧的叫着,意思是说:"快抱抱我吧!玛力出去不管我!我一共抄了三个大苍蝇吃,吓走了一个黑猫。"

温都太太把狗抱到客厅里去。马威正从窗子往外望,见她进来,他低声儿说:

"父亲怎么还不回来呢!"

"玛力也不知上那儿玩去啦?"温都太太坐下说。

拿破仑在它主母的怀里,一劲儿乱动:甩它的脖子在她的胸上蹭来蹭去。

"拿破仑,老实一点!我乏了!跟马威去玩!"她捧着拿破仑递给马威,拿破仑乘机会用小尾巴抽了她的新帽子一下。

马威把他接过来,拿破仑还是乱动乱顶,一点不老实。马威轻轻的给它从耳朵根儿往脖子底下抓,抓了几下,拿破仑老实多了;用鼻子顶住马威的胸口,伸着脖子等他抓。抓着抓着,马威摸着点东西在小狗的领圈上掖着;细一看,原来是个小纸阄儿,用两根红丝线拴着,马威慢慢的解,拿破仑一动也不动的等着,只是小尾巴的尖儿轻轻的摇着。

马威把纸条解下来,递给温都太太。她把纸条舒展开,上面写着:

"妈:晚饭全做糊啦,鸡蛋摊在锅上弄不下来。华盛顿找我来了,一块去吃冰吉凌,晚上见。拿破仑在后院看着老马的玫瑰呢。玛力。"

温都太太看完,顺手把字条撕了;然后用手背遮着小嘴打了个哈嗤。

"温都太太,你去歇着吧,我等着他们!"马威说。

"对了,你等着他们!你不喝碗咖啡呀?"

"谢谢,不喝了!"

"来呀,拿破仑!"温都太太抱着小狗走出去。

温都太太近来颇有点喜欢马威,一半是因为他守规矩,说话甜甘;一半是因为玛力不喜欢他;温都太太有点怪脾气,最爱成心和别人别扭着。

马威把窗子开开一点,坐在茶几旁边的椅子上,往街上看。听见个脚步声儿,便往外看看,看了好几回,都不是父亲。从书架上拿下一本小说来,翻了几篇,念不下去,又送回去了。有心试试钢琴,一想天太晚了,没敢弹。又回来坐在窗子里面,皱着眉头想:人家的青年男女多乐!什么也不想,什么也不虑。有烟卷吃,有钱看电影,有足球踢,完事!咱们?……那个亚力山大!伊太太的那脑袋头发!伊姐姐,她的话是从心里说出来的吗?一定是!看她笑得多么恳切!她也不快乐!反正也比我强!想到这里,伊姑娘的影儿站在他面前了:头发在肩上垂着,嘴唇微动的要笑。他心里痛快了一些,好像要想些什么,可是没等想出来,脸就红了。……玛力真可——,可是——她美!她又跟谁玩去了?叫别人看着她的脸,或者还许享受她的红嘴唇?他的眉毛皱起来,握着拳头在腿上捶了两下。凉风儿从窗缝吹进来,他立起来对着窗户深深的吸了一口气。

一辆汽车远远的来了,马威心中一跳;探头往外看了看。车一闪的工夫到了门口,车里说了声:"就是这儿!"——玛力的声音!车门开开了,下来的并不是玛力,是个大巡警!马威慌着跑出来,还没说话,那个大巡警向他一点头。他跳过去,玛力正从车里出来。她的脸挺白,眼睛睁得挺大,帽子在手里拿着,可是举动还不十分惊慌。她指着车里向马威说:

"你父亲!"

"死——,怎么啦?"马威拉着车门向里边看。他不顾得想什么,可是自然的想到:他父亲一定是叫汽车给轧——至少是轧伤了!跟着,他嗓子里像有些东西糊住,说不出话来,嘴唇儿不住的颤。

"往下抬呀!"那个大巡警稳稳当当的说。

马威听见巡警的话,才敢瞧他的父亲。马老先生的脑袋在车犄角里掖着,两条腿斜伸着,看着分外的长。一只手歇歇松松的在怀里放着;那一只手心朝上在车垫子上摆着。脑门子上青了一块,鼻子眼上有些血点,小胡子嘴还像笑着。

"父亲!父亲!"马威拉住父亲一只手叫;手是冰凉,可是手心上有点凉汗;大拇指头破了一块,血已经定了。

"抬呀!没死,不要紧!"那个大巡警笑着说。

马威把手放在父亲的嘴上,确是还有呼吸,小胡子也还微微的动着。他心里安静多了,看了大巡警一眼,跟着脸上一红。

巡警,马威和驶车的把醉马抬下来,他的头四面八方的乱摇,好像要和脖子脱离关系。嗓子里咯喽咯喽的直出声儿。三个人把他抬上楼去,放在床上,他嗓子里又咯喽了一声,吐出一些白沫来。

玛力的脸也红过来了,从楼下端了一罐凉水和半瓶白兰地酒来。马威把罐子和瓶儿接过来,她忙着拢了拢头发,然后又把水罐子拿过来,说:"我灌他,你去开发车钱!"马威摸了摸口袋,只有几个铜子,忙着过来轻轻的摸父亲的钱包。打开钱包,拿出一镑钱来递给驶车的。驶车的眉开眼笑的咚咚一步下三层楼梯,跑出去了。马威把钱包掖在父亲的裤子底下,钱包的角儿上有个小硬东西,大概是那个钻石戒指，马威也没心细看。

驶车的跑了，马威赶紧给巡警道谢，把父亲新买的几支吕宋烟递给他。巡警笑着挑了一支，放在兜儿里，跟着过去摸了摸马先生的脑门，他说：

"不要紧了！喝大发了点儿，哎？"巡警说完，看了看屋里，慢慢的往外走："再见吧！"

玛力把凉水给马先生灌下去一点，又拢了拢头发，两个腮梆儿一鼓，叹了一口气。

马威把父亲的纽子解开，领子解下来，回头对她说：

"温都姑娘，今个晚上先不用对温都太太说！"

"不说！"她的脸又红扑扑的和平常一样好看了。

"你怎么碰见父亲的？"马威问。

哇！马老先生把刚灌下去的凉水又吐出来了。

玛力看了看马老先生，然后走到镜子前面照了照，才说：

"我和华盛顿上亥德公园了。公园的门关了以后，我们顺着公园外的小道儿走。我一脚踩上一个软的东西，吓了我一大跳。往下一看，他，你父亲！在地上大鳄鱼似的爬着呢。我在那里看着他，华盛顿去叫了辆汽车来，和一个巡警。巡警要把他送到医院去，华盛顿说，你的父亲是喝醉了，还是送回家来好。你看，多么凑巧！我可真吓坏了，我知道我的嘴直颤！"

"温都姑娘，我不知道怎么谢谢你才好！再见着华盛顿的时候，替我给他道谢！"马威一手扶着床，一面看着她说。心里真恨华盛顿，可是还非这么说不可！

"好啦！睡觉去喽！"玛力又看了马老先生一眼，往外走，走到门口回过头来说："再灌他点凉水。"

温都太太听见楼上的声音，玛力刚一下楼就问：

"怎么啦，玛力？"

"没事，我们都回来晚啦！拿破仑呢？"

"反正不能还在花园里！"

"哈！得！明天见，妈！"

7

马威把父亲的衣裳脱下来，把毡子替他盖好。马老先生的眼睛睁开一点，嘴唇也动了一动，眼睛刚一睁，就闭上了；可是眼皮还微微的动，好像受不住灯光似的。马威坐在床旁边，看见父亲动一下，心里放下一点去。

"华盛顿那小子，天天跟她出去！"马威皱着眉头儿想："可是他们救了父亲！她今天真不错；或者她的心眼儿本来不坏？父亲？真糟！这要是叫汽车轧死呢？白死！亚力山大！好，明天找伊姑娘去！"

马威正上下古今的乱想，看见父亲的手在毡子里动了一动，好像是要翻身；跟着，嘴也张开了：干呕了两声，迷迷忽忽的说：

"不喝了！马威！"

说完，把头往枕头下一溜，又不言语了。

夜里三点多钟，马老先生醒过来了。伸出手来摸了摸脑门上青了的那块，已经凸起来，当中青，四边儿红，像个要坏的鸭蛋黄儿。心口上好像烧着一堆干劈柴，把嗓子烧得一点一点的往外裂，真像年久失修的烟筒，忽然下面升上火。手也有点发僵，大拇指头有点刺着疼。脑袋在枕头上，倒好像在半空里悬着，无着无靠的四下摇动。嘴里和嗓子一样干，舌头贴在下面，像块干透的木塞子。张张嘴，进来点凉气，舒服多了；可是里边那股酸辣劲儿，一气的往上顶，几乎疑心嗓子里有个小干酸枣儿。

"马威！我渴！马威！你在那儿哪？"

马威在椅子上打盹，脑子飘飘荡荡的似乎是作梦，可又不是梦。听见父亲叫，他的头往下一低，忽然向上一抬，眼睛跟着睁开了。电灯还开着，他揉了揉眼睛，说：

"父亲，你好点啦？"

马先生又闭上了眼，一手摸着胸口：

"渴！"

马威把一碗凉水递给父亲，马老先生摇了摇头，从干嘴唇里挤出一个字来，"茶！"

"没地方去做水呀，父亲！"

马老先生半天没言语，打算忍一忍；嗓子里辣得要命，忍不住了：

"凉水也行！"

马威捧着碗，马老先生欠起一点身来，瞪着眼睛，一气把水喝净。喝完，舔了舔嘴唇，把脑袋大咧咧的一摞，摞在枕头旁边了。

待了一会儿：

"把水罐给我，马威！"

把一罐凉水又三下五除二的灌下去了，灌得嗓子里直起水泡，还从鼻子呛出来几个水珠。肚子随着咯喽喽响了几声，把手放在心口上，嘻！深深吸了一口气。

"马威！我死不了哇？"马先生的小胡子嘴一咧，低声的说："把镜子递给我！"

对着镜子，他点了点头。别处还都好，就是眼睛离离光光的不大好看。眼珠上横着些血丝儿，下面还堆着一层黄不唧的朦。脑门上那块坏鸭蛋黄儿倒不要紧，浮伤，浮伤！

眼睛真不像样儿了！

"马威！我死不了哇？"

"那能死呢!"马威还要说别的,可是没好意思说。

马老先生把镜子放下,跟着又拿起来了,吐出舌头来照了照。照完了舌头,还是不能决定到底是"死不了哇",还是"或者也许死了"。

"马威!我怎么——什么时候回来的?"马老先生还麻麻胡胡的记得:亚力山大,酒馆,和公园;就是想不起怎么由公园来到家里了。

"温都姑娘用汽车把你送回来了!"

"啊!"马先生没说别的,心里有点要责备自己,可是觉得没有下"罪己诏"的必要;况且父亲对儿子本来没有道歉的道理;况且"老要颠狂少要稳",老人喝醉了是应当的;况且还不至于死;况且……想到这里,心里舒服多了;故意大大方方的说:

"马威,你睡觉去,我——死不了!"

"我还不睏!"马威说。

"去你的!"马老先生看见儿子不去睡觉,心里高兴极了,可是不能不故意的这么说。好,"父慈子孝"吗,什么话呢!

马威又把父亲的毡子从新盖好,自己围上条毯子在椅子上一坐。

马老先生又忍了一个盹儿;醒了之后,身上可疼开了。大拇指头和脑门子自然不用提,大腿根,胳臂肘,连脊梁盖儿,全都拧着疼。用手周身的摸,本想发现些破碎的骨头;没有,什么地方也没伤,就是疼!知道马威在旁边,不愿意哼哼出来;不行,非哼哼不可;而且干嗓子一哼哼,分外的不是味儿。平日有些头疼脑热的时候,哼哼和念诗似的有腔有调;今天可不然了,腿根一紧,跟着就得哼哼,没有拿腔作调的工夫!可是一哼哼出来,心里舒服多了——自要舒服就好,管他有腔儿没有呢!

哼哼了一阵,匀着空想到"死"的问题:人要死的时候可是都哼哼呀!就是别死,老天爷,上帝!一辈子还没享过福,这么死了太冤啊!……下次可别喝这么多了,不受用!可是陪着人家,怎好不多喝点?交际吗!自要不死就得!别哼哼了,哼哼不是好现象;把脑袋往枕头下一缩,慢慢的又睡着了。

含着露水的空气又被太阳的玫瑰嘴唇给吹暖了。伦敦又忙起来,送牛奶的,卖青菜的,都西力哗啷的推着车子跑。工人们拐着腿,叼着小烟袋,一群群的上工。后院的花儿又有好些朵吐了蕊儿。拿破仑起来便到园中细细闻了一回香气,还带手儿活捉了两个没大睡醒的绿苍蝇吃。

马先生被街上的声音惊醒,心里还是苦辣,嘴里干的厉害,舌头是软中硬的像块新配的鞋底儿。肚子有点空,可是胸口堵得慌,嗓子里不住的要呕,一嘴粘涎子简直没有地方销售。脑门上的鹅头,不那么高了;可是还疼。

"死是死不了啦,还是不舒服!"

一想起自己是病人,马先生心里安慰多了:谁不可怜有病的人!回来,李子荣都得来瞧我!小孩子吃生苹果,非挨打不可;可是吃得太多,以至于病了,好办了;谁还能打病孩子一顿;不但不打,大家还给买糖来。现在是老人了,老人而变为病老人,不是更讨人的怜爱吗! 对! 病呀! 于是马先生又哼哼起来,而且颇有韵调。

马威给父亲用热手巾擦了脸和手,问父亲吃什么。马老先生只是摇头。死是不会啦,有病是真的;有病还能说话? 不说。

温都太太已经听说马先生的探险史,觉得可笑又可气;及至到楼上一看他的神气,她立刻把母亲的慈善拿出来,站在床前,问他吃什么,喝什么;他还是摇头。她坚决的主张请医生,他还是摇头,而且摇得很凶。

温都姑娘吃完早饭也来了。

"我说马先生,今天再喝一回吧!"玛力笑着说。

马老先生忽然噗哧一笑,倒把温都太太吓了一跳;笑完,觉着不大合适,故意哼唧着说:

"嘻! 玛力姑娘,多亏了你! 等我好了,给你好好的买个帽子。"

"好啦,可别忘了!"玛力说完跑出去了。

温都太太到底给早饭端来了,马老先生只喝了一碗茶。茶到食道里都有点刺的慌。

马威去找李子荣,叫他早一点上铺子去。温都太太下楼去作事,把拿破仑留在楼上给老马作伴儿。拿破仑跳上床去,从头到脚把病人闻了一个透,然后偷偷的把马先生没喝了的牛奶全喝了。

马威回来,听见父亲还哼哼,主张去请医生,父亲一定不答应。

"找医生干什么? 我一哼哼,一痛快,就好了!"

温都太太从后院折来几朵玫瑰,和一把桂竹香,都插在瓶儿里摆在床旁边。马先生闻着花香,心里喜欢了,一边哼哼,一边对拿破仑说:

"你闻闻! 你看看! 世界上还有比花儿再美的东西没有! 谁叫花儿这么美? 你大概不知道,我呢——也不知道。花儿开了,挺香;忽然又谢了,没了;没意思! 人也是如此,你们狗也是如此;谁也不知道是怎么一回事! ……哎! 别死! 你看,我死不了吧?"

拿破仑没说什么,眼睛钉住托盘里的白糖块,直舐嘴,可是不敢动。

晚上李子荣来了,给马老先生买了一把儿香蕉,一小筐儿洋梅。马老先生怕李子荣教训他一场,一个劲儿哼哼。李子荣并没说什么,可是和马威在书房里嘀咕了半天。

亚力山大也不是那儿听来的,也知道马先生病啦,他很得意的给老马买了一瓶白兰地来。

"马先生,真不济呀,喝了那么点儿就倒在街上啊? 好,来这瓶儿吧!"他把酒放在小桌上,把吕宋烟点着,喷了几口就把屋里全熏到了。

"没喝多!"老马不哼哼了,脸上勉强着笑:"老没喝了,乍一来,没底气! 下回看,你看咱能喝多少!"

"反正街上有的是巡警!"亚力山大说完笑开了。

拿破仑听见这个笑声,偷偷跑来,把亚力山大的大皮鞋闻了个透,始终没敢咬他的脚后跟——虽然知道这对肥脚满有尝尝的价值。

8

伦敦的天气变动的不大,可是变动得很快。天一阴,凉风立刻把姑娘们光着的白胳臂吹得直起小鸡皮疙疸,老头儿老太太便立刻迎时当令的咳嗽起来,争先恐后的着了凉。伊牧师对于着凉是向来不落后的:看马老先生回来,在公园大树底下坐了一会儿。坐着坐着,鼻子里有点发痒,跟着哆嗦了一下,打了个喷嚏。赶紧回家,到家就上床睡觉。伊太太给了他一杯热柠檬水,又把暖水壶放在他被窝里。他的喷嚏是一个比一个响,一个比一个猛;要不是鼻子长得结实,早几下儿就打飞了。

伊牧师是向来不惹伊太太的,除了有点病,脾气不好,才敢和她吵一回半回的。看着老马摔得那个样,心里已经不大高兴;回来自己又着了凉,更气上加气,越想越不自在。

"好容易运来个中国教徒,好容易!叫亚力山大给弄成醉猫似的!咱劝人信教还劝不过来,他给你破坏!咱教人念《圣经》,他灌人家老白酒!全是他,亚力山大!啊——嚏!瞧!他要不把老马弄醉,我怎能着了凉!全是他!啊——嚏!亚力山大?她的哥哥!非先跟她干点什么不可!他不该灌他酒,她就不该请他,亚力山大,吃饭!看,啊——啊——啊嚏!先教训她一顿!"

想到这里,有心把被子一撩,下去跟她捣一回乱;刚把毡子掀起一点,仅够一股凉气钻得进来的,啊——嚏!老实着吧!性命比什么也要紧!等明天再说!——可是病好一点,还有这点胆气没有呢?倒难了:从经验上看,他和她拌嘴,他只得过两三次胜利,都是在他病着的时候。她说:"别说了,你有理,行不行?我不跟病人捣乱!"就算她虚砍一刀,佯败下去吧,到底"得胜鼓"是他的!病好了再说?她要是虚砍一刀才怪!……这回非真跟她干不可啦,非干不可!她?她的哥哥?一块儿来!我给老马施洗,你哥哥灌他酒!你还有什么说的,我问你!再说,凯萨林一定帮助我。保罗向着他妈,哈哈,他没在家。……其实为老马也犯不上闹架,不过,不闹闹怎么对得起上帝!万一马威问我几句呢!这群年青的中国人,比那群老黄脸鬼可精明多了!可恶!万一温都太太问我几句呢?对,非闹一场不可!再说,向来看亚力山大不顺眼!

他把热水瓶用脚往下推了推,把脚心烫得麻麻苏苏怪好受的,闭上了眼,慢慢的睡着了。

夜里醒了,窗外正沙沙的下着小雨——又他妈的下雨!清香的凉风从窗子吹进来,把他的鼻子尖吹凉了好些。把头往下一缩,刚要想明天怎么和伊太太闹,赶紧闭上眼:别想了,越想心越软,心软还能在这个世界上站得住! 这个世界! 吧,吧! 吧,吧! 街坊的大狗叫了几声。你叫什么? 这个世界不是为狗预备的! ……

第二天早晨,凯萨林姑娘把他的早饭端来,伊牧师本想不吃,闻着鸡子和咸肉怪香的,哎,吃吧! 况且,世界上除了英国人,谁能吃这么好的早饭? 不吃早饭? 白作英国人! 吃! 而且都吃了! 吃完了,心气又壮起来了,非跟他们闹一回不可;不然,对不起这顿早饭!

伊姑娘又进来问父亲吃够了没有。他说了话:

"凯! 你母亲呢?"

"在厨房呢,干什么?"伊姑娘端着托盘,笑着问。她的头发还没梳好,乱蓬蓬的在雪白的脖子上堆着。

"马老先生叫她的哥哥给灌醉了!"伊牧师眼睛乱动,因为没戴着眼镜,眼珠不知道往那儿瞧才对。

伊姑娘笑了一笑,没说什么。

"我用尽了心血劝他信了教,现在叫亚力山大给一扫而光弄得干干净净!"他又不说了,眼睛钉着她。

她又笑了笑——其实只是她嘴唇儿动了动,可是笑的意思满有了,而且非常好看。

"你帮助我,凯?"

伊姑娘把托盘又放下,坐在父亲的床边儿上,轻轻拍着他的手。

"我帮助你,父亲! 我永远帮助你! 可是,何必跟母亲闹气呢? 以后遇见亚力山大舅舅的时候,跟他说一声儿好了!"

"他不听我的! 他老笑我!"伊牧师自己也纳闷:今天说话怎么这样有力气呢:"非你妈跟他说不可;我不跟她闹,她不肯和他说!"他说完自己有点疑心:或者今天是真急了。

伊姑娘看见父亲的鼻子伸出多远,脑筋也蹦着,知道他是真急了。她慢慢的说:

"先养病吧,父亲,过两天再说。"

"我不能等!"他知道:病好了再说,没有取胜的拿手;继而又怕叫女儿看破,赶紧说:"我不怕她! 我是家长! 这是我的家!"

"我去跟母亲说,你信任我,是不是,父亲!"

伊牧师没言语,用手擦了擦嘴角上挂着的鸡蛋黄儿。——嘴要是小一点颇像刚出窝的小家雀。

"你不再要碗茶啦? 父亲!"凯萨林又把托盘拿起来。

"够了! 跟你妈去说! 听见没有?"伊牧师明知道自己有点碎嘴子,病人吗,当然如此！"跟你妈去说！"

"是了，我就去说！"伊姑娘笑着点了点头，托着盘子轻轻走出去了。

"好，你去说！不成，再看我的！"他女儿出去以后，伊牧师向自己发横："她？啊！忘了告诉凯萨林把烟袋递给我了！"他欠起身来看了看，看不见烟袋在那块儿。"对了，亚力山大那天给我一支吕宋还没抽呢。亚力山大！吕宋！想起他就生气！"

吃过午饭，母女正谈马先生的醉事，保罗回来了。他有二十四五岁，比他母亲个子还高。一脑袋稀黄头发，分得整齐，梳得亮。两只黄眼珠发着光往四下里转，可是不一定要看什么。上身穿着件天蓝的褂子，下边一条法兰绒的宽腿裤子。软领子，系着一条红黄道儿的领带。两手插在裤兜儿里，好像长在那块了。嘴里叼着小烟袋，烟早就灭了。

进了门，他从裤袋里掏出一只手来，把烟袋从嘴里拔出来，跟他母亲和姐姐大咧咧的亲了个嘴。

"保罗，你都干吗来着，这些天？"伊太太看见儿子回来，脸上的干肉颇有点发红的趋势，嘴也要笑。

"反正是那些事罢咧。"保罗坐下，把烟袋又送回嘴里去，手又插在袋里，从牙缝儿挤出这几个字。

伊太太乐了。大丈夫吗，说话越简单越表示出男性来。本来吗，几个青年小伙子到野地扎帐棚玩几天，有什么可说的：反正是那些事罢咧！

"母亲，你回来跟父亲说说得了，他不舒服，脾气不好。"凯萨林想把那件事结束一下，不用再提了。

"什么事？"保罗像审判官似的问他姐姐。

"马先生喝醉了！"伊太太替凯萨林回答。

"和咱们有什么关系？"保罗的鼻子中间皱起一层没秩序的纹儿来。

"我请他们吃饭，马先生和亚力山大一齐出去了。"伊太太捎了凯萨林一眼。

"告诉父亲，别再叫他们来，没事叫中国人往家里跑，不是什么体面事！"保罗掏出根火柴，用指甲一掐，掐着了。

"呕，保罗，别那么说呀！咱们是真正基督徒，跟别人——，你舅舅请老马喝了点——"

"全喝醉了？"

"亚力山大没有，马先生倒在街上了！"

"我知道亚力山大有根，我爱这老头子，他行！"保罗把烟袋（又灭了）拔出来，搁在鼻子底下闻了闻。回头向他姐姐说："老姑娘，这回又帮助中国人说舅舅不好哇？不用理他们，中国人！你记得咱们小的时候用小泥弹打中国人的脑袋，打得他们乱叫！"

"我不记得了！"凯萨林很冷静的说。

冷不防，屋门开了，伊牧师披着长袍子，像个不害人的鬼，进来了。

"你快回去！刚好一点，我不许你下来！"伊太太把他拦住。

伊牧师看了他儿子一眼。

"哈喽！老朋友！你又着了凉？快睡觉去！来，我背着你。"保罗说完，扔下烟袋，连拉带扯把父亲弄到楼上去了。

伊牧师一肚子气，没得发散，倒叫儿子抬回来，气更大了。躺在床上，把亚力山大给的那支吕宋烟一气抽完，一边抽烟，一边骂亚力山大。

9

城市生活发展到英国这样，时间是拿金子计算的：白费一刻钟的工夫，便是丢了，说，一块钱吧。除了有金山银海的人们，敢把时间随便消磨在跳舞，看戏，吃饭，请客，说废话，传布谣言，打猎，游泳，生病；其余普通人的生活是要和时辰钟一对一步的走，在极忙极乱极吵的社会背后，站着个极冷酷极有规律的小东西——钟摆！人们的交际来往叫"时间经济"给减去好大一些，于是"电话"和"写信"成了文明人的两件宝贝。白太太的丈夫死了，黑太太给她写封安慰的信，好了，忙！白太太跟着给黑太太在电话上道了谢，忙！

马老先生常纳闷：送信的一天送四五次信，而且差不多老是挨着家儿拍门；那儿来的这么多的信呢？温都太太几乎每天晚上拿着小钢笔，皱着眉头写信；给谁写呢？有什么可写的呢？他有点怀疑，也不由的有点醋劲儿：她，拿着小钢笔，皱着眉头，怪好看的；可是，决不是给他写信！外国娘们都有野——！马老先生说不清自己是否和她发生了恋爱，只是一看见她给人家写信，心里便有点发酸，奇怪！

温都太太，自从马家父子来了以后，确是多用了许多邮票：家里住着两个中国人，不好意思请亲戚朋友来喝茶吃饭；让亲友跟二马一块吃吧？对不起亲友，叫客人和一对中国人坐在一桌上吃喝！叫二马单吃吧？又太麻烦；自然二马不在乎在那儿吃饭，可是自己为什么受这份累呢！算了吧，给他们写信问好，又省事，又四面讨好。况且，在马家父子来了以后，她确是请过两回客，人家不来！她在回信里的字里行间看得出来："我们肯跟两个中国人一块吃饭吗！"自然信里没有写得这么直率不客气，可是她，又不是个傻子，难道看不出来吗！因为这个，她每逢写信差不多就想：玛力说的一点不假，不该把房租给两个中国人！玛力其实一点影响没受，天天有男朋友来找她，一块出去玩。我，温都太太叫着自己，可苦了：不请人家来吃饭，怎好去吃人家的；没有交际！为两个中国人牺牲了自己的快乐！她不由的掉了一对小圆泪珠！可是，把他们赶出去？他们又没有大错处；况且他们给的房钱比别人多！写信吧，没法，皱着眉头写！

早饭以前，玛力挠着短头发先去看有信没有。两封：一封是煤气公司的账条子,一封是由乡下来的。

"妈,多瑞姑姑的信,看这个小信封!"

温都太太正做早饭,腾不下手来,叫玛力给她念。玛力用小刀把信封裁开:

"亲爱的温都,

谢谢你的信。我的病又犯了,不能到伦敦去,真是对不起!你们那里有两个中国人住着,真的吗?

你的好朋友,

多瑞。"

玛力把信往桌上一扔,吹了一口气:

"得,妈!她不来!'你们那里有两个中国人住着!'看出来没有?妈!"

"她来,我们去歇夏;她不来,我们也得去歇夏!"温都太太把鸡蛋倒在锅里,油往外一溅,把小白腕子烫了一点:"Damn!"

早饭做好,温都太太把马老先生的放在托盘里,给他送上楼去。马老先生的醉劲早已过去了,脑门上的那块伤也好了;可是醉后的反动,非常的慎重,早晨非到十一点钟不起来,早饭也在床上吃。她端着托盘,刚一出厨房的门,拿破仑恰巧从后院运动回来;它冷不防往上一扑,她腿一软,坐在门儿里边了,托盘从"四平调"改成"倒板",哗啦!摊鸡子全贴在地毯上,面包正打拿破仑的鼻子。小狗看了看她,闻了闻面包,知道不是事,夹着尾巴,两眼溜球着又上后院去了。

"妈!怎么啦?"玛力把母亲搀起来,扶着她问:"怎么啦?妈!"

温都太太的脸白了一会儿,忽然通红起来。小鼻子尖子出了一层冷汗珠,嘴唇一劲儿颤,比手颤的速度快一些。她呆呆的看着地上的东西,一声没出。

玛力的脸也白了,把母亲搀到一把椅子旁边,叫她坐下;自己忙着捡地上的东西,有地毯接着,碟子碗都没碎,只是牛奶罐儿的把儿掉了一半。

"妈!怎么啦?"

温都太太的脸更红了,一会儿把一生的苦处好像都想起来。嘴唇儿颤着颤着,忽然不颤了;心中的委屈破口而出,颇有点碎嘴子:

"玛力!我活够了!这样的生活我不能受!钱!钱!钱!什么都是钱!你父亲为钱累死了!我为钱去作工,去受苦!现在我为钱去服侍两个中国人!叫亲友看不起!钱!世界上的聪明人不会想点好主意吗?不会想法子把钱赶走吗?生命?没有乐趣!——除非有钱!"

说完了这一套,温都太太痛快了一点,眼泪一串一串的往下落。玛力的眼泪也在眼圈儿里转,不知道说什么好,只用小手绢给母亲擦眼泪。

"妈!不愿意服侍他们,可以叫他们走呀!"

"钱!"

"租别人也一样的收房钱呀,妈!"

"还是钱!"

玛力不明白母亲的意思,看母亲脸上已经没眼泪可擦,擦了擦自己的眼睛。温都太太半天没言语。

　　"玛力,吃你的饭,我去找拿破仑。"温都太太慢慢站起来。

　　"妈?你到底怎么倒在地上了?"

　　"拿破仑猛的一扑我,我没看见它。"

　　玛力把马威叫来吃早饭。他看玛力脸上的神气,没跟她说什么;先把父亲的饭(玛力给从新打点的)端上去,然后一声没言语把自己的饭吃了。

　　吃过饭,玛力到后院去找母亲。温都太太抱着拿破仑正在玫瑰花池旁边站着。太阳把后院的花儿都照起一层亮光;微风吹来,花朵和叶子的颤动,把四围的空气都弄得分外的清亮。墙角的蒲公英结了好几个"老头儿",慢慢随着风向空中飞舞。拿破仑一眼溜着他的主母,一眼捎着空中的白胡子"老头儿",羞答答的不敢出声。

　　"妈!你好啦吧?"

　　"好啦,你走你的吧。已经晚了吧?"温都太太的脸不那么红了,可是被太阳晒的有点干巴巴的难过;因为在后院抱着拿破仑又哭了一回,眼泪都是叫日光给晒干了的。拿破仑的眼睛也好像有点湿,看见玛力,轻轻摇了摇尾巴。

　　"拿破仑,你给妈赔不是没有?你个淘气鬼,给妈碰倒了,是你不是?"玛力看着母亲,跟小狗说。

　　温都太太微微一笑:"玛力,你上工去吧,晚了!"

　　"再见,妈妈!再见,拿破仑!妈,你得去吃饭呀!"

　　拿破仑看见主母笑了,试着声儿吧吧叫了两声,作为向玛力说"再见"。

10

　　玛力走了以后,温都太太抱着拿破仑回到厨房,从新沏了一壶茶,煮了一个鸡子。喝了一碗茶;吃了一口鸡子,咽不下去,把其余的都给了拿破仑。有心收拾家伙,又懒得站起来;看了看外面:太阳还是响晴的。"到公园转个圈子去吧?"拿破仑听说上公园,两只小耳朵全立起了,顺着嘴角直滴答唾沫。温都太太换了件衣裳,擦了擦皮鞋,戴上帽子;心里一百多个不耐烦,可是被英国人的爱体面,讲排场的天性鼓动着,要上街就不能不打扮起来,不管心里高兴不高兴。况且自己是个妇人,妇人?美的中心!不穿戴起来还成!这群小姑娘们,连玛力都算在里头,不懂的什么叫美:短裙子露着腿,小帽子像个鸡蛋壳!没法说,时代改了,谁也管不了!自己要是还年轻也得穿短裙子,戴小帽子!反正女人穿什么,男人爱什么!男人!就是和男人说说心里的委屈才痛快!老马?呸!一个老中国人!他起来了没有?上去看看他?管他呢,"拿破仑!来!妈妈给你梳梳毛,那里滚得这么脏?"拿破仑伸着舌头叫她给梳毛儿,抬起右腿弹了弹脖子底下,好像那里有个虱子,其实有虱子没有,它自己也说不清。

到了大街,坐了一个铜子的汽车,坐到瑞贞公园。坐在汽车顶上,暖风从耳朵边上嗖嗖的吹过去,她深深的吸了一口气。拿破仑扶着汽车的栏杆立着,探着头想咬下道旁杨树的大绿叶儿来,汽车走得快,始终咬不着。

瑞贞公园的花池子满开着花,深红的绣球,浅蓝的倒挂金钟,还有多少叫不上名儿来的小矮花,都像向着阳光发笑。土坡上全是蜀菊,细高的梗子,大圆叶子,单片的,一团肉的,傻白的,鹅黄的花,都像抿着嘴说:"我们是'天然'的代表!我们是夏天的灵魂!"两旁的大树轻俏的动着绿叶,在细沙路上印上变化不定的花纹。树下大椅子上坐着的姑娘,都露着胳臂,树影儿也给她们的白胳臂上印上些一块绿,一块黄的花纹。温都太太找了个空椅子坐下,把拿破仑放在地下。她闻着花草的香味,看着从树叶间透过的几条日光,心里觉得舒展了好些。脑子里又像清楚,又像迷糊的,想起许多事儿来。风儿把裙子吹起一点,一缕阳光射在腿上,暖忽忽的全身都像痒痒了一点;赶紧把裙子正了一正,脸上红了一点。二十年了!跟他在这里坐着!远远的听见动物园中的狮子吼了一声,啊!多少日子啦,没到动物园去!玛力小的时候,他抱着她,我在后面跟着,拿着些干粮,一块儿给猴儿吃!那时候,多快乐!那时候的花一定比现在的香!生命?惨酷的变化!越变越坏!服侍两个中国人?梦想不到的事!

回去吧!空想有什么用处!活着,人们都得活着!老了?不!看人家有钱的妇女,五十多岁还一朵花儿似的!玛力不会想这些事,啊,玛力要是出嫁,剩下我一个人,更冷落了!冷落!树上的小鸟叫了几声:"冷落!冷落!"回去吧,看看老马去吧!——为什么一心想着他呢?奇怪男女的关系!他是中国人,人家笑话咱!为什么管别人说什么呢?一个小麻雀擦着她的帽沿飞过去;可怜的小鸟,终日为找食儿飞来飞去!

拿破仑呢?不见了!

"拿破仑!"她站起来四下看,没有小狗。

"看见拿破仑没有?"她问一个小孩子,他拿着一个小罐正在树底下捡落下来的小红豆儿。

"拿破仑?法国人?"小孩子张着嘴,用小黄眼珠看着她。

"不是,我的小狗。"她笑了笑。

小孩子摇了摇头,又蹲下了:"这里一个大的!"

温都太太慌慌张张的往公园里边走,花丛里,树后边,都看了看,没有小狗!她可真急了,把别的事都忘了,一心想找着拿破仑。

她走过公园的第二道门,两眼张望着小河的两岸,还是没有拿破仑的影儿。河里几个男女摇着两只小船,看见她的帽子,全笑起来了。她顾不得他们是笑她不是,顺着河岸往远处瞧。还是没有!她的眼泪差不多要掉下来了,腿也有点软,一下子坐在草地上了。那群男女还笑呢!笑!没人和你表同情!看他们!

身上就穿着那么一点衣裳！拿破仑呢？小桥下两只天鹅领着一群小的，往一棵垂柳底下浮，把小桥的影子用水浪打破了。小桥那边站着一个巡警，心满气足的站在那里好像个铜像。"问问他去。"温都太太想。刚要立起来，背后叫了一声："温都太太！"

马威！抱着拿破仑！

"呕！马威！你！你在那儿找着它了？"温都太太忙着把狗接过来，亲了几个嘴："你怎么在这儿玩哪？坐下，歇一会儿咱们一块回去。"她喜欢的把什么都忘了，甚至于忘了马威是个中国人。

"我在那里看小孩们钓鱼，"马威指着北边说："忽然有个东西碰我的腿，一看，是它！"

"你个坏东西，坏宝贝！叫你妈妈着急！还不给马威道谢！"

拿破仑向马威吧吧了两声。

抱着小狗，温都太太再看河上的东西都好看了！"看那些男女，身体多么好！看那群小天鹅，多么有趣！"

"马威，你不摇船吗？"

马威摇了摇头。

"摇船是顶好的运动，马威！游泳呢？"

"会一点。"马威微微一笑，坐在她旁边，看着油汪汪的河水，托着那群天鹅浮悠浮悠的动。

"马威，你近来可瘦了一点。"

"可不是，父亲——你明白——"

"我明白！"温都太太点着头说，居然有点对马威，中国人，表同情。

"父亲——嘻！"马威要说没说，只摇了摇头。

"你们还没定规上那里歇夏去哪？"

"没呢。我打算——"马威又停住了，心里说："我爱你的女儿，你知道吗？"

那个捡红豆的小孩子也来了，看见她抱着小狗，他用手擦着汗说："这是你的拿破仑吧？姑娘！"

听小孩子叫她"姑娘"，温都太太笑了。

"喝！姑娘，你怎么跟个中国人一块坐着呀？"

"他？他给我找着了狗！"温都太太还是笑着说。

"哼！"小孩子没言语，跑在树底下，找了根矮枝子，要打忽悠悠。忽然看见桥边的巡警，没敢打，拿起小罐跑啦。

"小孩子，马威，你别计较他们！"

"不！"马威说。

"我反正不讨厌你们中国人！"温都太太话到嘴边，没说出来："自要你们好好儿的！你们笑话中国人，我偏要他们！"温都太太的怪脾气又犯了，眼睛看着河上的白天鹅，心里这样想。

"下礼拜玛力的假期到了，我们就要去休息几天。你们在外边吃饭，成不成！"

"啊！成！玛力跟你一块儿去，温都太太？"马威由地上拔起一把儿草来。

"对啦！你看，我本来打算找个人给你们作饭——"

"人家不伺候中国人？"马威一笑。

温都太太点了点头，心中颇惊讶马威会能猜透了这个。在英国人看，除了法国人有时候比英国人聪明一点，别人全是傻子。在英国人看，只有英国人想的对，只有英国人能明白他们自己的思想；英国人的心事要是被人猜透，不但奇怪，简直奇怪的厉害！

"马威，你看我的帽子好看，还是玛力的好看？"温都太太看马威精明，颇要从心理上明白中国人的"美的观念"，假如中国人也有这么一种观念。

"我看都好。"

"这没回答了我的问题！"

"你的好看！"

"见玛力，说玛力的好看？"

"真的，温都太太，你的帽子确是好看！父亲也这么说。"

"啊！"温都太太把帽子摘下来，用小手巾抽了一抽。

"我得走啦！"马威看了看表说："伊姑娘今天找我来念书！你不走吗？温都太太！"

"好，一块儿走！"温都太太说，说完自己想："谁爱笑话我，谁笑话，我不在乎！偏跟中国人一块走！"

11

马威近来常拿着本书到瑞贞公园去。找个清静没人的地方一坐，把书打开——不一定念。有时候试着念几行，皱着眉头，咬着大拇指头，翻过来掉过去的念；念得眼睛都有点起金花儿了，不知道念的是什么。把书放在草地上，狠狠的在脑杓上打自己两拳："你干什么来的？不是为念书吗！"恨自己没用，打也白饶；反正书上的字不往心里去！

不光是念不下书去，吃饭也不香，喝茶也没味，连人们都不大愿招呼。怎么了？——她！只有见了她，心里才好受！这就叫作恋爱吧？马威的颧骨上红了两小块，非常的烫。别叫父亲看出来，别叫——谁也别看出来，连李子荣算在里头！可是，他妈的脸上这两点红，老是烫手热！李子荣一定早看出来了！

天天吃早饭见她一面，吃晚饭再见一面；早饭晚饭间隔着多少点钟？一二三四……没完，没完！有时候在晚饭以前去到门外站一站，等着她回来；还不是一样？她一点头，有时候笑，有时候连笑都不笑，在门外等她没用！上她的铺子去看看？不妥当！对，上街上去绕圈儿，万一遇见她呢！万一在吃午饭的时候遇见她，岂不是可以约她吃饭！明知道她的事情是在铺子里头做的，上街去等有什么用，可是万一……！在街上站一会儿，走一会儿；汽车上，铺子里，都看一眼，万一她在那个汽车上，我！飞上去！啊！自己吓自己一跳，她！细一看，不是！有时候随着个姑娘在人群里挤，踩着了老太太的脚尖也不顾得道歉，一劲儿往前赴！赶过去了，又不是她！这个姑娘的脸没有她的白，帽子衣裳可都一样；可恶！和她穿一样的衣裳！再走，再看……心里始终有点疼，脸上的红点儿烫手热！

下雨？下雨也出去；万一她因为下雨早下工呢！"马威你糊涂！那有下雨早放工的事！没关系，反正是坐不住，出去！"伞也不拿，恨拿伞，挡着人们的脸！淋得精湿，帽子往下流水，没看见她！

她，真是她！在街那边走呢！他心里跳得快了，腿好像在裤子里直转圈。赶她！但是，跟她说什么呢？请她吃饭？现在已经三点了，那能还没吃午饭！请喝茶，太早！万一她有要紧事呢，耽误了她岂不……万一她不理我呢？……街上的人看我呢？万一她生了气，以后永不理我呢？都快赶上她了，他的勇气没有了。站住了，眼看着叫她跑了！要不是在大街上，真的他得哭一场！怎么这样没胆气，没果断！心里像空了一样，不知道怎样对待自己才好：恨自己？打自己？可怜自己？这些事全不在乎他自己，她！她拿着他的心！消极方法：不会把她撇在脑后？不会不看她？世界上姑娘多着呢，何必单爱她？她，每到礼拜六把嘴唇擦得多么红，多么难看！她是英国人，何必呢，何必爱个外国人呢？将来总得回国，她能跟着我走吗？不能！算了吧，把她扔在九霄云外吧！——她又回来了，不是她，是她的影儿！笑涡一动一动的，嘴唇儿颤着，一个白牙咬着一点下嘴唇，黄头发曲曲着，像一汪儿日光下的春浪。她的白嫩的脖子，直着，弯着，都那么自然好看。说什么也好，想什么也好，只是没有说"玛力"，想"玛力"那么香甜！

假如我能抱她一回？命，不算什么，舍了命作代价！跟她上过一回电影院，在黑灯影里摸过她的手，多么润美！她似乎没介意，或者外国妇女全不介意叫人摸手！她救我的父亲，一定她有点意；不然，为什么许我摸她的手，为什么那样诚恳的救我父亲？慢慢的来，或者有希望！华盛顿那小子！他不但摸她的手，一定！一定也……我恨他！她要是个中国妇人，我一定跟她明说："我爱你！"可是，对中国妇人就有这样胆气吗？马威！马威！你是个乏人，没出息！不想了！好好念书！父亲不成，我再不成，将来怎办！谁管将来呢，现在叫我心不疼了，死也干！……

眼前水流着，鸟儿飞着，花在风里动着；水，鸟，花，或者比她美，然而人是人，人是肉作的，恋爱是由精神上想不透，在肉体上可以享受或忍痛的东西；压制是没用的！

伊姑娘？呕！她今天来念书！念书？嘻！非念不可！

温都太太抱着小狗，马威后面跟着，一同走回来。

走到门口，伊姑娘正在阶下立着。她戴着顶蓝色的草帽，帽沿上钉着一朵浅粉的绢花。蓝短衫儿，衬着件米黄的绸裙，脑袋歪着一点，很安静的看着自己的影儿，在白阶石上斜射着。

"她也好看！"马威心里说。

"啊，伊姑娘！近来可好？进来吧！"温都太太和凯萨林拉了拉手。

"对不起，伊姑娘，你等了半天啦吧？"马威也和她握手。

"没有，刚来。"伊姑娘笑了笑。

"伊姑娘，你上楼吧，别叫我耽误你们念书。"温都太太抱着拿破仑，把客厅的门开开，要往里走。

"待一会儿见，温都太太。"伊姑娘把帽子挂在衣架上，拢了拢头发，上了楼。

马老先生正要上街去吃午饭，在楼梯上遇见凯萨林。

"伊姑娘，你好？伊牧师好？伊太太好？你兄弟好？"马老先生的问好向来是不折不扣的。

"都好，马先生。你大好了？我舅舅真不对，你——"

"没什么，没什么！"马先生嗓子里咯噌了几声，好像是乐呢："我自己不好。他是好意，哥儿们一块凑个热闹。嘻，嘻，嘻。"

"马先生，你走吧，我和马威念点书。"伊姑娘一闪身让马老先生过去。

"那么，我就不陪了，不陪了！嘻，嘻，嘻，"马老先生慢慢下了两层楼梯，对马威说："我吃完饭上铺子去。"说的声音很小，恐怕叫凯萨林听见。"上铺子去"不是什么光荣事；"上衙门去"才够派儿。

凯萨林坐在椅子上，掏出一本杂志来。

"马威，你教我半点钟，我教你半点钟。我把这本杂志上的一段翻成中国话，你逐句给我改。你打算念什么？"

马威把窗子开开，一缕阳光正射在她的头发上，那圈金光，把她衬得有点像图画上的圣母。他拉了把椅子坐在她的里首，因为怕挡住射在她头上的那缕阳光。"她的头发真好，比玛力的还好！然而不知道为什么，玛力总是比她好看。玛力的好看往心里去，凯萨林只是个好看的老姐姐。"马威心里想，听见她问，赶紧敛了敛神，说："你想我念什么好，伊姐姐？"

"念小说吧，你去买本韦尔斯的《保雷先生》，你念我听，多咱我听明白了，多咱往下念，这样你可以一字字的念真了，念正确了。至于生字呢，你先查出来，然后我告诉你那个意思最恰当。这么着，好不好？你要有好主意，更好。"

"就这么办吧，姐姐。我今天没书，先教你，下回你教我。"

"叫我占半点钟的便宜？"凯萨林看着他笑了笑。

马威陪着笑了笑。

…………

"妈！妈！你买了新帽子啦?"玛力一进门就看见凯萨林的蓝草帽儿了。

"那儿呢?"温都太太问。

"那儿!"玛力指着衣架,蓝眼珠儿含着无限的羡慕。

"那不是我的,伊姑娘的。"

"呕! 妈,我也得买这么一顶! 她干什么来了? 哼,我不爱那朵粉花儿!"玛力指点出帽子的毛病来,为是减少一点心中的羡慕,羡慕和嫉妒往往是随着来的。

"你怎么这么早就回来啦?"温都太太问。

"我忘了说啦,妈! 我不放心你,早晨你摔了那么一下子,我还得赶紧回去! 你好啦吧,妈? 妈,我要那样的帽子! 我们的铺子里不卖草帽,她也不是那儿买的?"玛力始终没进屋门,眼睛始终没离开那顶帽子;帽子的蓝色和她的蓝眼珠似乎联成了一条蓝线!

"玛力,你吃了饭没有?"

"就吃了一块杏仁饼,一碗咖啡,为是忙着来看你吗!"玛力往衣架那边挪了一步。

"我好了,你去吧! 谢谢你,玛力!"

"妈,凯萨林干什么来了?"

"跟马威学中国话呢。"

"赶明儿我也跟他学学!"玛力瞪了那个蓝帽子一眼。

玛力刚要往外走,伊姑娘和马威从楼上下来了。

伊姑娘一面招呼她们母女,一面顺手儿把帽子摘下来,戴上,非常的自然,一点没有显排帽子的样儿,也没有故意造作的态度。

"玛力,你的气色可真好!"凯萨林笑着说。

"伊姑娘,你的帽子多么好看!"玛力的左嘴犄角往上一挑,酸酸的一笑。

"是吗?"

"不用假装不觉乎!"玛力心里说,看了马威一眼。

"再见,温都太太! 再见,玛力!"凯萨林和她们拉了拉手,和马威一点头。

"妈,晚上见,"玛力也随着出去。

马威在台阶上看着她们的后影:除了她们两个都是女子,剩下没有相同的地方。凯萨林的脖子挺着,帽沿微微的颤。玛力的脖子往前探着一点,小裙子在腿上前后左右的裹。他把手插在裤袋里,皱着眉头上了楼。已经是吃午饭的时候,可是不饿;其实也不是不饿;——说不上来是怎么一回子事!

…………

"妈,牛津大街的加麦公司有那样的草帽。妈,咱们一人买一顶好不好?"玛力在厨房里,抱着拿破仑,跟母亲说。

"没富裕钱,玛力! 把糖罐递给我。"温都太太的小鼻子叫火烤的通红,说话也有点发燥:"咱们不是还去歇夏哪吗?把钱都买了帽子,就不用去了!那样的帽子至少也得两镑钱一顶!"——把一匙子糖都倒在青菜上了——"瞧!你净搅我,把糖——"

"要旅行去,非有新帽子不可!"玛力的话是出乎至诚,一使劲把拿破仑的腿夹得生疼。小狗没敢出声,心里说:

"你的帽子要是买不成,我非死不可呀!还是狗好,没有帽子问题!"

"吃完饭再说,玛力!别那么使劲抱着狗!"

马老先生直到晚饭已经摆好才回来。午饭是在中国饭馆吃的三仙汤面,吃过饭到铺子去,郑重其事的抽了几袋烟。本想把货物从新摆一摆,想起来自己刚好,不可以多累;不做点什么,又似乎不大对;拿出账本子看看吧!上两个月赚了四十镑钱,上月赔了十五镑钱;把账本收起去;谁操这份心呢!有时候赚,有时候赔;买卖吗,那能老赚钱?

吃了晚饭,玛力正要继续和母亲讨论帽子问题。马老先生轻轻向她一点头。

"温都姑娘,给你这个。"他递给她一个小信封。

"呕,马先生,两镑钱的支票,干吗?"

"我应许了你一顶帽子,对不对?"

"哈啦!妈——!帽子!"

12

马老先生病好了以后,显着特别的讨好。吃完早饭便到后院去浇花,拿腻虫,剪青草;嘴里哼唧着有声无字的圣诗,颇有点中古时代修道士的乐天爱神的劲儿。心中也特别安适:蜜蜂儿落在脑门上,全不动手去轰;自要你不螫咱,咱就不得罪你,要的是这个稳劲儿,你瞧!

给玛力两镑钱——不少点呀!——买帽子,得,又了啦个心愿!给她母亲也买一顶不呢?上月赔了十五镑,不是玩儿的,省着点儿吧!可是人情不能不讲啊,病了的时候,叫她没少受累,应该买点东西谢谢她!下月再说,下月那能再赔十五镑呢!马威近来瘦了一点,也不是怎么啦?小孩子,总得多吃,糊吃闷睡好上膘吗,非多吃不可!啊,该上铺子瞧瞧去了,李子荣那小子专会瞎叨唠,叨唠唠,叨唠唠,一天叨唠到晚,今天早去,看他还叨唠什么!喝!已经十点了,快走吧!等等,移两盆花,搬到铺子去,多好!他要是说我晚了,我有的说,我移花儿来着,嗖!那几颗没有希望的菊秧子,居然长起来了,而且长得不错。对,来两盆菊花吧。古玩铺里摆菊花,有多么雅!——也许把李子荣比得更俗气!

马先生还是远了雇汽车,近了慢慢走,反正不坐公众汽车和电车;好,一下儿出险,死在伦敦,说着玩儿的呢!近来连汽车也不常雇了:街上是乱的,无论如何,坐车是不保险的!况且,在北京的时候,坐上汽车,巡警把人马全挡住,专叫汽车飞过去，多么出锋头，带官派！这里，在伦敦，大巡警把手一伸，车全站住，连国务总理的车都得站住，鬼子吗，不懂得尊卑上下！端着两盆菊秧，小胡子嘴撅撅着一点，他在人群里挤开了。他妈的，那里都这么些个人！简直的走不开：一个个的都走得那么快，撞丧呢！英国人不会有起色，一点稳重气儿都没有！

到了铺子，耳朵里还是嗡嗡的响；老是这么响，一天到晚是这么响！但愿上帝开恩，叫咱回家吧，受不了这份乱！定了定神，把两盆菊秧子摆在窗子前面，捻着小胡子看了半天：啊，这一棵有个小黄叶儿，掐下去！半个黄叶也不能要，讲究一顺儿绿吗？

"马先生！"李子荣从柜房出来，又是挽着袖子，一手的泥！（这小子横是穿不住衣裳，俗气！）"咱们得想主意呀！上月简直的没见钱，这个月也没卖了几号儿；我拿着工钱，不能瞪眼瞧着！你要是有办法呢，我自然愿意帮你的忙；你没办法呢，我只好另找事，叫你省下点工钱。反正这里事情不多，你和马威足可以照应过来了！我找得着事与否，不敢说一定，好在你要是给我两个礼拜的限，也许有点眉目！咱们打开鼻子说亮话，告诉我一句痛快的，咱们别客气！"

李子荣话说的干脆，可是态度非常的温和，连马先生也看出：他的话是真由心里头说出来的，——可是，到底有点俗气！

马老先生把大眼镜摘下来，用小手巾轻轻的擦着，半天没说话。

"马先生，不忙，你想一想，一半天给我准信好不好？"李子荣知道紧逼老马是半点用没有，不如给他点工夫，叫他想一想；其实他想不想还是个问题，可是这么一说，省得都僵在那儿。

马老先生点了点头，继续着擦眼镜。

"我说，李伙计！"马先生把眼镜戴上，似笑不笑的说："你要是嫌工钱小，咱们可以商量啊！"

"嘿！我的马先生，我嫌工钱小！真，我真没法叫你明白我！"李子荣用手挠着头发，说话有点结巴："你得看事情呀，马先生！我告诉过你多少回了，咱们得想法子，你始终不听我的，现在咱们眼看着赔钱，我，我，真的，我没法说！你看，咱们邻家，上月净卖蒙文满文的书籍，就赚了好几百！我——"

"谁买满蒙文的书啊？买那个干什么？"马老先生不但觉着李子荣俗气，而且有点精神病！笑话，古玩铺卖满蒙文的书籍，谁买呀？"你要嫌工钱小，咱们可以设法；有办法，自要别伤了面子！"

面子！

可笑，中国人的"讲面子"能跟"不要脸"手拉手儿走。马先生在北京的时候，舍着脸跟人家借一块钱，也得去上亲戚家喝盅喜酒，面子！张大帅从日本搬来救兵，也得和苟大帅打一回，面子！王总长明知道李主事是个坏蛋，也不把他免职，面子！

中国人的事情全在"面子"底下蹲着呢，面子过得去，好啦，谁管事实呢！

中国人的办事和小孩子"摸老瞎"差不多:转着圈儿摸,多咱摸住一个,面子上过得去了,算啦,谁管摸住的是小三,小四,还是小三的哥哥傻二儿呢!

马先生真为了难!事实是简单的:买卖赔钱,得想主意。可是马先生,真正中国人,就不肯这么想,洋鬼子才这么想呢;李子荣也这么想,黄脸的洋鬼子!

"买卖赔钱呀?我没要来做这个穷营业呀!"马先生见李子荣不说话了,坐在椅子上,捻着小胡子,想开了:"我要是不上英国来,现在也许在国内作了官呢!我花钱多呀,我的钱,谁也管不了!"心中一横,手里一使劲,差点揪下两根胡子来:"我不懂得怎么作买卖,读书的君子就不讲作买卖!挤兑我?成心逼我?姓李的,你多咱把书念透了,你就明白你马大叔是什么回事了!俗气!"他向屋里瞪了一眼:"卖满蒙文的书籍?笑话,洋鬼子念满文'十二头儿'?怎么着,洋鬼子预备见佐领挑马甲是怎着?现在我们是'中华民国'了!辞我的工不干了?一点面子不讲?你在这儿还要怎么着?咱姓马的待你错不错?猛孤仃的给咱个辞活不伺候,真有鼻子就结啦!"

马先生绕着圈儿想,越想自己的理由越充足,越想越离事实远,越离事实远越觉得自己是真正好中国人,——李子荣是黄脸洋鬼子!

"我说李伙计,"马先生立起来,眼睛瞪着一点,说话的声音也粗了一些,把李子荣吓了一跳:"给你长工钱,你也不干!好吧,你要走,走!现在就走!"

说完了话,学着戏台上诸葛亮的笑法,唏唏了几声。唏唏完了,又觉得不该和李子荣这么不讲面子!可是话已出口,后悔有吗用,来个一气到底:

"现在就走!"

李子荣正擦一把铜壶,听见马先生这样说,慢慢把壶放在架子上,看着马先生半天没言语。

马先生身子有点不舒坦:"这小子的眼神真足!"

李子荣笑了:

"马先生,你我谁也不明白谁,咱们最好别再费话。我不能现在就走。论交情的话呢,我求你给我两个礼拜的限;论法律呢,我当初和你哥哥定的是:不论谁辞谁,都得两个礼拜以前给信。好了,马先生,我还在这儿做十四天的事,从今天算起。谢谢你!"

说完,李子荣又把铜壶拿起来了。

马老先生的脸红了,瞪了李子荣的脊梁一眼,开开门出去了。出了门口,嘟囔着骂:

"这小子够多么不要脸!人家赶你,你非再干两个礼拜不可!好,让你在这儿两个礼拜,我不能再见你,面子已经弄破了,还在一块儿做事,没有的事!没有的事!!对,回去!回去给他两个礼拜的工钱,叫他登时就走!白给你钱,你还不走吗?你可看明白了,我没辞你,是你不愿意干啦!再干两个礼拜,想再敷衍下去,你当我看不出来呢,谁也不是傻子!对,给他两礼拜的工钱,叫他走!……瞧他那个样儿呀,给他钱,他也不走,他要是说再干两礼拜呀,那算是妥了! 没法跟这样人打交待,他满不顾面子! 我没法子! 赶明儿带马威回国,在外国学不出好来! 瞧李子荣,没皮没脸! 你叫他走,他说法律吧,交情吧,扯蛋! ……没法子! ……没面子! ……去吃点三仙汤面吧! 管他李子荣,张子荣呢! 犯不上跟他生气! 气着,好,是玩儿的呢! ……"

<h1 style="text-align:center">13</h1>

"老李! 你跟我父亲吵起来了?"马威进门就问,脸上的神气很不好看。

"我能跟他吵架? 老马!"李子荣笑着说。

"我告诉你,老李!"马威的脸板着,眉毛拧在一块,嘴唇稍微有点颤:"你不应该和父亲捣乱! 你知道他的人性,有什么事为什么不先跟我说呢! 不错,你帮我们的忙不少,可是你别管教我父亲啊! 无论怎说,他比咱们大二十多岁! 他是咱们的前辈!"他忽然停住了,看了李子荣一眼。

李子荣楞了一会儿,挠挠头发,噗哧的一笑:

"你怎么了? 老马!"

"我没怎么! 我就是要告诉你:别再教训我父亲!"

"呕!"李子荣刚要生气,赶紧就又笑了:"你吃了饭没有? 老马!"

"吃了!"

"你给看一会儿铺子成不成? 我出去吃点甚么,就回来。"

马威点了点头。李子荣扣上帽子,出去了,还是笑着。

李子荣出去以后,大约有十分钟,进来一个慈眉善目的老头儿。

"啊,年青的,你是马先生的儿子吧?"老头儿笑嘻嘻的说,脑袋歪在一边儿。

"是,先生!"马威勉强笑着回答。

"啊,我一猜就是吗,你们父子的眼睛长得一个样。"老头儿说着,往屋里看了一眼:"李先生呢?"

"出去吃饭,就回来——先生要看点什么东西? 我可以伺候你!"马威心里想:"我也会作生意,不是非仗着李子荣不可!"

"不用张罗我,我自己随便看吧!"老头儿笑了笑,一手贴在背后,一手插在衣袋里,歪着头细细看架子上的东西。看完一件,微微点点头。

马威要张罗他,不好;死等着,也不好;皱着眉,看着老头儿的脊梁盖儿。有时候老头儿回过头来,他赶紧勉强一笑,可是老头儿始终没注意他。

老头儿身量不高,可是长得挺富泰。宽宽的肩膀,因为上了年纪,稍微往下溜着一点。头发雪白,大概其的往后拢着。连腮一部白胡子,把嘴盖得怪好看的。鼻子不十分高,可是眼睛特别的深,两个小眼珠深深的埋伏着,好像专等着帮助脸上发笑。脑袋常在一边儿歪歪着。老头儿的衣裳非常的讲究。一身深灰呢衣,灰色的绸子领带,拴着个细金箍儿。单硬领儿挺高,每一歪头的时候,硬领的尖儿就藏在白胡子里。没戴着帽子。皮鞋非常的大,至少比脚大着两号儿,走道儿老有点擦着地皮,这样,叫裤子的中缝直直的立着,一点褶儿也没有。

"我说,年青的,这个罐子不能是真的吧?"老头儿从货架子上拿起一个小土罐子,一手端着,一手轻轻的摸着罐口儿,小眼睛半闭着,好像大姑娘摸着自己的头发,非常的谨慎,又非常的得意。

"那——"马威赶过两步去,看了小罐子一眼,跟着又说了个长而无用的"那——"

"啊,你说不上来;不要紧,等着李先生吧。"老头儿说着,双手捧着小罐,嘴唇在白胡子底下动了几动,把小罐又摆在原地方了。"你父亲呢?好些日子没见他了!"老头儿没等马威回答,接着说下去,眼睛还看着那个小罐子:"你父亲可真是好人哪,就是不大会做生意,啊,不大会做生意。你在这儿念书哪吧?念什么?啊,李先生来了!啊,李先生,你好?"

"啊,约汗,西门爵士!你好?有四五天没见你啦!"李子荣脸上没有一处不带着笑意,亲亲热热的和西门爵士握了握手。

西门爵士的小眼睛也眨巴着,笑了笑。

"西门爵士,今天要看点什么?上次拿去的宜兴壶已经分析好了吧?"

"哎,哎,已经分析了!你要是有贱的广东磁,不论是什么我都要;就是广东磁我还没试验过。你有什么,我要什么,可有一样,得真贱!"西门爵士说着,向那个小罐子一指:"那个是真的吗?"

"冲你这一问,我还敢说那是真的吗!"李子荣的脸笑得真像个混糖的开花馒头。一边说,一边把小罐子拿下来,递给老头儿:"釉子太薄,底下的棕色也不够厚的,决不是磁州的!可是,至迟也是明初的!西门爵士,你知道的比我多,你看着办吧,看值多少给多少!马先生,给西门爵士搬把椅子来!"

"哎,哎,不用搬!我在试验室里一天家站着,站惯了,站惯了!"西门爵士特意向马威一笑:"哎,谢谢!不用搬!"然后端着小罐又仔细看了一过:"哎,你说的不错,底下的棕色不够厚的,不错!好吧,无论怎么说吧,给我送了去吧,算我多少钱?"

"你说个数儿吧,西门爵士!"李子荣搓着手,肩膀稍微耸着点儿,真像个十二分成熟的买卖人。

马威看着李子荣,不知不觉的点了点头。

老头儿把小罐儿捧起来,看了看罐底儿上的价码。跟着一挤眼,说:"李先生,算我半价吧!哎!"

"就是吧,西门爵士!还是我亲身给你送了去?"

"哎,哎,六点钟以后我准在家,你跟我一块儿吃饭,好不好!"

"谢谢!我六点半以前准到!广东磁器也送去吧?"

"哎,你有多少?我不要好的!为分析用,你知道——"

"知道!知道!我这儿只有两套茶壶茶碗,不很好,真正广东货。把这两套送到试验室,这个小罐子送到你的书房,是这么办不是?西门爵士!"

"这家伙全知道!"马威心里说。

"哎,哎,李先生你说的一点儿不错!"

"还是偷偷儿的送到书房去,别叫西门夫人看见,是不是,西门爵士?"李子荣说着,把小罐接过来,放在桌儿上。

老头儿笑开了,头一次笑出声儿来。

"哎,哎,我的家事也都叫你知道了!"老头儿掏出块绸子手巾擦了擦小眼睛:"你知道,科学家不应该娶妻,太麻烦,太麻烦!西门夫人是个好女人,就是有一样,常搅乱我的工作。哎,我是个科学家兼收藏家,更坏了!西门夫人喜欢珍珠宝石,我专买破罐子烂砖头!哎,妇人到底是妇人!哎,偷偷的把小罐子送到书房去,咱们在那里一块吃饭。我还要问你几个字,前天买了个小铜盒子,盖上的中国字,一个个的小四方块儿,哎,我念不上来,你给我翻译出来吧!还是一个先令三个字,哎?"

"不是篆字?"李子荣还是笑着,倒好像要把这个小古玩铺和世界,全招笑了似的。

"不是,不是!我知道你怕篆字。哎,晚上见吧。连货价带翻译费我一齐给你,晚上给你。晚上见,哎。"西门爵士说完,过去拍了拍马威的肩膀,"哎,你还没告诉我,你念什么书呢!"

"商业!先生——爵士!"

"啊!好,好!中国人有做买卖的才干,忍力;就是不懂得新的方法!学一学吧!好,好好的念书,别净出去找姑娘,哎?"老头儿的小眼睛故意眨巴着,要笑又特意不笑出来,嘴唇在白胡底下动了动。

"是!"马威的脸红了。

"西门爵士,你的帽子呢?"李子荣把门开开,弯着腰请老头儿出来。

"哎,在汽车上呢!晚上见,李先生!"

老头儿走了以后,李子荣忙着把小罐子和两套茶壶茶碗都用棉花垫起来,包好。一边包,一边向马威说:

"这个老头子是个好照顾主儿。专收铜器和陶器。他的书房里的东西比咱们这儿还多上三倍。原先他作过伦敦大学的化学教授,现在养老不作事了,可是还专研究陶土的化学配合。老家伙,真有意思!贵东西买了存着,贱东西买了用化学分析。老家伙,七十多了,多么精神!我说老马,开两张账单儿,搁在这两个包儿一块。"

李子荣把东西包好,马威也把账单儿开来。李子荣看了马威一眼,说:

"老马,你今儿早晨怎么了?你不是跟我闹脾气,你一定别有心事,借我出气！是不是？大概是爱情！我早看出来了，腮上发红，眉毛皱着，话少气多，吃喝不下，就剩——抹脖子，上吊！"李子荣哈哈的乐起来："害相思的眼睛发亮，害单思的眼睛发浑！相思有点甜味，单思完全是苦的！老马？你的是？"

"单思！"马威受这一场奚落，心中倒痛快了！——害单思而没地方去说的，非抹脖子不可！

"温都姑娘？"

"哼！"

"老马，我不用劝你，没用！我有朝一日要是爱上一个女人，她要是戏耍我，我立刻就用小刀抹脖子！嗞！"李子荣用食指在脖子上一抹。"可是，我至少能告诉你这么一点儿：你每一想她的时候，同时也这么想：她拿我，一个中国人，当人看不呢？你当然可以给你自己一个很妥当的回答。她不拿咱当人看，还讲爱情？你的心可以凉一点儿了！这是我独门自造的'冰吉凌'，专治单思热病！没有英国青年男女爱中国人的，因为中国人现在是给全世界的人作笑话用的！写文章的要招人笑，一定骂中国人，因为只有中国人骂着没有危险。研究学问的恨中国人，因为只有中国人不能帮他们的忙；那样学问是中国人的特长？没有！普通人小看中国人，因为中国人——缺点多了，简直的说不清！我们当时就可以叫他们看得重，假如今天我们把英国，德国，或是法国给打败！更好的办法呢，是今天我们的国家成了顶平安的，顶有人才的！你要什么？政治！中国的政治最清明啊！你要什么？化学！中国的化学最好啊！除非我们能这么着，不用希望叫别人看得起；在叫人家看不起的时候，不用乱想人家的姑娘！我就见过温都姑娘一回，我不用说她好看不好看，人品怎么样；我只能告诉你一句话，她不能爱你！她是普通男女中的一个，普通人全看不起中国人，为什么她单与众不同的爱个小马威！"

"不见得她准不爱我！"马威低着头儿说。

"怎见得？"李子荣笑着问。

"她跟我去看电影，她救我的父亲。"

"她跟你去看电影，和我跟你去看电影，有什么分别？我问你！外国男女的界限不那么严——你都知道，不用我说。至于救你父亲，无论是谁，看见他在地上爬着，都得把他拉回家去！中国人见了别人有危险，是躲得越远越好，因为我们的教育是一种独善其身！外国人见了别人遇难，是拼命去救，他们不管你是白脸人，黑脸人，还是绿脸人，一样的拯救。他们平时看不起黑脸和绿脸的哥儿们，可是一到出险了，他们就不论脸上的颜色了！她不因为是'你'的父亲才救，是因为她的道德观念如此。我们以为看见一个人在地上躺着，而不去管，满可以讲得下去；外国人不这么想。他们的道德是社会的，群众的。这一点，中国人应当学鬼子！在上海，我前天在报上念的，有个老太婆倒在街上了，中国人全站在那里看热闹，结果是叫个外国兵给搀起来了；他们能不笑话我们吗！我——

125

我说到那儿去啦？往回说吧！不用往脸上贴金,见她和你握手,就想她爱你！她才有工夫爱你呢！吃我的冰吉凌顶好,不用胡思乱思!"

马威双手捧着脑门儿,一声没发。

"老马,我已经和你父亲辞了我的事!"

"我知道!你不能走!你不能看着我们把铺子做倒了!"马威还是低着头,说话有点儿发颤!

"我不能不走!我走了,给你们一月省十几镑钱!"

"谁替我们做买卖呀!"马威忽然抬起头来,看着李子荣说:"那个西门老头儿问我,我一个字答不出,我不懂!不懂!"

"那没难处!老马!念几本英国书,就懂得好些个。我又何尝懂古玩呢,都仗着念了些书!外国人研究无论那样东西,都能有条有理的写书,关于中国磁器,铜器,书可多了。念几本就行!够咱们能答得上碴儿的就行!老马,你放心,我走了,咱们还是好朋友,我情愿帮你的忙!"

待了半天,马威问:

"你那儿去找事呀?"

"说不上来,碰机会吧!好在我现在得了一笔奖金,五十镑钱,满够我活好几个月的呢!你看,"李子荣又笑了:"《亚细亚杂志》征求中国劳工近况的论文,我破了一个月的工夫,连白天带晚上,写了一篇。居然中了选,五十镑!我告诉你,老马!老天爷饿不死瞎家雀,一点不错!我有这五十镑,足够混些日子的!反正事情是不找不来,咱天天去张罗,难道就真没个机会!愿意干事的人不会饿死;饿死的决不是能干的人!老马!把眉头打开,高起兴来干!"

李子荣过去按着马威的肩膀,摇了几下子。

马威哭丧着脸笑了一笑。

14

马老先生跟李子荣闹完气,跑到中国饭馆吃了两个三仙汤面;平日不生气的时候总是吃一个面的。汤面到了肚子里,怒气差不多全没啦。生气倒能吃两个面,好现象!这么一想,几乎转怒为喜了。吃完面,要了壶茶,慢慢滋润着。直到饭座儿全走了,才会账往外溜达。出了饭馆,不知道上那儿去好。反正不能回铺子!掌柜的和伙计闹脾气,掌柜的总是有不到铺子的权柄!——正和总长生气就不到衙门去一样!一样!可是,上那儿去呢?在大街上散逛?车马太乱,心中又有气,一下儿叫汽车给轧扁了,是玩儿的呢!听戏去?谁听鬼子戏呢!又没锣鼓,又不打脸,光是几个男女咕噜的瞎说,没意思!找伊牧师去?对!看看他去!他那天说,要跟咱商议点事。什么事呢?哎,管他什么事呢,反正老远的去看他,不至于有错儿!

叫了辆汽车到蓝加司特街去。

坐在车里,心里不由的想起北京:这要是在北京多么抖!坐着汽车叫街坊四邻看着,多么出色!这里,处处是汽车,不足为奇,车钱算白花!

"嘿喽!马先生!"伊牧师开开街门,把马先生拉进去:"你大好了?又见着亚力山大没有?我告诉你,马先生,跟他出去总要小心一点!"

"伊牧师你好?伊太太好?伊小姐好?伊少爷好?"马先生一气把四个好问完,才敢坐下。

"他们都没在家,咱们正好谈一谈。"伊牧师把小眼镜往上推了一推,鼻子中间皱成几个笑纹。自从伤风好了以后,鼻子上老绉着那么几个笑纹,好像是给鼻子一些运动;因为伤风的时候,喷嚏连天,鼻子运动惯了。"我说,有两件事和你商议:第一件,我打算给你介绍到博累牧师的教会去,作个会员,礼拜天你好有个准地方去作礼拜。他的教会离你那儿不远,你知道游思顿街?哎,顺游思顿街一直往东走,斜对着英苏车站就是。我给你介绍,好不好?"

"好极了!"现在马老先生对外国人说话,总喜欢用绝对式的字眼儿。

"好,就这么办啦。"伊牧师嘴唇往下一垂,似是而非的笑了一笑:"第二件是:我打算咱们两个晚上闲着作点事儿,你看,我打算写一本书,暂时叫作《中国道教史》吧。可是我的中文不十分好,非有人帮助我不可。你要是肯帮忙,我真感激不尽!"

"那行!那行!"马先生赶紧的说。

"我别净叫你帮助我,我也得替你干点什么。"伊牧师把烟袋掏出来,慢慢的装烟:"我替你想了好几天了:你应当借着在外国的机会写点东西,最好写本东西文化的比较。这个题目现在很时兴,无论你写的对不对,自要你敢说话,就能卖得出去。你用中文写,我替你译成英文。这样,咱们彼此对帮忙,书出来以后,我敢保能赚些钱。你看怎么样?"

"我帮助你好了!"马老先生迟迟顿顿的说:"我写书?倒真不易了!快五十的人啦,还受那份儿累!"

"我的好朋友!"伊牧师忽然把嗓门提高一个调儿:"你五十啦?我六十多了!萧伯纳七十多了,还一劲儿写书呢!我问你,你看见过几个英国老头子不做事?人到五十就养老,世界上的事都交给谁做呀!"

"我也没说,我一定不做!"马老先生赶紧往回收兵,唯恐把伊牧师得罪了,其实心里说:"你们洋鬼子不懂得尊敬老人,要不然,你们怎是洋鬼子呢!"

英国人最不喜欢和旁人谈家事,伊牧师本来不想告诉老马,他为什么要写书;可是看老马迟疑的样子,不能不略略的说几句话:

"我告诉你,朋友!我非干点什么不可!你看,伊太太还作伦敦传教公会中国部的秘书,保罗在银行里,凯萨林在女青年会作干事,他们全挣钱,就是我一个人闲着没事!虽然我一年有一百二十镑的养老金,到底我不愿意闲着——"伊牧师又推了推眼镜,心里有点后悔,把家事都告诉了老马!

"儿女都挣钱,老头子还非去受累不可!真不明白鬼子的心是怎么长着的!"马老先生心里说。

"我唯一的希望是得个大学的中文教授,可是我一定要先写本书,造点名誉。你看,伦敦大学的中文部现在没有教授,因为他们找不到个会写会说中国话的人。我呢,说话满成,就差写点东西证明我的知识。我六十多了,至少我还可以作五六年事,是不是?"

"是!对极了!我情愿帮助你!"马先生设法想把自己写书的那一层推出去:"你看,你若是当了中文教授,多替中国说几句好话,多么好!"

马老先生以为中文教授的职务是专替中国人说好话。

伊牧师笑了笑。

两个人都半天没说话。

"我说,马先生!就这么办了,彼此帮忙!"伊牧师先说了话:"你要是不叫我帮助你,我也就不求你了!你知道,英国人的办法是八两半斤,谁也不要吃亏的!我不能白求你!"

"你叫我写东西文化,真,叫我打那儿写起!"

"不必一定是这个题目哇,什么都行,连小说,笑话都成!你看,中国人很少有用英文写书的,你的书,不管好不好,因为是中国人写的,就可以多卖。"

"我不能乱写,给中国人丢脸!"

"呕!"伊牧师的嘴半天没闭上。他真没想到老马会说出这么一句来!

马老先生自己也说不清,怎么想起这么一句来。

没到过中国的英国人,看中国人是阴险诡诈,长着个讨人嫌的黄脸。到过中国的英国人,看中国人是脏,臭,糊涂的傻蛋。伊牧师始终没看起马先生,他叫老马写书,纯是为好叫老马帮他的忙!他知道老马是傻蛋,傻蛋自然不会写书。可是不双方定好,彼此互助,伊牧师的良心上不好过,因为英国人的公平交易,是至少要在形式上表出来的!

伊牧师,和别的英国人一样,爱中国的老人,因为中国的老人一向不说"国家"两个字。他不爱,或者说是恨,中国的青年,因为中国的青年们虽然也和老人一样的糊涂,可是"国家","中国"这些字眼老挂在嘴边上。自然空说是没用的,可是老这么说就可恨!他真没想到老马会说:"给中国人丢脸!"

马老先生自己也说不清,怎么想起这么一句来!

"马先生,"伊牧师楞了半天才说:"你想想再说,好在咱们不是非今天决定不可。马威呢,他念什么呢?"

"补习英文,大概是要念商业。"马先生回答:"我叫他念政治,回国后作个官儿什么的,来头大一点。小孩子拧性,非学商业不可,我也管不了!小孩子,没个母亲,老是无着无靠的!近来很瘦,也不是怎么啦!小孩子心眼重,我也不好深问他！随他去吧！反正他要什么，我就给他钱，谁叫咱是作老子的呢！无法！无法！"

马老先生说得十分感慨，眼睛看着顶棚，免得叫眼泪落下来。心中很希望：这样的一说，伊牧师或者给他作媒，说个亲什么的。——比方说吧，给他说温都寡妇。自然娶个后婚儿寡妇，不十分体面，可是娶外国寡妇，或者不至于犯七煞，尅夫主！——他叹了一口气；再说，伊牧师要是肯给他作媒，也总是替他作了点事，不是把那个作文化比较的事可以岔过去了吗！你替咱作大媒，咱帮助你念中国书：不是正合你们洋鬼子的"两不吃亏"的办法吗！他偷着看了伊牧师一眼。

伊牧师叼着烟袋，没言语。

"马先生，"又坐了半天，伊牧师站起来说："礼拜天在博累牧师那里见吧。叫马威也去才好呢，少年人总得有个信仰，总得！你看保罗礼拜天准上三次教会。"

"是！"马老先生看出伊牧师是已下逐客令，心里十二分不高兴的站起来："礼拜天见！"

伊牧师把他送到门口。

"他妈的，这算是朋友！"马先生站在街上，低声儿的骂："不等客人要走，就站起来说'礼拜天见！'礼拜天见？你看着，马大人要是上教堂去才怪！……"

"朋朋！——嗞啦！"一辆汽车擦着马先生的鼻子飞过去了！

15

温都母女歇夏去了，都戴着新帽子。玛力的帽箍上绣着个中国字，是马老先生写的，她母亲给绣的。戴上这个绣着中国字的帽子，玛力有半点来钟没闭上嘴，又有半点来钟没离开镜子。帽子一样的很多，可是绣中国字的总得算新奇独份儿。要是在海岸上戴着这么新奇的帽子，得叫多少姑娘太太们羡慕得落泪，或者甚至于晕过去！连温都太太也高兴得很，女儿的帽子一定惹起一种革命——叫作帽子革命吧！女儿的像片一定要登在报上，那得引起多少人的注意和羡爱！

"马先生，"玛力临走的时候来找马老先生："看！"她左手提着小裙子，叫裙子褶儿像扇面似的铺展开。脖子向左一歪，右手斜着伸出去，然后手腕轻松往回一撒。同时肩膀微微一耸，嘴唇一动："看！"

"好极了！美极了！温都姑娘！"马老先生向她一伸大拇指头。

玛力听老马一夸奖，两手忽然往身上一并，一扬脑袋，唏的一笑，一溜烟似的跑了。

其实，马老先生只把话说了半截：他写的是个"美"字，温都太太绣好之后，给钉倒了，看着——美——好像"大王八"三个字，"大"字拿着顶。他笑开了，从到英国还没这么痛快的笑过一回！"啊！真可笑！外国妇女们！脑袋上顶着

'大王八'，大字还拿着顶！哎哟，可笑！可笑！"一边笑，一边摇头，把笑出来的眼泪全抢出去老远！

笑了老半天，马先生慢慢的往楼下走，打算送她们到车站。下了楼，她们母女正在门口儿等汽车。头一样东西到他的眼睛里是那个"大王八"。他咬着牙，梗着脖子，把脸都憋红了，还好，没笑出来。

"再见，马先生！"母女一齐说。温都太太还找补了一句："好好的，别淘气！出去的时候，千万把后门锁好！"

汽车来了，拿破仑第一个蹿进去了。

马老先生哼哧着说了声"再见！好好的歇几天！"

汽车走了，他关上门又笑开了。

笑得有点儿筋乏力尽了，马先生到后院去浇了一回花儿。一个多礼拜没下雨，花叶儿，特别是桂竹香的，有点发黄。他轻轻的把黄透了的全掐下来，就手来把玫瑰放的冗条子也打了打。响晴的蓝天，一点风儿没有，远处的车声，一劲儿响。马先生看着一朵玫瑰花，听着远处的车响，心里说不上来的有点难过！勉强想着玛力的帽子，也不是怎回事，笑不上来了！抬头看了看蓝天，亮，远，无限的远，还有点惨淡！

"几时才能回国呢？"他自己问自己："就这么死在伦敦吗？不！不！等马威毕业就回国！把哥哥的灵运回去！"想起哥哥，他有心要上坟去看看，可是一个人又懒得去。看着蓝天，心由空中飞到哥哥的坟上去了。那块灰色的石碑，那个散落的花圈，连那个小胖老太太，全活现在眼前了！"哎！活着有什么意味！"马先生轻轻摇着头念叨："石碑？连石碑再待几年也得坏了！世界上没有长生的东西，有些洋鬼子说，连太阳将来就是要死的！……可是活着，说回来了！也不错！……那自然看怎样活着，比如能作高官，享厚禄，妻妾一群，儿女又肥又胖，差不多了！值得活着了！……"

马先生一向是由消极想到积极，而后由积极而中庸，那就是说，好歹活着吧！混吧！混过一天又一天，心中好似……他差点没哼哼出几句西皮快板来。这种好歹活着，便是中国半生不死的一个原因，自然老马不会想到这里。

完全消极，至少可以产生几个大思想家。完全积极，至少也叫国家抖抖精神，叫生命多几分乐趣。就怕，像老马，像老马的四万万同胞，既不完全消极，又懒得振起精神干事。这种好歹活着的态度是最贱，最没出息的态度，是人类的羞耻！

马老先生想了半天，没想出什么高明主意来，赌气子不想了。回到书房，擦了一回桌椅，抽了袋烟。本想坐下念点书，向来没念书的习惯，一拿书本就觉得怪可笑的，算了吧。

"到楼下瞧瞧去，各处的门都得关好了！"他对自己说："什么话呢，人家走了，咱再不经心，还成！"

温都太太并没把屋子全锁上，因为怕是万一失了火，门锁着不好办。马先生看了看客厅，然后由楼梯下去，到厨房连温都太太的卧室都看了一个过儿。向来没进过她的屋里去，这次进去，心里还是有点发虚，提手蹑脚的走，好像唯恐叫人看见，虽然明知屋里没有人。进去之后，闻着屋里淡淡的香粉味，心里又不由的一阵发酸。他站在镜子前边，呆呆的立着，半天，又要走，又舍不得动。要想温都寡妇，又不愿意想。要想故去的妻子，又渺茫的想不清楚。不知不觉的出来了，心里迷迷糊糊的，好像吃过午饭睡觉做的那种梦，似乎是想着点什么东西，又似乎是麻糊一片。一点脚步声儿没有，他到了玛力卧房的门口。门儿开着，正看见她的小铁床。床前跪着个人，头在床上，脖子一动一动的好像是低声的哭呢。

马威！

老马先生一时僵在那块儿了。心中完全像空了一会儿，然后不禁不由的低声叫了声：

"马威！"

马威猛孤丁的站起来：脸上由耳朵根红起一直红到脑门儿。

父子站在那里，谁也没说什么。马威低着头把泪擦干，马老先生抹着小胡子，手直颤。

老马先生老以为马威还是十二三岁的小孩子。每逢想起马威，便联想到："没娘的小孩子！"看见马威瘦了一点，他以为是不爱吃英国饭的缘故。看见马威皱着眉，他以为是小孩子心里不合适。他始终没想到马威是二十多的小伙子了，更根本想不到小孩子会和——马老先生想不起相当的字眼，来表示这种男女的关系；想了半天，到底还是用了个老话儿："想不到这么年青就'闹媳妇'！"他不忍的责备马威，就这么一个儿子，又没有娘！没有那样的狠心去说他！他又不好不说点什么，做父亲的看见儿子在个大姑娘床上哭，不体面，下贱，没出息！可是，说儿子一顿吧？自己也有错处，为什么始终看儿子还是个无知无识的小孩子！不知道年头儿变了，小孩子们都是胎里坏吗！为什么不事先防备！还算好！他和玛力，还没闹出什么笑话来！这要是……她是个外国姑娘，可怎么好！自己呢，也有时候爱温都寡妇的小红鼻子；可是那只是一时的发狂，谁能真娶她呢！娶洋寡妇，对得起谁！小孩子，想不到这么远！……

老马看了小马一眼，慢慢的往楼上走。

马威跟着出来，站在门口看着那个铁床。忽然又进去了，把床单子……自己的泪痕还湿着——轻轻舒展了一回。低着头出来，把门关好，往楼上走。

"父亲！"马威进了书房，低声儿叫："父亲！"

老马先生答应了一声，差点没落下泪来。

马威站在父亲的椅子后面，慢慢的说：

"父亲！你不用不放心我！我和她没关系！前些日子……我疯了！……疯了！现在好了！我上她屋里去，为是……表示我最后的决心！我再不理她了！

她看不起咱们,没有外国人看得起咱们的,难怪她!从今天起,咱们应该打起精神做咱们的事!以前的事……我疯了!李子荣要走,咱们也拦不住他,以后的事,全看咱们的了!他允许帮咱们的忙,我佩服他,信任他,他的话一定是真的!我前两天得罪了他,我没安心得罪他,可是,我……疯了!他一点没介意,他真是个好人!父亲!我对不起你,你要是有李子荣那样的一个儿子,什么事也不用你操心了!"

"万幸,我没李子荣那样的个儿子!"马老先生摇着头一笑。

"父亲!你答应我,咱们一块儿好好的干!咱们得省着点花钱!咱们得早起晚睡打着精神干!咱们得听李子荣的话!我去找他,问他找着事没有。他已经找着事呢,无法,只好叫他走。他还没找着事呢,咱们留着他!是这样办不是,父亲?"

"好,好,好!"马老先生点着头说,并没看马威:"自要你知道好歹,自要你不野着心闹——什么事都好办!我就有你这么一个儿,你母亲死得早!我就指着你啦,你说什么是什么!你去跟李伙计商议,他要是说把房子拆了,咱登时就拆!去把他找来,一块来吃中国饭去,我在状元楼等你们。你去吧,给你这一镑钱。"老马先生,把一镑钱的票子掖在马威的口袋里。

…………

马威这几天的心里像一锅滚开花的粥:爱情,孝道,交情,事业,读书,全交互冲突着!感情,自尊,自恨,自怜,全彼此矛盾着!父亲不好,到底是父亲!李子荣太直爽,可是一百成的好人!帮助父亲做事,还有工夫念书吗?低着头念书,事业交给谁管呢?除此以外,还有个她!她老在眼前,心上,梦里,出没无常。总想忘了她,可是那里忘得下!什么事都容易摆脱,只有爱情,只有爱情是在心根上下种发芽的!她不爱我,谁管她爱不爱呢!她的笑,她的说话,她的举动,全是叫心里的情芽生长的甘露;她在那儿,你便迷惑颠倒;她在世上,你便不能不想她!不想她,忘了她,只有铁心人能办到!马威的心不是铁石,她的白胳臂一颤动,他的心也就跟着颤动!然而,非忘了她不可!不敢再爱她,因为她不理咱;不敢恨她,因为她是为叫人爱而生下来的!……不敢这么着,不愿意那么着,自己的身分在那儿呢?年青的人一定要有点火气,自尊的心!为什么跟着她后边求情!为什么不把自己看重了些!为什么不帮助父亲作事!为什么不学李子荣!……完了!我把眼泪洒在你的被子上,我求神明保护你,可是我不再看你了,不再想你了!盼望你将来得个好丈夫,快活一辈子!这是……父亲进来了!……有点恨父亲!可是父亲没说什么,我得帮助他,我得明告诉他!告诉了父亲,心里去了一块病。去找李子荣,也照样告诉他。

"老李!"马威进了铺子就叫:"老李!完了!"

"什么完了?"李子荣问。

"过去的是历史了,以后我要自己管着我的命运了!"

132

"来，咱们拉拉手！老马，你是个好小子！来，拉手！"李子荣拉住马威的手，用力握了握。

"老李，你怎样？是走呀，还是帮助我们？"

"我已经答应西门爵士，去帮助他。"李子荣说："他现在正写书，一本是他化验中国磁器的结果，一本是说明他所收藏的古物。我的事是帮助他作这本古物的说明书，因为他不大认识中国字。我只是每天早晨去，一点钟走，正合我的适。"

"我们的买卖怎办呢？"马威问。

"我给你们出个主意：现在预备一大批货，到圣诞节前来个大减价。所有的货物全号上七扣，然后是照顾主儿就送一本彩印的小说明书。我去给你们办这个印刷的事，你们给我出点车钱就行。《亚细亚杂志》和东方学院的《季刊》全登上三个月的广告。至于办货物呢，叫你父亲先请王明川吃顿中国饭，然后我和老王去说，叫他给你们办货，他是你伯父的老朋友，他自己又开古玩铺，又专办入口货的事情。交给他五百镑钱办货，货办来以后，就照着我的办法来一下。这一下子要是成功，你们的事业就算站住了。就是失败——大概不会吧！你看怎样？你得天天下午在这里，早晚去念书；专指马老先生一个人不成！货到了之后我来帮助你们分类定价码，可是你们得管我午饭，怎样？"

"老李，你说什么就是什么啦！我们的失败与成功，就看此一举啦！老李，父亲在状元楼等你吃饭呢，你去不去？"

"不！谢谢！还是那句话，吃一回就想吃第二回，太贵，吃不起！我说老马，你应当上乡下歇一个礼拜去，散逛散逛。好在我还在这儿几天，你正好走。"

"上那儿好呢？"马威问。

"地方多了，上车站去要份旅行指南来，挑个地方去住一个礼拜，对身体有益！老马！好，你去吃饭吧，替我谢谢马老先生！多吃点呀！"李子荣笑起来了。

马威一个人出来，李子荣还在那儿笑。

第四段

1

从一入秋到冬天,伦敦的热闹事儿可多了。戏园子全上了拿手好戏,铺子忙完秋季大减价,紧跟着预备圣诞节。有钱的男女到伦敦来听戏,会客,置办圣诞礼物。没钱的男女也有不花钱的事儿作:看伦敦市长就职游行,看皇帝到国会行开会礼,小口袋里自要有个先令,当时不是押马,便是赌足球队的胜负。晚报上一大半是赛马和足队比赛的结果,人们在早晨九点钟便买一张,看看自己赢了没有。看见自己是输了,才撇着嘴念点骂外国的新闻,出出恶气。此外溜冰场,马戏,赛狗会,赛菊会,赛猫会,赛腿会,赛车会,一会跟着一会的大赛而特赛,使人们老有的看,老有的说,老有的玩,——英国人不会起革命,有的看,说,玩,谁还有工夫讲革命。伊太太也忙起来,忙着为穷人募捐,好叫没饭吃的人到圣诞节也吃顿饱饭。她头上的乱棉花更乱了,大有不可收拾的趋势。伊牧师也忙得不了,天天抱着本小字典念中国书,而且是越念生字越多。保罗的忙法简直的不易形容,在街上能冒着雨站三点钟,等着看看皇太子,回到家来站在镜子前边微微的笑,因为有人说,他的鼻子真像皇太子的。皇太子那天在无线电传播替失业工人请求募捐,保罗登时捐了两镑钱,要不是皇太子说工人很苦,他一辈子也想不起来这回事;有时候还笑他妈妈的替穷人瞎忙,忙得至于头发都不易收拾。去看足球,棍球,和骂中国人的电影什么的,是风雨勿阻的。凯萨林姑娘还是那么安静,可是也忙。忙着念中文,忙着学音乐,忙着办会里的事,可是她的头发一点不乱,还是那么长长的,在雪白的脖子上轻轻的盖着。温都母女也忙起来,母亲一天到晚添楼上下的火,已足使她的小鼻子尖上常常带着一块黑。天是短的,非抓着空儿上街买东西不可,而且买的东西很多,因为早早买下圣诞应用的和送礼的东西,可以省一点钱。再说,圣诞的节饼在一个多月以前就得做好。玛力的眼睛简直忙不过来了,街上的铺子没有一家不点缀得一百成花梢的,看什么,什么好看。每个礼拜她省下两个先令,经十五六点钟的研究,买件又贱,又好,又美的小东西。买回来,偷偷的藏在自己的小匣里,等到圣诞节送礼。况且,自己到圣诞还要买顶新帽子;这可真不容易办了! 拿着小账本日夜的计算,怎么也筹不出这笔钱来。偷偷的花了一个先令押了个马,希望能赢点钱,恰巧她押的马跑到半路折了个毛跟头,一个先令丢了! "越是没钱越输钱! 非把钱取消了,不能解决帽子问题!"她一生气,几乎要信社会主义!

伦敦的天气也忙起来了。不是刮风,就是下雨,不是刮风下雨,便是下雾;有时候一高兴,又下雨,又下雾。伦敦的雾真有意思,光说颜色吧,就能同时有几种。有的地方是浅灰的,在几丈之内还能看见东西。有的地方是深灰的,白天和夜里半点分别也没有。有的地方是灰黄的,好像是伦敦全城全烧着冒黄烟的湿木头。有的地方是红黄的,雾要到了红黄的程度,人们是不用打算看见东西了。这种红黄色是站在屋里,隔着玻璃看,才能看出来。若是在雾里走,你的面前是深灰的,抬起头来,找有灯光的地方看,才能看出微微的黄色。这种雾不是一片一片的,是整个的,除了你自己的身体,其余的全是雾。你走,雾也随着走。什么也看不见,谁也看不见你,你自己也不知道是在那儿呢。只有极强的汽灯在空中漂着一点亮儿,只有你自己觉着嘴前面呼着点热气儿,其余的全在一种猜测疑惑的状态里。大汽车慢慢的一步一步的爬,只叫你听见喇叭的声儿;若是连喇叭也听不见了,你要害怕了:世界已经叫雾给闷死了吧! 你觉出来你的左右前后似乎全有东西,只是你不敢放胆往左往右往前往后动一动。你前面的东西也许是个马,也许是个车,也许是棵树;除非你的手摸着它,你是不会知道的。

马老先生是伦敦的第一个闲人:下雨不出门,刮风不出门,下雾也不出门。叼着小烟袋,把火添得红而亮,隔着玻璃窗子,细细咂摸雨,雾,风的美。中国人在什么地方都能看出美来,而且美的表现是活的,是由个人心中审美力放射出来的情与景的联合。烟雨归舟咧,踏雪寻梅咧,烟雨与雪之中,总有个含笑的瘦老头儿。这个瘦老头儿便是中国人的美神。这个美神不是住在天宫的,是住在个人心中的。所以马老先生不知不觉的便微笑了,汽车由雨丝里穿过去,美。小姑娘的伞被风吹得歪歪着,美。一串灯光在雾里飘飘着,好像几个秋夜的萤光,美。他叼着小烟袋,看一会儿外面,看一会儿炉中的火苗,把一切的愁闷苦恼全忘了。他只想一件东西,酒!

"来他半斤老绍兴,哎?"他自己叨唠着。

伦敦买不到老绍兴,嘻! 还是回国呀! 老马始终忘不了回国,回到人人可以赏识踏雪寻梅和烟雨归舟的地方去! 中国人忘不了"美"和"中国",能把这两样充分的发达一下,中国的将来还能产出个黄金时代。把科学的利用和美调和一下,把不忘祖国的思想用清明的政治发展出来,中国大有希望呀! 可惜老马,中国人的一个代表,只是糊里糊涂有点审美的天性,而缺少常识。可惜老马只想回国,而不明白国家是什么东西。可惜老马只想作官,而不知道作官的责任。可惜老马爱他的儿子,而不懂得怎么教育他。可惜……

快到圣诞节了,马老先生也稍微忙起来一点。听说英国人到圣诞节彼此送礼,他喜欢了,可有机会套套交情啦! 伊家大小四口,温都母女,亚力山大,自然是要送礼的。连李子荣也不能忘下呀! 俗气,那小子;给他点俗气礼物,你看! 对,给他买双鞋;俗气人喜欢有用的东西。还有谁呢? 状元楼的掌柜的。华盛顿——对，非给华盛顿点东西不可，咱醉了的那天，他把咱抬到汽车上！汽车？那小子新买了摩托自行车，早晚是摔死！唉，怎么咒骂人家呢！可是摩托自行车大有危险，希望他别摔死，可是真摔死，咱也管不了呀！老马撇着小胡子嘴儿笑了。

"几个了？"马老先生屈着手指算："四个加三个，七个。加上李子荣，状元楼掌柜的，华盛顿，十个。还有谁呢？对，王明川；人家给咱办货，咱还不送人家点东西！十一个。暂时就算十一个吧，等想起来再说！给温都太太买个帽子？"

马老先生不嘟囔了，闭上眼睛开始琢磨，什么样的帽子能把温都太太抬举得更好看一点。想了半天，只想到她的小鼻尖儿，小黄眼珠儿，小长脸；怎么也想不起：什么样的帽子才能把她的小长脸衬得不那么长了。想不起，算了，到时候再说。

"啊！还有拿破仑呢！"马老先生对拿破仑是十分敬仰的——她的狗吗！"这倒难了，你说，给狗什么礼物？还真没给狗送过礼，说真的！啊哈！有了！有了！有了！"马老先生一高兴，把刚装上的一袋烟，又全磕在炉子里了："弄点花纸，包上七个先令，六个便士，用点绒绳一系，交给温都太太。那天听说：新年后她得给拿破仑买年证，七个六一张。咱给它买，嘿！这个主意妙不妙？！他妈的，一个小狗也一年上七个六的捐！管洋鬼子的事呢，反正咱给它买，她——她一定——对！"

他喜欢极了，居然能想出这么高明的主意来，真，真是不容易！快到吃饭的时候了，外面的雾还是很大。有心到铺子去看看，又怕叫汽车给轧死；有心请温都太太给作饭，又根本不喜欢吃凉牛肉。况且在最近一个月内，简直的不敢上铺子去。自从李子荣出主意预备圣诞大减价，马威和李子荣（他天天抓着工夫来帮忙。）忙得手脚朝天，可是不许老马动手。有一天马老先生想往家拿个小瓶儿，为插花儿用，李子荣一声没言语，硬把小瓶从老马手里夺过去。而且马威板着脸说他父亲一顿！又一回，老马看马威和李子荣全出去了，他把玻璃窗上的红的绿的单子全揭下来，因为看着俗气，又被马威透透的数落一顿。没法，自己的儿子不向着自己，还有什么法子！谁叫上鬼子国来呢，在鬼子国没地方去告忤逆不孝！忍着吧！可是呀，马威是要强，是为挣钱！就是要强吧，也不能一点面子不留哇！我是你爸爸，你要晓得！

"好小子，马威，要强！"马老先生点着头自己赞叹："可是，要强自管要强，别忘了我是你爸爸！"

窗外的大雾是由灰而深灰，而黄，而红。对面的房子已经完全看不见了。处处点着灯，可是处处的灯光，是似明似灭的，叫人的心里惊疑不定。街上卖煤的，干苦的吆唤，他的声音好像是就在窗外呢，他的身子和煤车可好像在另一世界呢。

"算了吧！"马老先生又坐在火旁："上铺子去也是挨说，老老实实的在这儿忍着吧!"

马老先生是伦敦第一个清闲的人。

2

不论是伟人,是小人,自要有极强的意志往前干,他便可以做出点事业来。事业的大小虽然不同,可是那股坚强的心力与成功是一样的,全是可佩服的。最可耻的事是光摇旗呐喊,不干真事。只有意志不坚强的人,只有没主张而喜虚荣的人,才去做摇旗呐喊的事。这种事不但没有成功的可能,不但不足以使人们佩服,简直的连叫人一笑的价值都没有。

可有在中国的外国人——有大炮,飞机,科学,知识,财力的洋鬼子——看着那群摇纸旗,喊正义,争会长,不念书的学生们笑? 笑? 不值得一笑! 你们越不念书越好,越多摇纸旗越好。你们不念书,洋鬼子的知识便永远比你们高,你们的纸旗无论如何打不过老鬼的大炮。你们若是用小炮和鬼子的大炮碰一碰,老鬼子也许笑一笑。你们光是握着根小杆,杆上糊着张红纸,拿这张红纸来和大炮碰,老鬼子要笑一笑才怪呢! 真正爱国的人不这么干!

爱情是何等厉害的东西:性命,财产,都可以牺牲了,为一个女人牺牲了。然而,就是爱情也可以用坚强的意志胜过去。生命是复杂的,是多方面的:除了爱情,还有志愿,责任,事业……。有福气的人可以由爱情的满足而达到他的志愿,履行他的责任,成全他的事业。没福气的人只好承认自己的恶运,回过头来看看自己的志愿,责任,事业。爱情是神圣的,不错,志愿,责任,事业也都是神圣的! 因为不能亲一个樱桃小口,而把神圣的志愿,责任,事业全抛弃了,把金子做的生命虚掷了,这个人是小说中的英雄,而是社会上的罪人。实在的社会和小说是两件事。

把纸旗子放下,去读书,去做事;和把失恋的悲号止住,看看自己的志愿,责任,事业,是今日中国——破碎的中国,破碎也还可爱的中国! ——的青年的两付好药!

马威在中国的时候,也曾打过纸旗,随着人家呐喊。现在他看出来了:英国的强盛,大半是因为英国人不呐喊,而是低着头死干。英国人是最爱自由的,可是,奇怪,大学里的学生对于学校简直的没有发言权。英国人是最爱自由的,可是,奇怪,处处是有秩序的。几百万工人一齐罢工,会没放一枪,没死一个人。秩序和训练是强国的秘宝,马威看出来了。

他心中忘不了玛力,可是他也看出来了:他要是为她颓丧起来,他们父子就非饿死不可! 对于他的祖国是丝毫责任不能尽的! 马威不是个傻子,他是个新青年,新青年最高的目的是为国家社会做点事。这个责任比什么也重要! 为老中国丧了命,比为一个美女死了,要高上千万倍! 为爱情牺牲只是在诗料上增加了一朵小花，为国家死是在中国史上加上极光明的一页！

马威明白了这个！

他的方法是简单的：以身体的劳动，抵制精神的抑郁。早晨起来先到公园去跑一个圈，有时候也摇半点来钟的船。头一天摇的时候，差一点把自己扣在船底下。刮风也出去跑，下雨也出去跑，跑过两三个礼拜，脸上已经有点红光儿。跑回来用凉水洗个澡，（现在温都太太已准他们用她的澡盆。）把周身上下搓个通红，颇像鱼店里的新鲜大海虾。洗完澡，下来吃早饭。玛力看他，他也看玛力。玛力说话，他也笑着对答。他知道她美，好，拿她当个美的小布人。"你看不起我，我更看不起你！"他自己心里说："你长得美呀，我要光荣，责任！美与光荣，责任，很难在天平上称一称的！哈哈！"

玛力看着他的脸红润润的，腕子上的筋骨也一天比一天粗实，眼睛分外的亮，倒故意的搭讪着向他套话。因为外国女人爱粗壮的小伙子。马威故意的跳动，吃完早饭，一跳三层楼梯，上楼去念书。在街上遇见她，只是把手一扬，一阵风似的走下去。

"哈哈！有意思！我算出了口气！"马威自己说。

能在事事看出可笑的地方，生命就有趣多了。

念完一两点钟的书，马威出门就跑，一直跑到铺子去，把李子荣出的主意，一一的实行出来。货物在圣诞前一个月到了伦敦，他和李子荣拚命的干：点缀门面，定价码，印说明书……整整的一天准干七点钟。王明川给办的货物，并不全是古玩；中国刺绣，中国玩艺儿，中国旧绣花的衣裳，全有。于是愿给亲友一点中国东西的老太婆们，也知道了马家铺子，今天买个小荷包，明天买把旧团扇。有的时候因为买这些零杂儿，也带手儿买点贵重的东西。货物刚清理好，李子荣就把老西门爵士运来，叫他捡好的挑。西门爵士歪着头整跟这两个小伙子转了半天；除了自己要买的磁器，还买了一件二十五镑钱的老中国绣花裙子，为是到圣诞节送给他的夫人。这半天就卖了一百五十多镑钱。

"行了！老马！"李子荣抓着头发说。

"行了！老李！"马威已经笑得说不出别的来。

两人又商议了半天，怎么能叫行人看见他们的铺子。李子荣主张在胡同口安上个电灯，一明一灭的射出"买中国古玩"和"送中国东西"，红光和绿光一前一后的交换着。少年人作事快，商议好，到第三天就安好了。

他们一忙，隔壁那家古玩铺的掌柜的有点起毛。他向来知道老马是个不行的行货，净等着老马宣告歇业，他好把马家铺子吸收过来。现在一看这两个年青的弄得挺火炽，他决定非下手不可了，等马家铺子完全的立住脚可就不好办了。他光着秃脑袋，捧着大肚子，偷偷的把李子荣约出去吃了顿饭，透了点口话。李子荣笑着告诉他："你好好的去买瓶生发水，先把头发长出来再说。"

那个老掌柜的摸着秃脑袋笑开了，（英国人能有自己笑自己的好处。）也没再说别的。

马老先生来了好几次，假装着给他们帮忙，其实专为给温都太太拿一两样细巧的小玩艺。他在屋里扯着四方步转，看看这个，又看看那个，摸着这个，又挪挪那个，偷偷看马威一眼，——马威的大眼睛正钉着他呢！他轻轻咳嗽两声，把手塞在裤兜里，又扯着四方步转开了。等有买主进来的时候，他深深给人家鞠躬，鞠完躬，本想上前做一号买卖，显显自己的本领；那里知道，刚直起腰来，马威早已把照顾主儿领过去了。

"要强！小孩子真成！可是别忘了我是你爸爸！"马老先生自己叨唠着。

圣诞前几天，买卖特别的忙。所卖的东西，十之八九是得包好了给买主送了去。马威和李子荣有时候打包裹打到夜里十点钟，有的送邮局，有的娇细的东西还得自己送去。于是李子荣自告奋勇，到车铺赁了一辆破自行车，拼命飞跑各处送东西。马老先生一见李子荣骑着破车在汽车群中挤，便闭上眼替他祷告上帝。

"告诉李子荣，"马老先生对马威说："别那么飞跑呀！那是说着玩儿的呢！在汽车缝儿里挤出来挤进去！喝！别跟华盛顿学，他早晚是摔死！"

马威把父亲的善意告诉了李子荣，李子荣笑开了：

"谢谢马先生的好心！不要紧，我已经保险，多咱撞死，多咱保险公司赔我母亲五百镑钱！我告诉你，老马，由两个大汽车间夹挤出去，顶痛快的事了！要不是身上背着古玩，还能跑得更快呢！昨儿晚上和一群骑车的男女赛开了，我眼瞧着眉毛已经和一辆汽车的后背挨上了，你猜怎么着，我也不知道怎股劲儿，把车弄立起来了，车轮子和汽车挨了个亲儿。我，噗咚，跳下来了！那群男女扯着脖子给我喊了三个'好儿！'干！没错！"

马威把这些话告诉了父亲，马老先生没说什么，点着头叹息了两声。

老马先生看马威这么忙，有一天晚上早早吃完晚饭又回铺子来了。

"马威！"老马先生进门就说："我非干点什么不可！我不会做生意，难道我还不会包包儿吗！我非帮着你不可！"

说着，他把烟荷包，烟袋放在桌上，拿过几张纸来，说：

"给我些容易包的东西！"

马威给了父亲些东西。马老先生把烟袋插在嘴里，鼻子耸耸着一点，看看纸的大小，又端详了东西的形状。包了半天，怎么也包不齐整。偷偷看李子荣一眼，李子荣已经包完好几个，包得是又齐又好看。其实李子荣只是一手按着东西，一手好像在纸上一切，哼，也不怎么纸那么听他的话；一切，正好平平正正的裹在东西上。马老先生也用手一切，忙着用绳儿捆，怪事，绳子结了个大疙瘩，纸角儿全在外面团团着，好像伊太太的头发。

"瓦匠讲话，齐不齐，一把泥。就是他呀！"马老先生好歹包好一包，双手捧着颠了一颠。又看了他们一眼，他们都偷偷的笑呢："你们不用笑！等你们老了的时候，就明白了！你们年青力壮，手脚多么灵便，我——老人了！"

说完了，双手捧着包儿，转了个圈儿，不知放在那里好。李子荣赶过来，接过去，叫马威贴签子，写姓名。马威接过去，顺手放在旁边了。

"我的烟荷包呢?"马老先生问。

"没看见，在纸底下，也许。"他们不约而同的说。

老马先生把纸一张一张的都掀开，没有荷包。

"你们不用管我，我会找! 丢烟荷包，常有的事!"

屋里各处都找到了，找不着。

"奇怪! 越忙越出事，真他——!"

一眼看见他刚包好的包儿了。一声没言语，把包儿打开，把烟荷包拿出来。

"马威，我回家了! 你们也别太晚了!"

他刚一出门，李子荣跳起多高，笑得都不是声儿了。马威笑得也把墨水瓶碰倒。

"我告诉你，老李! 我给父亲的那点东西，是没用的，谁也没买过。我准知道老头儿包不好。要不然我怎么把它放在一边，不往上贴签子呢!"

"买东西，嗐，白饶，哈，烟荷包! 嗐，哈，哈，哈，……"

两个青年直笑了一刻钟，或者还许多一点。

3

圣诞节的前一天，伦敦热闹极了。男女老少好像一个没剩，全上了街啦。市场的东西好像是白舍，大嘟噜小挂的背着抱着;街上，除了巡警，简直看不见一个空手走道儿的。汽车和电车公司把车全放出来了，就是这么着，老太太们还挤不上车去，而且往往把筐儿里的东西挤滚了一街。邮差们全不用口袋了，另雇闲人推着小车子，挨家送包裹，在伦敦住的人，有的把节礼送出去，坐着汽车到乡下去过节。乡下的人，同时，坐着汽车上伦敦来玩几天，所以往乡下去的大道上，汽车也都挤满了。

天阴得很沉，东风也挺冷，可是没人觉出来天是阴着，风是很凉。街上的铺子全是新安上的五彩电灯，把货物照得真是五光十色，都放着一股快活的光彩。处处悬着"圣诞老人"，戴着大红风帽，抱着装满礼物的百宝囊。人们只顾着看东西了，忘了天色的黑暗。在人群里一挤便是一身热汗，谁也没工夫说:"风很凉啊!"

人们把什么都忘了:政治，社会，官司，苦恼，意见，……都忘了。人们全忽然的变成小孩子了，个个想给朋友点新东西，同时想得点好玩艺儿。人人看着分外的宽宏大量，人人看着完全的无忧无虑，只想吃点好的，喝些好的，有了富余还给穷人一点儿。这天晚上真好像是有个"救世主"要降生了，天下要四海兄弟的太平了。

直到半夜铺子才关门,直到天亮汽车电车还在街上跑,车上还是挤满了人。胡同儿里也和大街一样的亮,家家点缀好圣诞树,至不济的也挂起几个小彩球。穷小孩子们唱着圣诞的古歌,挨门要钱。富家的小孩子,半夜还没睡,等着圣诞老人来送好东西。贫富是不同的,可是在今天都可以白得一点东西,把他们的小心儿喜欢的像刚降世的耶稣。教堂的钟声和歌声彻夜的在空中萦绕着,叫没有宗教思想的人们,也发生一种庄严而和美的情感。

马老先生在十天以前便把节礼全买好送出去,因为买了存着,心里痒痒的慌。只有给温都母女的还在书房里搁着,温都太太告诉了他,非到圣诞不准拿出来。把礼物送出以后,天天盼着人家的回礼。邮差一拍门,他和拿破仑便争着往出跑。到圣诞的前两天,礼物都来了:伊牧师给他一本《圣经》,伊太太是一本《圣诗》,伊姑娘是一打手绢,伊少爷光是一个贺节片,虽然老马给保罗一匣吕宋烟。本来普通英国人送礼是一来一往的,保罗根本看不起中国人,所以故意的不还礼。老马本想把《圣经》《圣诗》和保罗的贺片全送回去,后来又改了主意:

"看着伊姑娘的面子,也别这么办!"

这几天简直的没到铺子去,因为那里没他下手的地方。照顾主儿来了,他只会给人家开门,鞠躬,送出去。虽然好几个老太婆都说:

"看那个老头儿多么规矩! 多么和气!"可是马先生的意见不是这么着了:

"你当是,作掌柜的光是为给人家开门吗!"他自己叨唠着:"我知道你成,可是别忘了,我是你爸爸! 叫爸爸给人家开门,鞠躬!"

赌气子不上铺子去了!

他自己闲在街上溜达,看着男女老少都那么忙,心中有点难过:"我要是在中国多么好! 过年的时候,咱也是这么忙! 在外国过节,无论人家是怎么喜欢,咱也觉不出快活来! 盼着发财吧,发了财回国去过节!"越看人家忙,心里越想家;越想家,人家越踩他的脚:"回去吧,回去看看温都太太,帮帮她的忙。"

他慢条斯礼的回了家。

温都太太正忙得小脚鸭儿朝了天,脑筋蹦着,小鼻子尖儿通红。打地毯,擦桌子,自炉口以至门环,凡有铜器的地方全见一见油。各屋的画儿上全悬上一枝冬青叶,单买了一把儿菊花供在丈夫的像片前面,客厅的电灯上还挂上两枝白相思豆儿。因为没有小孩儿,不便预备圣诞树,可是七八间屋子里总多少得点缀起来,有的地方是一串彩球,有的地方是两对小纸灯,里里外外看着都有点喜气。厨房里,灶上蒸着圣诞馎,烙着果馅点心,不时的还得看一眼,于是她楼上楼下像小燕儿似的乱飞。飞了一天,到晚上还要写贺节片,打点礼物,简直闹得往鼻子尖上拍粉的工夫都没有了。温都姑娘因为铺子里忙节,是早走晚回来,一点不能帮母亲的忙。拿破仑是楼上楼下乱跑,看着彩球叫唤几声,看着小灯笼又叫唤几声;乘着主母在别处的时候,还到厨房去偷一两个剥好的核桃吃。

"温都太太!"马老先生进门便叫:"温都太太! 我来给你帮忙,好不好?"

"马先生,谢谢你!"温都寡妇擦着小红鼻子说:"你先把拿破仑带出去玩一会儿吧,它净在这儿搅乱我。"

"好啦,温都太太!拿破仑!这儿来!"

拉着小狗出去转了个圈儿,好在小孩子们没跟他捣乱,因为他们都疯着心过节,没工夫起哄。把狗拉回来,正走在门口儿,亚力山大来了。他抱着好些东西,一包一包的直顶到他的大红鼻子。他老远的便喊:

"老马!老马!把顶上头的那包拿下来,那是你的礼物!"

马老先生把包儿拿下来,拿破仑也凑过去闻了闻亚力山大的大脚。

"老马!谢谢你的礼物!"亚力山大嚷着说:"怎么着,你上我那里过节去好不好?咱们痛痛快快的喝一回!"

"谢谢!谢谢!"马老先生笑着说:"我过节再去行不行?我已经答应了温都太太在家里凑热闹。"

"哈哈!"亚力山大往前走了两步,低声的说,两眼挤箍着:"老马,看上小寡妇了!有你的!有你的!好,就这么办了,圣诞节后两天我在家等你,准来!再见!唉,别忙,把从底下数第四包抽出来,交给温都太太,替我给她道节喜。再见,老马!"

马老先生把包儿拿下来,亚力山大端着其余的包儿,开路鬼似的走下去了。

"温都太太!"马老先生又是进门就叫。

"哈喽!"温都太太在楼上扯着小尖嗓子喊。

"我回来了,还给你带回点礼物来。"

几打疙疸,几打疙疸,温都太太一溜烟似的从楼上跑下来。

"呕!"她把包儿接过去,说:"亚力山大给我的:我没东西给他,可怎么好!"

"不要紧,我这儿还有一匣吕宋烟,包上,送给他,好啦!"马老先生的笑眼钉着她的小红鼻子。

"那赶情好!你多少钱买的,我照数给你。"

"别提钱!"老马先生还看着她的小红鼻子尖说:"别提钱!大节下的,一匣吕宋烟,过的着,咱们过的多!是不是?"

温都太太笑着点了点头。

老马把狗解开,上楼去拿那匣烟。

圣诞的前一天,马威和李子荣忙到午后四点钟就忙完了。

"老李!上门哪!该玩玩去了!"马威笑着说。

"好,关门!"李子荣笑着回答。

"门口的电灯也捻下去吧?"

"捻下去,留着胡同口上的那个灯。"

"老李,我得送你点礼物,你要什么?"马威问。

"马老先生已经给了我一双皮鞋,别再送了!"

"那是父亲的,我还非给你点东西不可,你替我们受这么大的累!"

"我告诉你,老马,"李子荣笑着说:"咱们可不准闹客套! 我帮助你,你天天可管我的饭呢!"

"无论怎么说,非送你点东西不可。你要什么?"马威问。

李子荣抓了半天头发,没言语。

"说话! 老李!"马威钉着问。

"你要是非送礼不可呀,给我买个表吧。"李子荣说着从衣袋里把他的破表掏出来,放在耳朵旁边摇了一摇:"你看这个表,一高兴,一天快两点多钟。一不高兴,一天慢两点多钟。还外带着只有短针,没长针。好啦,你花几个先令给我买个新的吧!"

"几个先令? 老李!"马威睁着大眼睛说:"要买就得买好的! 不用捣乱,咱们一块儿去买! 走哇!"

马威扯着李子荣走,李子荣向来是什么事不怕,今天可有点退缩,脸上通红,不知道怎样才好。

"别忙,你先等我把那辆破自行车送回去。"

"咱们一块走,你骑上,我在后面站着。"

两个人上了车,忽忽悠悠的跑到车行还了车,清了账。

出了车行,马威用力扯着李子荣,唯恐他抽空儿跑了。两个人走一会儿,站一会儿。走着也辩论,站着也辩论。马威主张到节送礼是该当的,李子荣说送礼不应花钱太多。马威说买东西就得要好的,李子荣说他的破表已经带了三年,实在没买好表的必要。马威越着急,眼睛瞪的越大,李子荣越着急,脸上越红。

两个人从圣保罗教堂穿过贱卖街,到了贾灵十字街,由这里又穿过皮开得栗,到了瑞贞大街。见一个钟表铺,马威便要进去,李子荣是扯着马威就跑。

"我说,老李,你这么着就不对了!"马威有点真急了。

"你得答应我,买不过十个先令一个的表,不然我不叫你进去!"李子荣也有点真急了。

"就是吧!"马威无法,只好答应了。

在一家极大的钟表铺,买了一支十个先令的表。马威的脸羞的通红,李子荣一点不觉乎,把表放在袋儿里,挺着腰板好像兵马大元帅似的走出来。

"老马! 谢谢你! 谢谢你!"在铺子外面,李子荣拉住马威的手不放,连三并四的说:"谢谢你! 我可不给你东西了! 我可不给你买东西了!"

马威几乎落下泪来,没说什么,只是用力握了握李子荣的手。

"老马,你把铺子里的钱都送到银行去了?"

"都送去了! 老李,你明天上那里玩去?"

"我?"李子荣摇了摇头。

"你明天找我来,好不好?"

"明天汽车电车都就开半天呀,出来不方便!"

"这么着,你后天来,咱们一块儿听戏去。忙了一节,难道还不玩一天!"

"好啦,后天见吧!谢谢你!老马!"李子荣又和马威拉了一回手,然后赶火车似的向人群里跑去了。

马威看着李子荣,直到看不见他了,才慢慢的低着头回了家。

4

天还是阴着,空中稀拉拉的飘着几片雪花。街上差不多没有什么人马了,男女老少都在家里庆祝圣诞。

温都太太请了多瑞姑姑来过节,可是始终没有回信。直到圣诞早晨末一次邮递,才得着她的一封短简的信,和一包礼物。信中的意思是:和中国人在一块儿,生命是不安全的。圣诞是快乐享受的节气,似乎不应当自找恐怖与危险。

温都太太看完信,有点不高兴,小嘴撅起多高。可是也难怪多瑞姑姑,普通的人谁不把"中国人"与"惨杀"联在一块儿说!

她撅着小嘴把包儿打开,一双手织的毛线手套是给她的,一双肉色丝袜子是给玛力的。她把女儿叫来,母女批评了一回多瑞姑姑的礼物。玛力姑娘打扮得一朵鲜花似的,红嘴唇抹得深浅正合适,眉毛和眼毛也全打得黑黑的,笑涡四围用胭脂润润的拍红,恰像两朵娇羞的海棠花。温都太太看着女儿这么好看,心中又高了兴,把撅着的小嘴改成笑嘻嘻的,轻轻的在女儿的脑门上吻了一下。母女把多瑞姑姑的礼物收起去,开始忙着预备圣诞的大餐。煎炒的事儿全是温都太太的,玛力只伸着白手指头,离火远远的,剥点果仁,拿个碟子什么的。而且是随剥随吃,两个红笑涡一凸一凹的动,一会儿也没闲着。

老马先生吃完早饭,在客厅里坐下抽烟,专等看看圣诞大餐到底是什么样儿。坐了没有一刻钟,叫温都太太给赶出了。

"到书房去!"她笑嘻嘻的说:"回来咱们在这里吃饭。不听见铃声别下来,听见没有?"

老马先生知道英国妇女处处要逞强,有点什么好东西总要出其不意的拿出来,好叫人惊异叫好儿。他叼着烟袋笑嘻嘻的上楼了。

"吃饭的时候,想着把礼物拿下来!"温都姑娘帮着母亲说:"马威呢?"

"马威!马威!"温都太太在楼下喊。

"这儿哪,干什么?"马威在楼上问。

"不到吃饭的时候别进客厅,听见没有?"

"好啦,我带拿破仑出去,绕个圈儿,好不好?"马威跑下来问。

"正好,走你们的!一点钟准吃饭,别晚了!"温都太太把狗交给马威,轻轻的吻了狗耳朵一下。

马威把狗带走。温都母女在楼下忙。马老先生一个人叼着烟袋,在书房里坐着。

"圣诞节! 应当到教会去看看!"马老先生想:"等明儿见了伊牧师的时候,也好有话说。……伊牧师! 大节下的给我本《圣经》;那怕你给我点小玩艺儿呢,到底有点过节的意味呀! 一本《圣经》,我还能吃《圣经》,喝《圣经》! 糊涂!"

马老先生决定不上教会了。拿出给温都母女买的节礼,打开包儿看了一遍。然后又照旧包好,包好之后,又嫌麻绳太粗,不好看;叼着烟袋到自己屋里去找,找了半天,找不着细绳子。回到书房,想了半天主意:"对了!"跑到马威的屋里去找红墨水,把绳子染红了,放在火旁边烤着。"红颜色多么起眼,妇人们都爱红的!"把绳子烤干,又把包儿捆好,放在桌儿上。然后把红墨水瓶送回去,还细细的看了马威的屋子一回:马威的小桌上已经摆满了书,马老先生也说不清他什么时候买的。墙上挂着李子荣的四寸小像片,头发乱蓬蓬的,脸上挺俗气的笑着,马老先生向像片打了个嚏喷。床底下堆着箱子,靴子,还有一双冰鞋。"这小孩子,什么也干,又学溜冰呢! 冰上可有危险呀,回来告诉他,别再去溜冰! 好,一下儿掉在冰窟窿里,说着玩儿的呢!"

马老先生回到书房,添上点煤,又坐下抽烟。

"好像忘了点事儿,什么呢?"他用烟袋敲着脑门想:"什么呢? 呕! 忘了给哥哥的坟上送点鲜花去! 晚了,晚了! 今天圣诞,大家全歇工,街上准保买不到鲜花! 人要是老了,可是糟糕! 直想着,直想着,到底是忘了! ……盼着发财吧,把哥哥的灵运回去! 盼着早早的回家吧! ……我要是和她——不! 不! 不! 给马威娶个洋母亲,对不起人! 娶她,再说,就不用打算回国了! 不回国还成! ……可是洋太太们真好看! 她不算一百成的好看,可是干净抹腻呢! 对了,外国妇人是比中国娘们强,外国妇人就是没长着好脸子,至少有个好身体:腰儿是腰儿,腿儿是腿儿,白胸脯在外边露着,胳臂像小藕棒似的! ……啊! 大圣诞的,别这么没出息! 想点好的:回来也不是吃什么? 大概是火鸡,没个吃头! 可是,自要不给咱凉牛肉吃就得念佛! ……"

烧鸡的味儿从门缝钻进一点来,怪香的;还有点白兰地酒味儿。"啊,今儿还许有一盅半盅的喝呢!"马老先生咽了口唾沫。

马威拉着拿破仑在瑞贞公园绕了个大圈,直到十二点半钟才回来。把狗送到楼下,他上楼去洗手,换鞋,预备吃饭。

"马威!"马老先生叫:"上这儿来!"

马威换上新鞋进了书房。

"马威!"马老先生说:"你看,咱们什么时候才能回国呢?"

"你又想家了,父亲!"马威在火旁烤着手说。

马老先生没言语。

"明天你跟我们听戏去,好不好?"马威问,脸还向着火。

"你们满街飞走,我赶不上。"马老先生说。

父子全没的可说了。

看见桌上的纸包儿,马威到自己屋里,也把礼物拿来,放在一块。

"你也给她们买东西啦?"马老先生问。

"可不是,妇人们喜欢这个。"马威笑着说。

"妇人们,"马老先生说到这儿,就不言语了。

楼下铃儿响了,马威抱着礼物,马老先生后面跟着下了楼。

温都母女已经坐好,都穿着新衣裳,脸上都是刚擦的粉。拿破仑在钢琴前面的小凳儿上蹲着,脖子上系着根红绒绳儿。琴上点着两支红蜡,小狗看着蜡苗儿一跳一跳的,猜不透其中有什么奥妙。马老先生把包好的七个先令六,放在小狗的腿前面。

"坐下呀,你们男人们!"温都太太笑着说。

马威把她们的礼物都放在她们前面,父子就了座。

桌上是新挑花的台布,碟碗下面全垫五色的小席垫儿,也全是新的。桌子中间一瓶儿粉菊花,花叶上挂着一嘟噜五彩纸条儿。瓶子两边是两高脚碟果子和核桃榛子什么的。碟子底里放着几个棉花作的雪球。桌子四角放着红纸金箍的小爆竹。一个人面前一个小玩艺儿,马家父子的是小女磁娃娃,玛力的是个小布人,温都太太的是一只小鸟儿。一个小玩艺儿前面又是一个小爆竹。各人的领布全在酒杯里卷着,布尖儿上还插着几个红豆儿。温都太太面前放着一个大盘子,里面一只烧好的火鸡。玛力面前是一盘子火腿和炸肠。两瓶儿葡萄酒在马老先生背后的小桌儿上放着。生菜和煮熟的青菜全在马威那边放着,这样布置,为是叫人人有点事作。

温都太太切火鸡,玛力动手切火腿,马威等着布青菜。马老先生有意要开酒瓶,又不敢动手;试着要把面前的礼物打开看看,看别人不动,自己也不好意思动。

"马先生,给我们点儿酒!"温都太太说。

马先生打开一瓶酒,给大家都斟上。

温都太太把火鸡给他们切好递过去,然后给他们每个人一小匙子鲜红的粉冻儿,和一匙儿面包糨子。马老先生闻着火鸡怪香的,可是对鲜红的粉冻儿有点怀疑,心里说:"给我什么吃什么吧,不必问!"

大家拿起酒杯先彼此碰了一下,然后她们抿了一口,他们也抿了一口,开始吃火鸡。一边吃一边说笑。玛力特别的欢喜,喝下点酒去,脸上红得更鲜润了。

火鸡吃完,温都太太把圣诞布丁拿来。在切开以前,她往布丁上倒了一匙子白兰地酒,把酒点着,布丁的四围冒着火光。这样烧了一回,才给大家分。

吃完了,玛力给果碟子递给大家,问他们要什么。马老先生挑了一支香蕉,温都太太拿了个苹果。玛力和马威吃核桃榛子什么的。玛力用钳子把榛子夹碎，马威是扔在嘴里硬咬。

"呕！妈妈！看他的牙多么好！能把榛子咬开！"玛力睁着大眼睛非常的羡慕中国人的牙。

"那不算什么，瞧我的！"老马先生也拿了个榛子，碰的一声咬开。

"呕！你们真淘气！"温都太太的一杯酒下去，心中飘飘忽忽的非常喜欢，她拿起一个雪球，照着马老先生的头打了去。

玛力跟着也拿起一个打在马威的脸上。马威把球接住，反手向温都太太扔了去。马老先生楞了一楞，才明白这些雪球本来是为彼此打着玩的，慢慢抓起一个向拿破仑扔去。拿破仑抱住雪球，用嘴就啃，啃出一张红纸来。

"马先生，拿过来，那是你的帽子！"温都太太说。

马老先生忙着从狗嘴里把红纸抢来，果然是个红纸帽子。

"戴上！戴上！"玛力喊。

老马先生把帽子戴上，喊喊的笑了一阵。

她们也把雪球打开，戴上纸帽子。玛力还是一劲儿用球打他们，直把马老先生打了一身棉花毛儿。

温都太太叫大家拉住小爆竹，拉成一个圈儿。

"拉！"玛力喊。

哦！哦！哦；爆竹响了，拿破仑吓得往桌底下藏。一个爆竹里有点东西，温都太太得着两个小哨儿，一齐搁在嘴里吹。马威得着一块糖，老马先生又得着一个纸帽子，也套在头上，又笑了一回。玛力什么也没得着，非和老马再拉一个不可。他撅着小胡子嘴和她拉，哦！她得着一截铅笔。

"该看礼物啦吧？"马威问。

"别！别！"温都太太说："一齐拿到书房去，大家比一比：看谁的好！"

"妈！别忙！看这个！"玛力说着伸出右手来给她妈妈看。

"玛力！你和华盛顿定了婚啦！玛力！"温都太太拉着女儿的手，看着她胖手指头上的金戒指。然后母女对抱着，哼唧着，吻了足有三分钟。

马威的脸转了颜色。老马呆呆的看她们接吻，不知干什么好。

马威定了定神，勉强的笑着，把酒杯举起来；向他父亲一使眼神，老马也把酒杯举起来。

"我们庆贺玛力姑娘！"马威说完，抿了一口酒，咽了半天才咽下去。

玛力坐下，看看老马，看看小马，看看母亲，蓝眼珠儿一动一动的放出一股喜欢的光彩来。

"妈！我真喜欢！"玛力把脑袋靠住母亲的胸脯儿说："我明天上他家里去，他的亲友正式的庆贺我们！妈！我真喜欢！"

温都太太轻轻拍着她女儿的肩膀，眼中落下泪来。

"妈！怎么？你哭了？妈！"玛力伸上去一只手搂定她母亲的脖子。

"我是喜欢的！玛力！"温都太太勉强着一笑："玛力，你和他们把这些礼物拿到书房去，我去喂狗，就来。"

"马威，来呀！"玛力说着，拿起她们母女的东西，笑嘻嘻的往外走。

马威看了父亲一眼，惨然一笑，毫不注意的把东西抱起来，走出去。

老马先生眨巴着眼睛，看出儿子的神气不对，可想不起怎样安慰他。等他们都出去了，他拿起酒杯又斟了一杯，在那挂着相思豆的电灯底下，慢慢的滋润着。

温都太太又回来了，他忙把酒杯放下。她看了他一眼，看了灯上的相思豆儿一眼。脸上一红，往后退了两步。忽然小脖子一梗，脸上更红了，飞快的跑到他的前面，捧着他的脸，正在他的嘴上亲了一亲。

老马的脸一下儿就紫了，身上微微的颤动。嘴唇木木张张的笑了一笑，跑上楼去。

温都太太待了一会儿也上楼来了。

…………

晚上都睡了觉，温都太太在床上抱着丈夫的像片连三并四的吻，眼泪一滴一滴的落。

"我对不起你，宝贝！我不得已！我寂寞！玛力也快走了，没有人跟我作伴！你原谅我！宝贝！最亲爱的！我支持了这些年了，我没法再忍了！寂寞！孤苦！你原谅我！……"

她抱着像片睡去了。

5

圣诞的第二天早晨，地上铺着一层白霜，阳光悄悄的从薄云里透出来。人们全出来了，因为阳光在外面。有的在圣诞吃多了，父子兄弟全光着腿往乡下跑，长途的竞走比吃化食丸强。有的带着妻子儿女去看父母，孩子们都不自然的穿着新衣裳，极骄傲的拿着新得的玩艺儿，去给祖父母看。有的昨天睡晚，到十二点还在被窝里忍着，脑袋生疼，因为酒喝多了。有的早早就起来，预备早些吃午饭，好去看戏，或是看电影，魔术，杂耍，马戏，……无论是看什么吧，反正是非玩一玩不可。

温都母女全起晚了，刚吃过早饭，李子荣就来了。

他的鼻子冻得通红，帽沿上带着几片由树枝飞下来的霜。大氅上有些土，因为穿上新鞋，(马老先生给他的，)一出门便滑倒了；好在摔跟头是常事，爬起以后是向来不掸土的。他起来的早，出来的早，一来因为外面有太阳，二来因为马威给他的表也是一天快二十多分钟。李子荣把新表旧表全带着，为是比比那个走的顶快；时间本来是人造的，何不叫它快一点：使生活显着多忙乱一些呢；你就是不管时间,慢慢的走,难道走到生命的尽头,你还不死吗!

"老马! 走哇!"李子荣在门外说。

"进来,坐一会,老李!"马威开开门说。

"别进去了,我们要打算听戏,非早去买票不可。万一买不到票,我们还可以看马戏,或电影去;晚了可就那儿也挤不进去了! 走哇! 快!"

马威进去,穿上大氅,扣上帽子,又跑出来。

"先到皮开得栗买票去!"李子荣说。

"好。"马威回答,眉毛皱着,脸儿沈着。

"又怎么啦? 老马!"李子荣问。

"没怎么,昨天吃多了!"马威把手插在大氅兜儿里,往前一直的走。

"我不信!"李子荣看着马威的脸说。

马威摇了摇头,心中有点恨李子荣! 李子荣这个人可佩服,可爱,——有时候也可恨!

李子荣见马威不言语,心中也有点恨他! 马威这小孩子可爱,——也有时候可恨!

其实他们谁也不真恨谁,因为彼此相爱,所以有时候仿佛彼此对恨。

"又是温都姑娘那回事儿吧?"李子荣把这句话说得分外不受听。

"你管不着!"马威的话更难听。

"我偏要管!"李子荣说完嘻嘻的一笑。看着马威不出声了,他接着说:"老马! 事业好容易弄得有点希望,你又要这个,难道你把事业,责任,希望,志愿,就这样轻轻的牺牲了吗!"

"我知道!"马威的脸红了,斜着眼瞪了李子荣一下。

"她不爱你,何必平地掘饼呢!"

"我知道!"

"你知道什么呀? 我问你!"李子荣是一句不容,句句问到马威的心窝上:"我是个傻小子,我只知道傻干! 我不能够为一个女人把事业牺牲了! 看事情,看事情! 眼前摆着的事:你不干,你们父子就全完事大吉,这点事儿还看不清吗!"

"你是傻子,看不出爱情的重要来!"马威看了天空一眼,太阳还没完全被云彩遮起来。

"我是个傻子,假如我爱一个不爱我的女人!"李子荣说着,全身一使劲,新鞋底儿硬,又差点儿摔了个跟头。

"够了! 够了! 别说了,成不成?"

"够了? 这半天你光跟我抬了杠啦,一句正经的还没说呢! 够了?"

"我恨你! 李子荣!"

"我还恨你呢,马威!"李子荣笑了。

"无法,还得告诉你!"马威的脸上有一钉点笑容:"这么回事,老李,她和别人定了婚啦!"

"与你有什么相干呢?"

"我始终没忘了她,忘不了! 这么两三个月了,我试着把她忘了,遇见她的时候,故意的不看她,不行! 不行! 她老在我心的深处藏着! 我知道我的责任,事业;我知道她不爱我;我可是忘不了她! 她定了婚,我的心要碎了! 心就是碎了,也无用,我知道,可是——"他眼睛看着地,冷笑了一声,不言语了。

李子荣也没说什么。

走了半天,李子荣笑了,说:

"老马,我知道你的委屈,我没法儿劝你! 你不是不努力,你不是没试着忘了她,全无效,我也真没法儿啦! 搬家,离开她,行不行?"

"等跟父亲商量商量吧!"

两个青年到皮开得栗的戏馆子买票,买了好几家,全买不到,因为节后头天开场,票子早全卖出去了。于是两个人在饭馆吃了些东西,跑到欧林癖雅去看马戏。

李子荣看什么都可笑:猴子骑马,狮子跳圈,白熊骑自行车,小驴跳舞……全可笑。看着马威的脸一点笑容没有,他也不好笑出来了,只好肚子里笑。

看完马戏,两个人喝了点茶。

"老马! 还得打起精神干呀!"李子荣说,"事情已经有希望,何必再一歇松弄坏了呢! 你已经试过以身体的劳动胜过精神上的抑郁,何不再试一试呢! 况且你现在已完全无望,她已经定了婚,何必一定往牛犄角里钻呢! 谢谢你,老马! 改天见吧!"

"改天见吧,老李!"

…………

马威回到家中,温都太太正和他父亲一块儿在书房里坐着说话呢。

"嘿喽,马威!"她笑着说:"看见什么啦? 好不好?"

"去看马戏,真好!"马威坐下说。

"我说,咱们也得去看,今年的马戏顶好啦!"

"咱们?"马威心中盘算:"不用'马先生'了? 有点奇怪!"

"咱们礼拜六去,好带着玛力,是不是?"马老先生笑着说。

"又是一个'咱们',"马威心里说。

"别忘了!"温都太太搭讪着出去了。

"父亲! 咱们搬家,换换地方,好不好?"马威问。

"为什么呢?"老马说。

"不为什么,换个地方,新鲜一点。"

老马先生往火上添了两块煤。

150

"你不愿意呢,父亲,作为我没说,搬不搬没多大关系!"

"我看,在这儿挺舒服,何必瞎折腾,多费点子钱呢!再说,温都——"老马先生没往下说,假装咳嗽了两声。

父子都不言语了。楼下玛力姑娘唱起来,琴弹得乱七八糟,可是她的嗓子怪清亮的。马威站起来,来回走了几趟。

"马威!"马老先生低声的说:"你伯父留下的那个戒指,你给我啦?"

"我多咱说给你来着?父亲!"

"你给我好不好?"

"那是伯父给我的纪念物,似乎我应当存着,其实一个戒指又算得了什么呢!父亲,你要那个干什么?你又不戴。"

"是这么一回事,马威!"老马的脸慢慢的红起来,说话也有点结巴:"是这么一回事:你看,我有用。是,你看——温都太太!我无法,——对不起你!无法!她——你看!"

马威要说的话多了,自己想起来的,和李子荣责备他的,多了!但是,他不能说!有什么脸说父亲,看看自己!李子荣可以说,我,马威,没资格说话!况且,父亲娶温都太太倒许有点好处呢!她会过日子,她不像年青的姑娘那么奢侈。他有个家室,也许一高兴,死心踏地的作买卖。可是,将来怎回国呢?想到这里,不知不觉的就说出来了。

"父亲,你要是在这里安了家,将来还回国不呢?"

马老先生叫马威问楞了!真的,会没想到这一层!回国是一定的,带着她?就是她愿意去,我怎么处置她呢?真要是个大财主,也好办了,在上海买大楼,事事跟在英国一样。可是,咱不是阔人,叫她一个人跟着咱去,没社会,没乐趣,言语不通,饮食不服!残忍!她去了非死不可!不带她回国,我老死在这里,和哥哥的灵埋在一块儿?不!不!不!非回国不可,不能老死在这里!没办法!真没办法!

"马威!把这个戒指拿去!"

老马先生低着头把戒指递给马威,然后两手捧着脑门,一声也不出了!

…………

老马真为了难,而且没有地方去说!跟马威说?不成!父子之间那好正本大套的谈这个!跟伊牧师去说?他正恨着咱不帮助念中国书,去了是自找钉子碰!没地方去说,没地方去说!半夜没睡着觉,怎想怎不是路,不想又不行!及至闭上眼睡熟了,偏巧就梦见了故去的妻子!妇人们,死了还不老实着!马先生对妇人们有点怀疑;可是,怀疑也没用,妇人是妇人,就是妇人们全入了"三仙庵"当尼姑,这些事还是免不了的!妇人们!

第二天早晨起来,心中还是糊糊涂涂的,跟天上的乱黑云一样。吃早饭的时候,马威一句话没说,撅着嘴死嚼面包,恨不能把牙全嚼烂了才好。马老先生斜着眼睛,由眼镜的边框上看他儿子,心里有点发酸;赶紧把眼珠转回来,心不在焉的伸手盛了一匙子盐,倒在茶碗里了。温都母女正谈着马戏的事儿,玛力的眼睛好像蓝汪汪的水上加上一点油那么又蓝又润,看着妈妈的小尖鼻子。她已经答应和她妈妈一块儿去看,及至听说马老先生也去,她又设法摆脱,先说华盛顿约她看电影,后又说有人请她去跳舞。马威听着不顺耳,赌气子一推碟子,站起来,出去了。

"哟!怎么啦?"温都太太说,说完,小嘴儿还张着,好像个受了惊的小母鸡。

玛力一耸肩,笑了笑。

老马先生没言语,喝了口碗里的咸茶。

吃过早饭,马老先生叼着烟袋,慢慢的溜出去。

大街上的铺子十之八九还关着门,看着非常的惨淡。叫了辆汽车到亚力山大家里去。

亚力山大的街门是大红的,和亚力山大的脸差不多。老马一按铃,出来个五十多岁的老太婆,脸上只有一只眼睛。鼻子挺大挺红,好像刚喝完两瓶啤酒。此外没有可注意的东西。

老马先生没说什么,老太婆也没说什么。她一点头,那只瞎眼睛无意识的一动,跟着就往里走,老马后面随着。两个人好像可以完全彼此了解,用不着言语传达他们的心意。

亚力山大的书房是又宽又大,颇有点一眼看不到底的样儿。山墙中间一个大火,烧着一堆木头,火苗往起喷着,似乎要把世界都烧红了。地上的毯子真厚,一迈步就能把脚面陷下去似的。只有一张大桌子,四把大椅子;桌子腿儿稍微比象腿粗一点,椅子背儿可是比皇上的宝座矮着一寸多些。墙上挂满了东西,什么也有:像片儿,油画,中国人作寿的喜幛子,好几把宝剑,两三头大鹿脑袋,犄角很危险的往左右撑着。

亚力山大正在火前站着,嘴里叼着根大吕宋烟,烟灰在地毯上已经堆了一个小坟头。

"哈!老马!快来暖和暖和!"亚力山大给他拉过把椅子来,然后对那老太太说:"哈定太太,去拿瓶'一九一十'的红葡萄来,谢谢!"

老太太的瞎眼动了动,转身出去了,像个来去无踪的鬼似的。

"我说,老马,节过的好不好?喝了回没有?不能!不能!那个小寡妇决不许你痛痛快快的喝!你明白我的意思?"亚力山大拍了老马肩膀一下,老马差点摔到火里去。

老马先生定了定神,咕吃咕吃的笑了一阵。亚力山大也笑开了,把比象腿粗点的桌腿儿震得直颤动。

"老马,给你找俩外钱儿,你干不干?"亚力山大问。

"什么事?"马老先生似乎有点不爱听"外钱儿"三个字。脸上还是笑着,可是鼻洼子那溜儿显出点冷笑的意思。

"先不用提什么事,五镑钱一次,三次,你干不干吧?"亚力山大用吕宋烟指着老马的鼻子问。

门开了,前面走着个老黑猫,后面跟着哈定太太。她端着个小托盘,盘子上一瓶葡萄酒,两个玻璃杯。把托盘放在桌上,她给他们斟上酒。斟完酒,瞎眼睛动了一动,就往外走;捎带脚儿踩了黑猫一下。

"老马,喝着!"亚力山大举起酒杯来说:"真正一九一十的!明白我的意思?我说,你到底干不干哪?五镑钱一次!"

"到底什么事?"老马喝了口酒,问。

"作电影,你明白我的意思?"

"我那会作电影呢,别打哈哈!"马老先生看着杯里的红酒说。

"容易!容易!"亚力山大坐下,把脚,两只小船似的,放在火前面。"我告诉你:我现在帮着电影公司写布景,自然是关于东方的景物;我呢,在东方不少年,当然比他们知道的多;我告诉你,有一分知识挣一分钱;把知识变成金子,才算有用;往回说,现在他们正作一个上海的故事,他们在东伦敦找了一群中国人,全是扁鼻子,狭眼睛的玩艺儿,你明白我的意思?自然哪,这群人专为成群打伙的起哄,叫影片看着真像中国,所以他们鼻子眼睛的好歹,全没关系;导演的人看这群人和一群羊完全没分别:演乡景他们要一群羊,照上海就要一群中国人,你明白我的意思?再往回说:他们要个体面的中国老头,扮中国的一个富商,并没有多少作派,只要长得体面,站在那里像个人儿似的就行。演三幕,一次五镑钱,你干不干?没有作派,导演的告诉你站在那儿,你站在那儿,叫你走道儿,你就走几步。容易!你明白我的意思?白捡十五镑钱!你干不干?"

亚力山大越说声音越高;一气说完,把一杯酒全灌下去,灌得喉咙里直咕咕的响。

老马先生听着亚力山大嚷,一面心中盘算:"反正是非娶她不可,还是一定得给她买个戒指。由铺子提钱买,就是马威不说什么,李子荣那小子也得给马威出坏主意。这样充一回富商,又不难,白得十五镑钱,给她买个小戒指,倒不错!自然演电影不算什么体面事,况且和东伦敦那把子东西一块挤,失身分!失身分!可是……"

"你到底干不干哪?"亚力山大在老马的耳根子底下放了个炸弹似的:"再喝一杯?"

"干!"老马先生一面揉耳朵,一面点头。

"好啦,定规了!过两天咱们一同见导演的去。来,再喝一杯!"

两个人把一瓶酒全喝了。

"哈定太太!哈定!——"亚力山大喊:"再给我们来一瓶!"

瞎老太太又给他们拿来一瓶酒,又踩了黑猫一脚。黑猫翻眼珠看了她一眼,一声也没出。

亚力山大凑到老马的耳朵根儿说：

"傻猫！叫唤不出来了，还醉着呢！昨儿晚上跟我一块喝醉了！它要是不常喝醉了，它要命也不在这里；哈定太太睁着的那只眼睛专看不见猫！你明白我的意思？"

亚力山大笑开了。

老马先生也笑开了，把这几天的愁闷全笑出去了。

6

新年不过是圣诞的余波，人民并不疯了似的闹，铺子也照常的开着。"快乐的新年"虽然在耳边嗡嗡着，可是各处没有一点快乐与新鲜的表现。天气还是照常的悲苦，雾里的雨点，鬼鬼啾啾的，把人们打得都缩起脖子，像无精失采的小鹭鸶。

除夕的十二点钟，街上的钟声，汽笛，一齐响起来。马威一个人，光着头，在街上的黑影里站着，偷偷落了几点泪。一来是有点想家，二来是心中的苦处触机而发。擦了擦泪，叹了一口气：

"还得往前干哪！明天是新年了，忘了已往的吧！"

第二天早早的他就起来了，吃过早饭，决定远远的去走一回，给新年一个勇敢的起始。告诉了父亲早一点到铺子去，他自己到十二点以后才能到。

出门坐上辆公众汽车，一直到植物园去。车走了一点来钟才到了植物园外面。园外没有什么人，园门还悄悄的关着。他折回到大桥上，扶着石栏，看着太晤士河。河水灰汪汪的流着，岸上的老树全静悄悄的立着，看着河水的波动。树上只有几只小黑鸟，缩着脖儿，彼此唧咕，似乎是诉什么委屈呢。靠着岸拴着一溜小船，随着浪一起一落，有点像闲腻了，不得不动一动似的。马威呆呆的看着河水，心思随着灰波越走越远，似乎把他自己的存在全忘了。远处的灰云把河水，老树，全合成一片灰雾，渺茫茫的似另有一个世界，和这个世界一样灰淡惨苦，只是极远极远，不容易看清楚了。

远处的钟敲了十点，马威迟迟顿顿的，好像是舍不得，离开大桥，又回到园门来。门已开了，马威把一个铜子放在小铁桌子上，看门的困眼巴唧的看了他一眼，马威向他说了声"快乐的新年。"

除了几个园丁，园内看不见什么人，马威挺着胸，吸了几口气，园中新鲜的空气好像是给他一个人预备的。老树，小树，高树，矮树，全光着枝干，安闲的休息着；没有花儿给人们看，没有果子给鸟儿吃，只有弯曲的瘦枝在空中画上些自然的花纹。小矮常青树在大树后面蹲着，虽然有绿叶儿，可是没有光着臂的老树那么骄傲尊严。缠着枯柳的藤蔓像些睡了的大蛇，只在树梢上挂着几个磁青的豆

154

荚。园中间的玻璃温室挂着一层薄霜,隔着玻璃还看得见里边的绿叶,可是马威没进去看。路旁的花池子连一枝小花也没有,池中的土全翻起来,形成许多三角块儿。

河上的白鸥和小野鸭,唧唧鸭鸭的叫,叫得非常悲苦。野鸭差不多都缩着脖蹲着,有时候用扁嘴在翅上抹一抹,看着总多少有点傻气。白鸥可不像鸭子那么安稳了,飞起来,飞下来,在灰色的空中扯上几条不联续的银线。小黑鸭子老在水上漂着,小尾巴后面扯着条三角形的水线;也不往起飞,也不上岸去蹲着,老是漂着,眼睛极留神的看,有时候看见河内的倒影,也探下头去捞一捞。可怜的小黑鸭子!马威心里有些佩服这些小黑玩艺儿:野鸭太懒,白鸥太浮躁,只有小黑鸭老含着希望。

地上的绿草比夏天还绿上几倍,只是不那么光美。靠着河岸的绿草,在潮气里发出一股香味,非常的清淡,非常的好闻。马威顺着河岸走,看着水影,踏着软草,闻着香味,心里安闲极了,只是有点说不出来的愁闷在脑子里萦绕着。河上几只大白鹅,看见马威,全伸着头上的黄包儿,跟他要吃食。马威手里什么也没有,傻鹅们斜楞着眼彼此看了看,有点失望似的。走到河的尽处,看见了松梢上的塔尖,马威看见老松与中国宝塔,心中不由高兴起来。呆呆的站了半天,他的心思完全被塔尖引到东方去了。

站了半天,只看见一两对游人,从树林中间影儿似的穿过去。他定了定方向,向小竹园走了去。竹园内没有人,没有声音,只有竹叶,带着水珠,轻轻的动。马威哈着腰看竹根插着的小牌子:日本的,中国的,东方各处的竹子,都杂着种在一块。

"帝国主义不是瞎吹的!"马威自己说:"不专是夺了人家的地方,灭了人家的国家,也真的把人家的东西都拿来,加一番研究。动物,植物,地理,言语,风俗,他们全研究,这是帝国主义厉害的地方!他们不专在军事上霸道,他们的知识也真高!知识和武力!武力可以有朝一日被废的,知识是永远需要的!英国人厉害,同时,多么可佩服呢!"

地上的潮气把他的脚冰得很凉,他出了竹园,进了杜鹃山,——两个小土山,种满杜鹃,夹着一条小山沟。山沟里比别处都暖一点,地上的干叶闻着有股药味。

"春天杜鹃开花的时候,要多么好看!红的,白的,浅粉的,像——"他忽然想到:"像玛力的脸蛋儿!"

想到这儿,他周身忽然觉得不合适,心仿佛也要由嘴里跳出来。不知不觉的把大拇指放在唇上,咬着指甲。

"没用!没用!"他想着她,同时恨自己,着急而又后悔:"非忘了她不可!别和父亲学!"他摸了摸口袋,摸着那个小戒指,放在手心上,呆呆的看着,然后用力的往地上一摔,摔到一堆黄叶里去,那颗钻石在一个破叶的缝儿里,一闪一闪的发亮。

楞了半天,听见远远的脚步声儿,他又把戒指捡起来,仍旧放在袋儿里。山沟是弯弯的,他看不见对面来的人,转身,往回走,不愿意遇见人。

"马威!马威!"后面叫。'

马威听见了有人叫他,他还走了几步,才回头看。

"嘿喽!伊姐姐!"

"新禧!新禧!"伊姑娘用中国话说,笑着和他握了握手。

她比从前胖了一点。脖子上围着一条狐皮,更显得富泰一点。她穿着一身蓝呢的衣裙,加着一顶青绒软帽,帽沿自然的往下垂着些,看着稳重极了。在小山沟里站着,叫人说不上来,是她,还是那些冷静的杜鹃,更安稳一些。

"伊姐姐!"马威笑着说:"你怎这么早?"

"上这里来,非早不可。一等人多,就没意思了!你过年过得好?马威!"她用小手绢揉了揉鼻子,手指在手套里鼓膨膨的把手套全撑圆,怪好看的。

"好。你没上那里去?"

两个齐着肩膀走,出了小山沟。她说:

"没有。大冷的天,上那儿也不舒服。"

马威不言语了,眉头皱着一点,大黑眼珠儿钉着地上的青草。

"马威!"伊姑娘看着他的脸说:"你怎么老不喜欢呢?"她的声音非常的柔和,眼睛发着些亮光,显着慈善,聪明,而且秀美。

马威叹了口气,看了她一眼。

"告诉我,马威!告诉我!"她说得很恳切很自然;跟着微微一笑,笑得和天上的仙女一样纯洁,和善。

"叫我从何处说起?姐姐!"马威勉强着一笑,比哭的样子还凄惨一些。"况且,有好些事不好告诉你,姐姐,你是个姑娘。"

她又笑了,觉得马威的话真诚,可是有点小孩子气。

"告诉我,不用管我是姑娘不是。为什么姑娘应当比男人少听一些事呢!"她又笑了,似乎把马威和世上的陋俗全笑了一下。

"咱们找个地方坐一会儿,好不好?"他问。

"你要是不乏,咱们还是走着谈好,坐定了太冷。我的小脚指头已经冻了一个包啦。说吧,马威!"

"全是没法解决的问题!"他迟钝的说,还是不愿意告诉她。

"听一听,解决不解决是另一问题。"她说得非常痛快,声音也高了一些。

"大概其的说吧!"马威知道非说不可,只好粗粗的给她个大略;真要细说,他的言语是不够表现他的心思的:"我爱玛力,她不爱我,可是我忘不了她。我什么方法都试了,试,试,试,到底不行。恨自己也没用,恨她也没用。我知道我的责任,事业,但是,她,她老在我心里刺闹着。这是第一个不能解决的问题。第

156

二个是父亲,他或者已经和温都太太定了婚。姐姐你晓得,普通英国人都拿中国人当狗看,他们要是结婚,温都太太就永远不用想再和亲友来往了,岂不是陷入一个活地狱。父亲带她回国,住三天她就得疯了!咱们的风俗这么不同,父亲又不是个财主,她不能受那个苦处!我现在不能说什么,他们相爱,他们要增加彼此的快乐,——是快乐还是苦恼,是另一问题——我怎好反对。这又一个不易解决的问题。还有呢,我们的买卖,现在全搁在我的肩膀上了,我爱念书,可是不能不管铺子的事;管铺子的事,就没工夫再念书。父亲是简直的不会作买卖,我不管,好啦,铺子准一月赔几十镑,我管吧,好啦,不用打算专心念书;不念书,我算干吗来啦!你看,我忙得连和你念英文的时候都没有了!我没高明主意,我不知道我是干什么呢!姐姐,你聪明,你爱我们,请你出个好主意吧!”

两株老马尾松站在他们面前,枝上垂着几个不整齐的松塔儿。灰云薄了一点,极弱秀的阳光把松枝照得有点金黄色。

马威说完,看着枝上的松塔。凯萨林轻轻的往松了拉了拉脖上的狐皮,由胸间放出一股热嘟嘟的香味。

“玛力不是已经和华盛顿定婚了吗?”她慢慢的说。

“你怎么知道?姐姐!”他还看着松塔儿。

“我认识他!”凯萨林的脸板起来了。待了半天,她又笑了,可是很不自然:“她已属别人,还想她干吗呢?马威!”

“就这一点不容易解决吗!”马威似乎有点嘲笑她。

“不易解决!不易解决!”她好像跟自己说,点着头儿,帽沿儿轻轻的颤。“爱情!没人明白到底什么是爱情!”

“姐姐,你没好主意?”马威有点着急的样儿。

凯萨林似乎没听见,还嘟囔着:

“爱情!爱情!”

“姐姐,你礼拜六有事没有?”他问。

“干什么?”她忽然看了他一眼。

“我要请你吃中国饭,来不来?姐姐!”

“谢谢你,马威!什么时候?”

“下午一点吧,在状元楼见。”

“就是吧。马威,看树上的松塔多么好看,好像几个小铃铛。”

马威没言语,又抬头看了看。

两个人都不言语了。穿出松林,拐过水池,不知不觉的到了园门。两个都回头看了看,园中还是安静,幽美,清凉。他们把这些都留在后边,都带着一团说不出的混乱,爱情,愁苦,出了园门。——快乐的新年?

7

伦敦的几个中国饭馆要属状元楼的生意最发达。地方宽绰,饭食又贱,早晚真有群贤毕集的样儿。不但是暹罗人,日本人,印度人,到那里解馋去,就是英国人,穷美术家,系着红领带的社会党员,争奇好胜的胖老太太,也常常到那里喝杯龙井茶,吃碗鸡蛋炒饭。美术家和社会党的人,到那里去,为是显出他们没有国界思想,胖老太太到那里去,为是多得一些谈话资料;其实他们并不喜欢喝不加牛奶的茶;和肉丝,鸡蛋,炒在饭一块儿。中国人倒不多,一来是吃不着真正中国饭。二来是不大受女跑堂儿的欢迎。在中国饭馆里作事,当然没有好姑娘。好姑娘那肯和中国人打交待。人人知道跟中国人在一块儿,转眼的工夫就有丧掉生命的危险。美而品行上有可怀疑的姑娘们就不在乎了,和傻印度飞飞眼,晚上就有两三镑钱入手的希望。和日本人套套交情,至不济也得一包橘汁皮糖。中国人呢,不敢惹,更不屑于招待;人们都看不起中国人吗,妓女也不是例外。妓女也有她们的自由与骄傲,谁肯招呼人所不齿的中国人呢!

范掌柜的颇有人缘儿,小眼睛眯缝着,好像自生下来就没睡醒过一回;可是脸上老是笑。美术家很爱他,因为他求他们在墙上随意的画:小脚儿娘们,瘦老头儿抽鸦片,乡下老儿,带着小辫儿,给菩萨磕头,五光十色的画了一墙。美术家所知道的中国事儿正和普通人一样,不过他们能够把知道的事画出来。社会党的人们很爱他,因为范掌柜的爱说:"Me no likes capitalisma!"胖老太太们很爱他,因为他常把 me 当 I,有时候高兴,也把 I 当 me,胖老太太们觉着这个非常有可笑的价值。设若普通英国人讨厌中国人,有钱的英国男女是拿中国人当玩艺儿看。中国人吃饭用筷子,不用刀叉;中国人先吃饭,后喝汤;中国人喝茶不搁牛奶,白糖;中国人吃米,不加山药蛋;这些事在普通人——如温都母女——看,都是根本不对而可恶的;在有钱的胖老太太们看,这些事是无理取闹的可笑,非常的可笑而有趣味。

范掌柜的和马老先生已经成了顶好的朋友,真像亲哥儿们似的。马老先生虽然根本看不起买卖人,可是范掌柜的应酬周到,小眼睛老眯缝着笑,并且时常给马老先生作点特别的菜,马老先生真有点不好意思不和老范套套交情了。再说,他是个买卖人,不错,可是买卖人里也有好人不是!

马老先生到饭馆来吃饭,向来是不理学生的,因为学生们看着太俗气,谈不到一块儿。况且,这群学生将来回国都是要作官的,马老先生想到自己的官运不通,不但不愿意理他们,有时候还隔着大眼镜瞪他们一眼。

马老先生和社会党的人们弄得倒挺热活。他虽然不念报纸,不知道人家天天骂中国人,可是他确知道英国人对他的劲儿,决不是自己朋友的来派。连那群爱听中国事的胖老太太们,全不短敲着撩着的损老马几句。老马有时候高兴,也颇听得出来她们的口气。只有这群社会党的人，只有他们，永远向着中国人说话，骂他自己政府的侵略政策。马老先生虽不知道什么是国家，到底自己颇骄傲是个中国人。只有社会党的人们说中国人好，于是老马不自主的笑着请他们吃饭。吃完饭，社会党的人们管他叫真正社会主义家，因为他肯牺牲自己的钱请他们吃饭。

老马要是告诉普通英国人："中国人喝茶不搁牛奶。"

"什么？不搁牛奶！怎么喝?！可怕！"人们至少这样回答，他撅着小胡子不发声了。

他要是告诉社会党的人们，中国茶不要加牛奶，他们立刻说：

"是不是，还是中国人懂得怎么喝茶不是？中国人替世界发明了喝茶，人家也真懂得怎么喝法！没中国人咱们不会想起喝茶，不会穿绸子，不会印书，中国的文明！中国的文明！唉，没有法子形容！"

听了这几句，马老先生的心里都笑痒痒了！毫无疑意的信中国人是天下最文明的人！——再请他们吃饭！

马威到状元楼的时候，马老先生已经吃完一顿水饺子回家了，因为温都太太下了命令，叫他早回去。

状元楼的厨房是在楼底下，茶饭和菜都用和汲水的辘轳差不多的一种机器拉上来。这种机器是范掌柜的发明，简单适用而且颇有声韵，嗞牛咕噜，嗞牛咕噜，带着一股不可分析的菜味一齐上来了。

食堂是分为内外两部：外部长而狭，墙上画着中国文明史的插画：老头儿吸鸦片，小姑娘裹小脚……还写着些："清明时候雨纷纷"之类的诗句。内部是宽而扁，墙上挂着几张美人香烟的广告。中国人总喜欢到内部去，因为看着有点雅座的意味。外国人喜欢在外部坐，一来可以看墙上的画儿，二来可以看辘轳的升降。

外部已经坐满了人，马威到了内部去，找了张靠墙角的空桌坐下。屋里有两位中国学生，他全不认识。他向他们有意无意的微微一点头，他们并没理他。

"等人？"一个小女跑堂的歪看头，大咧咧的问。

马威点了点头。

那两位中国学生正谈怎么请求使馆抗议骂中国人的电影。马威听出来，一个姓茅，一个姓曹，马威看出来，那个姓茅的戴着眼镜，可是几乎没有眉毛；那个姓曹的没戴着眼镜，可是眼神决不充足。马威猜出来，那个姓茅的主张强迫公使馆提出严格抗议：如使馆不办，就把自公使至书记全拉出来臭打一顿。那个姓曹的说，国家衰弱，抗议是没用的；国家强了，不必抗议，人们就根本不敢骂你。两个人越说越拧葱，越说声音越高。姓茅的恨不得就马上打老曹一顿，而姓曹的决没带出愿意挨打的神气，于是老茅也就没敢动手。

两个人不说了，低着头吃饭，吃得很带杀气。

伊姑娘进来了。

"对不起,马威,我晚了!"她和马威握了握手。

"不晚,不晚!"马威说着把菜单递给她,她拉了拉衣襟,很自然的坐下。

曹和茅同时看了她一眼。说了几句中国话,跟着开始说英文。

她点了一碟炸春卷,马威又配上了两三样菜。

"马威,你这两天好点啦吧?"伊姑娘微微一笑。

"精神好多了!"马威笑着回答。

姓茅的恶意的看了马威一眼,马威心中有点不舒坦,可是依旧和凯萨林说话。

"马威,你看见华盛顿没有?"伊姑娘看着菜单,低声儿问。

"没有,这几天晚上他没找玛力来。"马威说。

"啊!"伊姑娘似乎心中安慰了一些,看了马威一眼,刚一和他对眼光儿,她又看到别处去了。

春卷儿先来了,马威给她夹了一个。她用叉子把春卷断成两段,非常小心的咬了一口。下巴底下的筋肉轻轻的动着,把春卷慢慢咽下去,吃得那么香甜,安闲,美满;她的举动和玛力一点也不一样。

马威刚把春卷夹开,要往嘴里送,那边的老茅用英文说:

"外国的妓女是专为陪着人们睡觉的,有钱找她们去睡觉,茶馆酒肆里不是会妓女的地方!我告诉你,老曹,我不反对嫖,我嫖的回数多了;我最不喜欢看年轻轻的小孩子带着妓女满世界串!请妓女吃中国饭!哼!"

伊姑娘的脸红得和红墨水瓶一样了,仍然很安稳的,把叉子放下要站起来。

"别!"马威的脸完全白了,嘴唇颤着,只说了这么一个字。

"老茅,"那个眼神不十分充足的人说:"你怎么了! 外国妇女不都是妓女!"他是用中国话说的。

姓茅的依旧用英国话说:

"我所知道的女人,全是妓女,可是我不爱看人家把妓女带到公众的地方来出锋头!"他又看了马威一眼:"出那家子锋头! 你花得起钱请她吃饭,透着你有钱! 咱讲究花钱和她们睡一夜!"

伊姑娘站起来了,马威也站起来,拦着她:

"别! 你看我治治他!"

凯萨林没言语,还在那里站着,浑身颤动着。

马威走过去,问那位老茅:

"你说谁呢?"他的眼睛瞪着,射出两条纯白的火光。

"我没说谁,饭馆里难道不许说话吗?"茅先生不敢叫横,又不愿意表示软弱,这样的说。

"不管你说谁,我请你道歉,不然,你看这个!"马威把拳头在桌上一放。

老茅像小蚂蚱似的往里一跳，跳到墙角，一劲儿摇头。

马威往前挪了两步，瞪着茅先生。茅先生的"有若无"的眉毛鬼鬼啾啾的往一块拧，还是直摇头。

"好说，好说，不必生气。"姓曹的打算拦住马威。

马威用手一推，老曹又坐下了。马威钉着茅先生的脸问：

"你道歉不？"

茅先生还是摇头，而且摇得颇有规律。

马威冷笑了一声，看准茅先生的脸，左右开花，奉送了两个嘴巴。正在眼镜之下，嘴唇之上，茅先生觉得疼得有点入骨；可是心里觉着非常痛快，也不摇头了。

女跑堂的跑进来两个，都唧咕唧咕的笑，脸上可都转了颜色。外部的饭座儿也凑过来看，谁也莫明其妙怎回事。范掌柜的眯缝着眼儿过来把马威拉住。

伊姑娘看了马威一眼，低着头就往外走，马威也没拦她。她刚走到内外部分界的小门，看热闹的有一位说了话：

"凯！你！你在这儿干吗呢？"

"保罗！咱们一块家去吧！"凯萨林低着头说，没看她的兄弟。

"你等等，等我弄清楚了再走！"保罗说着，从人群里挤进去，把范掌柜的一拉，范掌柜笑嘻嘻的就倒在地上啦，很聪明的把头磕在桌腿上，磕成一个青蓝色的鹅峰。

"马威，你是怎回事？"保罗把手插在衣袋里问："我告诉你，别以为你是个人似的，和我们的姑娘一块混！要贪便宜的时候，想着点英国男人的拳头！"

马威没言语，煞白的脸慢慢红起来。

"你看，老曹，往外带妓女有什么好处？"茅先生用英国话说。

马威一咬牙，猛的向茅先生一扑；保罗兜着马威的下巴就是一拳；马威退，退，退了好几步，扶住一张桌子，没有倒下；茅先生小蚂蚱似的由人群跳出去了。范掌柜的要过来劝，又迟疑，笑嘻嘻的用手摸着头上的鹅峰，没敢往前去。

"再来！"保罗冷笑着说。

马威摸着脖子，看了保罗一眼。

门外的中国人们要进来劝，英国人们把门儿拦住：

"看他们打，打完了完事。公平交易，公平的打！"

几个社会党的人，向来是奔走和平，运动非战的；可是到底是英国人，一听见"公平的打"，从心根儿上赞同，都立在那里看他们决一胜负。

马威缓了一口气，把硬领一把扯下来，又扑过保罗去。保罗的脸也白了，他搪住马威的右手，一拳照着马威的左肋打了去，又把马威送回原地。马威并没缓气，一扶桌子，登时一攒劲，在保罗的胸部虚晃了一下，没等保罗还手，他的右拳打在保罗的下巴底下。保罗往后退了几步，一咬牙，又上来了，在他双手还替身体用力平衡的时候,马威稳稳当当又给了他一拳。保罗一手扶着桌子,出溜下去了。他两腿拼命的往起立,可是怎么也立不起来了。马威看着他,他还是没立起来。马威上前把他搀起来,然后把右手伸给他,说:

"握手!"

保罗把头一扭,没有接马威的手。马威把他放在一张椅子上,捡起硬领,慢慢往外走,嘴唇直往下滴滴血。

几位社会党的人们,看着马威,没说什么,可是心里有点恨他!平日讲和平容易,一旦看见外人把本国人给打了,心里不知不觉的就变了卦!

茅先生和曹先生早已走了,马威站在饭馆外面,找伊姑娘,也不见了。他安上硬领,擦了擦嘴上的血,冷笑了一阵。

8

"妈!妈!"玛力含着泪说,两个眼珠好像带着朝露的蓝葡萄珠儿:"好几天没看见他了,给他写信,也没回信。我得找他去,我得问问他! 妈,我现在恨他!"她倒在母亲的怀里,呜呜的哭起来。

"玛力,好玛力,别哭!"温都太太拍着玛力的脑门儿说,眼中也含着泪:"华盛顿一定是忙,没工夫看你来。爱情和事业是有时候不能兼顾的。信任他,别错想了他,他一定是忙! 玛力,你是在礼拜六出去惯了,今天没人和你出去,所以特别的不高兴。你等着,晚上他一定来,他要是不来,我陪你看电影去。玛力?"

玛力抬起头来,抱着母亲的脖子亲了亲。温都太太替女儿往后拢了拢头发。玛力一边抽达,一边用小手绢擦眼睛。

"妈妈,你看他是忙? 你真这么想吗? 连写个明信片的工夫都没有;我不信! 我看他是又交了新朋友了,把我忘了! 男人都是这样,我恨他!"

"玛力,别这么说! 爱情是多少有些波折的。忍耐,信任,他到末末了还是你的人! 你父亲当年,"温都太太没往下说,微微摇了摇头。

"妈,你老说忍耐,信任! 凭什么女的总得忍耐,信任,而男人可以随便呢!"玛力看着母亲的脸说。

"你已经和他定了婚,是不是?"温都太太问,简单而厉害。

"定婚的条件是要双方守着的,他要是有意破坏,我为什么该一个人受苦呢! 再说,我没要和他定婚,是他哀告我的,现在——"玛力还坐在她母亲的怀里,脚尖儿搓搓着地毯。

"玛力,别这么说!"温都太太慢慢的说:"人类是逃不出天然律的,男的找女的,女的不能离开男的。婚姻是爱的结束,也是爱的尝试,也是爱的起头! 玛力,听妈妈的话,忍耐,信任,他不会抛弃了你,况且,我想这几天他一定是忙。"

玛力站起来,在镜子前面照了照,然后在屋里来回的走。

"妈妈,我自己活着满舒服,欢喜,可以不要男人!"

"你?"温都太太把这个字说得很尖酸。

"要男人的时候,找男人去好了,咱们逃不出天然律的管辖!"玛力说得有点嘲弄的意思,心里并不信这个。

"玛力!"温都太太看着女儿,把小红鼻子支起多高。

玛力不言语了,依旧的来回走。心中痛快了一点,她一点也不信她所说的话,可是这么说着颇足以出出心中的恶气!

在爱家庭的天性完全消灭以前,结婚是必不可少的。不管结婚的手续,形式,是怎样,结婚是一定的。人类的天性是自私的,而最快活的自私便是组织起个小家庭来。这一点天性不容易消灭,不管人们怎么提倡废除婚姻。玛力一点也不信她所说的,只是为出出气。

温都太太也没把玛力的话往心里听,她所盘算的是:怎么叫玛力喜欢了。她知道青年男女,特别是现代的青年男女,是闲不住的。总得给他们点事作,不拘是跳舞,跑车,看电影,……反正别叫他们闲着。想了半天,还是看电影最便宜;可是下半天还不能去,因为跟老马先生定好一块上街。想到这里,温都太太的思想又转了一个弯:她自己的婚事怎么告诉玛力呢!玛力是多么骄傲,能告诉她咱要嫁个老 Chink!由这里又想到:到底这个婚事值得一干不值呢?为保存社会的地位,还是不嫁他好。可是,为自己的快乐呢?……真的照玛力的话办?要男人的时候就去找他?结果许更坏!社会,风俗,男女间的关系是不会真自由的!况且,男女间有没有真自由存在的地方?——不能解决的问题!她擦了擦小鼻子,看了玛力一眼,玛力还来回的走,把脸全走红了。

"温都太太!"老马先生低声在门外叫。

"进来!"温都太太很飘洒的说。

老马先生叼着烟袋扭进来。新买的硬领,比脖子大着一号半,看着好像个白罗圈,在脖子的四围转。领带也是新的,可是系得绝不直溜。

"过来!"温都太太笑着说。

她给他整了整领带。玛力斜眼看他们一眼。

"咱们不是说上街买东西去吗?"马老先生问。

"玛力有点——不舒服,把她一个人搁下,我不放心。"温都太太说,然后向玛力:"玛力,你跟我们一块儿去,好不好?"

"我不去,我在家等着华盛顿,万一他今天来呢!"玛力把恶气出了,还是希望华盛顿来。

"也好。"温都太太说着出去换衣裳。

马威回来了。他的脸还是煞白,嘴唇还滴滴血,因为保罗把他的牙打活动了一个。硬领儿歪七扭八的,领带上好些个血点。头发刺刺着。呼吸还是很粗。

"马威!"马老先生的脖子在硬领里转了个大圈。

"呕！马威！"玛力的眼皮红着，嘴唇直颤。

马威很骄傲的向他们一笑，一下子坐在椅子上，用袖子擦了擦嘴。

"马威！"马老先生走过来，对着马威的脸问："怎么了？"

"打架来着！"马威说，眼睛看着地毯。

"跟谁？跟谁？"马老先生的脸白了，小胡子也立起来。

"保罗！我把他打啦！"马威笑了笑，看了看自己的手。

"保罗——"

"保罗——"

马老先生和玛力一齐说，谁也不好意思再抢了，待了一会儿，马老先生说：

"马威，咱们可不应当得罪人哪！"

马老先生是最怕打架，连喝醉了的时候，都想不起用酒杯往人家头上摔。马太太活着的时候，小夫妻倒有时候闹起来，可是和夫人开仗是另一回事，况且夫人多半打不过老爷！马威小时候，马老先生一天到晚嘱咐他，别和大家打架，遇到街上有打架的，躲远着点！得，现在居然在伦敦打洋鬼子，而且打的是保罗，伊牧师的儿子！马老先生呆呆的看着儿子，差点昏过去。

"呕！马威！"温都太太进来，喊得颇像吓慌了的小鸟。

"他把保罗打了，怎么好，怎么好？"马老先生和温都太太叨唠。

"呕，你个小淘气鬼！"温都太太过去看着马威。然后向马老先生说："小孩子们打架是常有的事。"然后又对玛力说："玛力，你去找点清水给他洗洗嘴！"然后又对马老先生说："咱们走哇！"

马老先生摇了摇头。

温都太太没说什么，扯着马老先生的胳臂就往外走，他一溜歪斜的跟着她出去。

玛力拿来一罐凉水，一点漱嘴的药，一些药棉花。先叫马威漱了漱口，然后她用棉花轻轻擦他的嘴唇。她的长眼遮毛在他的眼前一动一动的，她的蓝眼珠儿满含着慈善和同情，给他擦几下，仰着脖子看一看，然后又擦。她的头发挨着他的脸蛋，好像几根通过电的金丝，叫马威的脸完全热透了，完全红了。他低下头去，不敢再看她，可是他觉到由她胸脯儿出来的热气，温和，香暖，叫他的全身全颤动起来。

"马威，你们怎么打起来的？"玛力问。

"我和伊姑娘一块儿吃饭，他进来就给我一拳！"马威微笑着说。

"呕！"玛力看着他，心里有点恨他，因为他居然敢和保罗打架；又有点佩服他，因为他不但敢打，而且打胜了。英雄崇拜是西洋人的一种特色，打胜了的总是好的，玛力不由的看马威有点可爱。他的领子歪着，领带上的血点，头发乱蓬蓬的，都非常有劲的往外吸她心中的爱力，非常的与平日不同，非常的英美，特别的显出男性：力量，胆子，粗卤，血肉，样样足以使女性对男性的信仰加高一些，使女性向男性的趋就更热烈一点。她还给他擦嘴,可是她的心已经被这点崇拜英雄的思想包围住,越擦越慢,东一下,西一下,有时候擦在他的腮上,有时候擦在他的耳唇上。他的黄脸在她的蓝眼珠里带上了一层金色,他的头上射出一圈白光;他已经不是黄脸讨厌的马威,他是一个男性的代表,他是一团热血,一个英雄,武士。

她的右手在他脸上慢慢的擦,左手轻轻的放在他的膝上。他慢慢的,颤着,把他的手搁在她的手上。他的眼光直着射到她的红润的唇上。

"玛力,玛力,你知道,"马威很困难的一个字一个字往外挤:"你知道,我爱你?"

玛力忽然把手抽出去,站起来,说:

"你我? 不可能的事!"

"为什么? 我是个中国人? 爱情是没有国界的,中国人就那么不值钱,连爱情都被剥夺了吗!"马威慢慢的站起来,对着她的脸说:"我知道,你们看不起中国人;你们想中国人的时候永远和暗杀,毒药,强奸联在一块儿。但是咱们在一块儿快一年啦,你难道看不出我来,我是不是和你们所想的一样? 我知道你们关于中国人的知识是由造谣言的报纸,和下贱的小说里得来的,你难道就真信那些话吗? 我知道你已经和华盛顿定婚,我只求你作我的好朋友,我只要你知道我爱你。爱情不必一定由身体的接触才能表现的,假如你能领略我的爱心,拿我当个好朋友,我一生能永远快乐! 我羡慕华盛顿,可是因为我爱你,我不敢对他起一点嫉妒心! 我——"马威好像不能再说,甚至于不能再站着,他的心要跳出来,他的腿已经受不住身上的压力,他咕咚一下子坐下了。

玛力用小木梳轻轻的刮头,半天没言语。忽然一笑,说:

"马威,你这几天也没看见华盛顿?"

"没有,伊姑娘也这么问我来着,我没看见他。"

"凯萨林? 她问他干甚么? 她也认识华盛顿?"玛力的眼睛睁得很圆,脸上红了一点,把小木梳摺在衣袋里,搓搓着手。

"我不知道!"马威皱着眉说:"对不起! 我无心中提起凯萨林来! 我不知道他们的关系! 好在一个人不能只有一个朋友,是不是?"他微微一笑,故意的冷笑她。

玛力忽然瞪了他一眼,一声没出,跑出去了。

9

温都太太挺着小脖子在前边走,马老先生缩着脖子在后面跟着;走大街,穿小巷,她越走越快,他越走越慢;越人多她越精神,她越精神他越跟不上。要跟个英国人定了婚,在大街上至少可以并着肩,拉着手走;拉着个老中国人在街上扭,不能做的事；她心中有点后悔。要是跟中国妇人一块儿走，至少他可以把她落下几丈多远，现在，居然叫个妇人给拉下多远；他心中也有点后悔。她站住等着他，他躬起腰来往前扯大步；她笑了，他也笑了，又全不后悔了。

两个进了猴儿笨大街的一家首饰店。马老先生要看戒指，伙计给他拿来一盒子小姑娘戴着玩的小铜圈，全是四个便士一只。马老先生要看贵一点的，伙计看了他一眼，又拿出一盒镀银的来，三个先令两只。老马先生还要贵的，伙计笑得很不自然的说：

"再贵的可就过一镑钱了！"

温都太太拉了他一把，脸上通红，说：

"咱们上有贵重东西的地方去买吧！"

马老先生点了点头。

"对不起！太太！"伙计连忙道歉："我错了，我以为这位先生是中国人呢，没想到他是日本人，我们很有些个日本照顾主儿，真对不起！我去拿好的来！"

"这位先生是中国人！"温都太太把"是"字说得分外的有力。

伙计看了马老先生一眼，进去又拿来一盒子戒指，都是金的。把盒子往马老先生眼前一送，说：

"这都是十镑钱以上的，请看吧！"然后恶意的一笑。

马老先生也叫上劲儿啦，把盒子往后一推，问：

"有二十镑钱以上的没有？"

伙计的颜色变了一点，有心要进去打电话，把巡警叫来；因为身上有二十镑钱的中国人，一定是强盗；普通中国人就没有带一镑钱的资格，更没有买戒指的胆量；据他想。他正在迟疑不定，温都太太又拉了马老先生一把。两个一齐走出来。伙计把戒指收起去，赶快的把马老先生的模样，身量，衣裳，全记下来，预备发生了抢案，他好报告巡警。

温都太太都气糊涂了，出了店门，拉着马老先生就走。一边走一边说："不买啦！不买啦！"

"别生气！别生气！"马老先生安慰着她说："小铺子，没有贵东西，咱们到别处去买。"

"不买啦！回家！我受不了这个！"她说着往马路上就跑，抓住一辆飞跑的公众汽车，小燕儿似的飞上去。马老先生在汽车后面干跺了几脚，眼看着叫汽车跑了。自己叨唠着："外国娘们，性傲，性傲！"

马老先生有点伤心：妇人性傲，儿子不老实，官运不通，汽车乱跑，……"叫咱老头子有什么法子！无法！无法！只好忍着吧！"他低着头自己叨唠"先不用回家，给他们个满在乎；咱越将就，他们越仰头犯脾气！先不用回家，对！"

他叫了辆汽车到伊牧师家去。

"我知道你干什么来了，马先生！"伊牧师和马老先生握了握手，说："不用道

166

歉,小孩子们打架,常有的事!"

老马本来编了一车的好话儿,预备透底的赔不是,听见伊牧师这样说,心里倒有点不得劲儿了,惨惨的笑了一笑。

伊牧师脸上瘦了一点,因为昼夜的念中国书,把字典已掀破两本,还是念不明白。他的小黄眼珠颇带着些失望的神气。

"伊牧师,我真没法子办!"马老先生进了客厅,说:"你看,我只有马威这么一个,深了不是,浅了不是!他和保罗会——"

"坐下! 马先生!"伊牧师说:"不用再提这回事,小孩子们打完,完事! 保罗念书的时候常和人家打架,我也没办法,更不愿意管! 我说,你到教会去了没有?"

马老先生的脸红了,一时回答不出;待了半天,说:

"下礼拜去! 下礼拜去!"

伊牧师也没再下问,心里有点不愿意。他往上推了推眼镜问:"我说,马先生! 你还得帮我的忙呀! 我的中文还是不成,你要是不帮助我,简直的——"

"我极愿意帮你的忙!"马老先生极痛快的说。他心里想:马威打了保罗,咱要是能帮助伊牧师,不是正好两不找,谁也不欠谁的吗!

"马先生,"伊牧师好像猜透了马先生的心思:"你帮助我,和保罗们打架,可是两回事。他们打架是他们的事,咱们管不着。你要是愿意帮我,我也得给你干点什么。光阴是值钱的东西,谁也别白耽误了谁的工夫,是不是?"

"是。"马老先生点了点头,其实他心里说:"洋鬼子真他妈的死心眼儿,他非把你问得棱儿是棱儿,角儿是角儿不可!"

伊牧师眨巴着眼睛笑了:"马先生,你几时有工夫? 我帮你作什么? 咱们今天决定好,就赶快的做起来!"

"我那天都不忙!"马先生恨这个"忙"字。

伊牧师刚要说话,伊太太顶着一脑袋乱棉花进来了。她鼻子两旁的小沟儿显着特别的深,眼皮肿得特别的高,看着傻而厉害。

"马先生,马威是怎么回事?!"她干辣辣的问。

"我来,……"

她没等马先生说完,梗着脖子,又问:

"马威是怎么啦?! 我告诉你,马先生,你们中国的小孩子要反呀! 敢打我们! 二十年前,你们见了外国人就打哆嗦,现在你们敢动手打架! 打死一个试试! 这里不是中国,可以无法无天的乱杀乱打,英国有法律!"

马老先生一声儿没出,咽了几口唾沫。

伊牧师看着老马怪可怜的,看着伊太太怪可怕的,要张嘴,又闭上了。

马威并没把保罗打伤,保罗的脖筋扭了一下,所以马威得着机会把他打倒。伊太太虽然爱儿子,可是她决不会因为儿子受一点浮伤就这么生气,她动了怒,完全是因为马威——一个小中国孩子——敢和保罗打架。一个英国人睁开眼，他，或是她，看世界都在脚下：香港，印度，埃及，非洲，……都是他，或是她的属地。他不但自己要骄傲，他也要别的民族承认他们自己确乎是比英国人低下多少多少倍。伊太太不能受这种耻辱，马威敢打保罗！虽然保罗并没受什么伤！谁也不能受这个，除了伊牧师，她有点恨她的丈夫！

"妈！"凯萨林开开一点门缝叫："妈！"

"干什么？"伊太太转过身去问，好像座过山炮转动炮口似的。

"温都姑娘要跟你说几句话。"

"叫她进来！"伊太太又放了一炮。

凯萨林开开门，玛力进来了。伊太太赶过两步去，笑着说："玛力你好？"好像把马先生和伊牧师全忘了。

伊牧师也赶过来，也笑着问："玛力你好？"

玛力没回答他们。她手里拿着帽子，揉搓着帽花儿。脑门上挺红，脸和嘴唇都是白的。眼睛睁得很大，眼角挂着滴未落尽的泪。脖子往前探着一点，两脚松松歌歌的在地上抓着，好像站不住的样儿。

"你坐下，玛力！"伊太太还是笑着说。

伊牧师搬过一把椅子来，玛力歪歪拧拧的坐下了，也没顾得拉一拉裙子；胖胖的腿多半截在外边露着，伊太太撇了撇嘴。

凯萨林的脸也是白的，很安静，可是眼神有点慌，看看她妈，看看玛力。看见马老先生也没过去招呼。

"怎么了，玛力？"伊太太过去把手放在玛力的肩上，显着十分的和善；回头瞪了老马一眼，又显着十分的厉害。

"问你的女儿，她知道！"玛力颤着指了凯萨林一下。

伊太太转过身来看着她女儿，没说话，用眼睛问了她一下。

"玛力说我抢了她的华盛顿！"伊姑娘慢慢的说。

"谁是华盛顿？"伊太太的脑袋在空气中画了个圈。

"骑摩托自行车的那小子，早晚出险！"马老先生低声告诉伊牧师。

"我的未婚夫！"玛力说，说完用两个门牙咬住下嘴唇。

"你干吗抢他？怎么抢的？"伊太太问凯萨林。

"我干吗抢他！"凯萨林安稳而强硬的回答。

"你没抢他，他怎么不找我去了?！你刚才自己告诉我的：你常和他一块去玩，是你说的不是？"玛力问。

"是我说的！我不知道他是你的情人，我只知道他是我的朋友；朋友们一块出去游玩是常有的事。"伊姑娘笑了一笑。

伊太太看两个姑娘辩论，心中有点发酸。她向来是裁判一切的，那能光听着她们瞎说。她梗起脖子来，说：

"凯！你真认识这个华盛顿吗？"

"我认识他,妈！"

伊太太皱上了眉。

"伊太太,你得帮助我,救我！"玛力站起来向伊太太说:"我的快乐,生命,都在这儿呢！叫凯萨林放了他,他是我的人,他是我的！"

伊太太冷笑了一声:

"玛力！小心点说话！我的女儿不是满街抢男人的！玛力,你错想了！设若凯真像你所想的那么坏,我能管教她,我是她母亲,我'能'管她！"她喘了一口气,向凯萨林说:"凯,去弄碗咖啡来！玛力,你喝碗咖啡?"

玛力没言语。

"玛力,咱们回家吧！"马老先生看大家全不出声,乘机会说了一句。

玛力点了点头。

马老先生和伊牧师握了手,没敢看伊太太,一直走过来,拉住玛力的手,她的手冰凉。

玛力和凯萨林对了对眼光,凯萨林还是很安稳,向马老先生一笑,跟着和玛力说:

"再见,玛力。咱们是好朋友,是不是? 别错想了我！再见！"

玛力摇摇头,一举手,把帽子扣上。

"玛力,你等等,我去叫辆汽车！"马老先生说。

10

吃早饭的时候,大家全撅着嘴。马老先生看着儿子不对,马威看着父亲不顺眼,可是谁也不敢说谁;只好脸对脸儿撅着嘴。温都太太看着女儿怪可怜的,可是自己更可怜;玛力看着母亲怪可笑的,可是要笑也笑不出来;只好脸对脸儿撅着嘴。苦了拿破仑,谁也不理它;试着舐玛力的胖腿,她把腿扯回去了;试着闻闻马老先生的大皮鞋,他把脚挪开了;没人理！拿破仑一扫兴,跑到后花园对着几株干玫瑰撅上嘴！它心里说:不知道这群可笑的人们为什么全撅上嘴！想不透！人和狗一样,撅上嘴的时候更可笑！

吃完早饭,马老先生慢慢的上了楼,把烟袋插在嘴里,也没心去点着。玛力给了母亲一个冰凉的吻,扣上帽子去上工。马威穿上大氅,要上铺子去。

"马威,"温都太太把马威叫住:"这儿来！"

马威随着她下了楼,到厨房去。温都太太眼睛里含着两颗干巴巴的泪珠,低声儿说:

"马威,你们得搬家！"

"为什么? 温都太太！"马威勉强笑着问。

温都太太长长的叹了一口气:"马威,我不能告诉你! 没原因,你们预备找房得了! 对不起,对不起的很!"

"我们有什么错过?"马威问。

"没有,一点没有! 就是因为你们没有错过,我叫你们搬家!"温都太太似是而非的一笑。

"父亲——"

"不用再问,你父亲,你父亲,他,一点错处没有! 你也是好孩子! 我爱你们——可是咱们不能再住下,住下;好吧,马威,你去告诉你父亲,我不能和他去说!"

她的两颗干巴巴的泪珠,顺着鼻子两旁滚下去,滴得很快。

"好吧,温都太太,我去告诉他。"马威说着就往外走。她点了点头,用小手绢轻轻的揉着眼睛。

"父亲,温都太太叫咱们搬家!"马威冷不防的进来说,故意的试一试他父亲态度。

"啊!"马老先生看了马威一眼。

"咱们就张罗着找房吧?"马威问。

"你等等! 你等等! 听我的信!"马老先生拔出嘴中的烟装,指着马威说。

"好啦,父亲,我上铺子啦,晚上见!"马威说完,轻快的跑下去。

马老先生想了半点多钟,什么主意也没想出来。下楼跟她去当面说,不敢。一声儿不出就搬家,不好意思。找伊牧师来跟她说,又恐怕他不管这些闲事;外国鬼子全不喜欢管别人的事。

"要不怎么说,自由结婚没好处呢!"他自己念道:"这要是中间有个媒人,岂不是很容易办吗:叫大媒来回跑两趟说说弄弄,行了! 你看,现在够多难办,找谁也不好;咱自己是没法去说!"

老马先生又想了半点多钟,还是没主意;试着想温都太太的心意:

"她为什么忽然打了退堂鼓呢? 想不透! 一点也想不透! 嫌我穷? 咱有铺子呀! 嫌咱老,她也不年青呀! 嫌咱是中国人? 中国人是顶文明的人啦,噢! 嫌咱丑? 有眼睛的都可以看出来,咱是多么文雅! 没脏没玷儿,地道好人! 不要我,新新!"他的小胡子立起来,颇有生气的趋势:"咱犯得上要她不呢? 这倒是个问题! 小洋娘们,小尖鼻子,精明鬼道,吹! 谁屑于跟她捣乱呢! 吹! 搬家,搬就搬! 太爷不在乎!"老马先生生气的趋势越来越猛,嘴唇带着小胡子一齐的颤。忽然站起来,叼着烟袋就往楼下走。

"喝一回去!"他心里说:"给他个一醉方休! 谁也管不了! 太爷!"他轻轻拍了胸膛一下,然后大拇指在空中一挑。

温都太太听见他下来,故意的上来看他一眼。马老先生斜着眼飘了她一下,扣上帽子,穿上大氅,开门出去了。出了门,回头向门环说:"太爷。"

温都太太一个人在厨房里哭起来了。

…………

马威在小柜房儿坐着,看着春季减价的报单子,明信片,目录,全在桌儿上堆着,没心去动。

事情看着是简单,当你一细想的时候,就不那么简单了。马威心中那点事,可以用手指头数过来的;只是数完了,他还是照样的糊涂,没法办! 搬家,跟父亲痛痛快快的说一回,或者甚至闹一回;闹完了,重打鼓,另开张,干! 这很容易,想着很容易;办办看? 完了! 到底应搬家不? 到底应和父亲闹一回不? 最后,到底应把她完全忘掉? 说着容易! 大人物和小人物有同样的难处,同样的困苦;大人物之所以为大人物,只是在他那点决断。马威有思想,有主见,只是没有决断。

他坐在那里,只是坐着。思想和伦敦的苦雾一样黑暗,灵魂像在个小盒子里扣着,一点亮儿看不见,渐渐要沈闷死了。心中的那点爱,随着玛力一股,随着父亲一股,随着李子荣一股,零落的分散尽了;只剩下个肉身子坐在那里。活的地狱!

他盼着来个照顾主儿,没有,半天连一个人也没来。盼着父亲来,没有,父亲是向不早来的。

李子荣来了。

他好像带着一团日光,把马威的混身全照亮了。

"老马! 怎么还不往外送信呀?"李子荣指着桌上的明信片说。

"老李,别忙,今天准都送出去。"马威看着李子荣,大眼睛里发出点真笑:"你这几天干什么玩呢?"

"我? 穷忙一锅粥!"他说着把帽子摘下来,用袖子擦擦帽沿,很慎重的放在桌儿上:"告诉你点喜事! 老马!"

"谁的喜事?"马威问。

"咱的!"李子荣指着自己的鼻子说,脸上稍微红了一点:"咱的,咱定了婚啦!"

"什么? 你? 我不信! 我就没看见你跟女人一块走过!"马威扶着李子荣的肩膀说。

"你不信? 我不冤你,真的! 母亲给定的!"李子荣的脸都红匀了:"二十一岁,会做饭,作衣裳,长得还不赖!"

"你没看见过她?"马威板着脸问。

"看见过! 小时候,天天一块儿玩!"李子荣说得很得意,把头发全抓乱了。

"老李,你的思想很新,怎么能这么办呢! 你想想将来的乐趣! 你想想! 你这么能干,这么有学问;她? 一个乡下老儿,一个字不认识,只会做饭,作衣裳,老李,你想想!"

"她认识字,认识几个!"李子荣打算替她辩护,不由的说漏了。

171

"认识几个！"马威皱着眉说："老李，我不赞成你的态度！我并不是看咱们自己太高，把普通的女人一笔扫光，我是说你将来的乐趣，你似乎应当慎重一点！你想想，她能帮助你吗，她不识字——"

"认识几个！"李子荣找补了一句。

"——对，就算认得几个吧，你想她能帮助你的事业吗？你的思想，学问；她的思想和那几个字，弄不到一块儿！"

"老马，你的话有理。"李子荣想了一想，说："但是，你得听我的，我也有一片傻理儿不是？咱们坐下说！"

两个青年脸对脸的坐下，李子荣问：

"你以为我的思想太旧？"

"假如不是太糊涂！"马威说，眼珠里挤出一点笑意。

"我一点也不糊涂！我以为结婚是必要的，因为男女的关系——"李子荣抓了抓头发，想不起相当的字眼儿来，看了棚顶一眼，说："可是，现在婚姻的问题非常的难解决：我知道由相爱而结婚是正当的办法，但是，你睁开眼看看中国的妇女，看看她们，看完了，你的心就凉了！中学的，大学的女学生，是不是学问有根底？退一步说是不是会洗衣裳，作饭？爱情，爱情的底下，含藏着互助，体谅，责任！我不能爱一个不能帮助我，体谅我，替我负责的姑娘；不管她怎么好看，不管她的思想怎样新——"

"你以为做饭，洗衣裳，是妇女的唯一责任？"马威看看李子荣问。

"一点不错，在今日的中国！"李子荣也看着马威说："今日的中国没妇女作事的机会，因为成千累万的男人还闲着没事作呢。叫男人都有了事做，叫女人都能帮助男人料理家事！有了快乐的，稳固的家庭，社会才有起色，人们才能享受有趣的生活！有一点知识是最危险的事，今日的男女学生就是吃这个亏，只有一点知识，是把事实轻轻的一笔勾销。念过一两本爱情小说，便疯了似的讲自由恋爱，结果，还是那点老事，男女到一块儿睡一夜，完事！男女间相互的责任，没想；快乐，不会有的！我不能说我恨他们，但是我宁可娶个会做饭，洗衣裳的乡下老，也不去和那位'有一点知识'，念过几本小说的姑娘去套交情！"

"好啦，别说了，老李！"马威笑着说："去和我父亲谈一谈吧，他准爱听你这一套！不用说了，你不能说服了我，我也不能叫你明白我；最好说点别的，不然，咱们就快打起来了！"

"我知道你看不起我！"李子荣说："看我俗气！看我不明白新思想！我知道，老马！"

"除去你太注重事实，没有看不起的地方，老李！"

"除去你太好乱想，太不注重事实，没有看不起你的地方，老马！"

两个青年全笑起来了。

"咱们彼此了解，是不是？"李子荣问。

"事实上！感情上咱们离着很远很远,比由地球到太阳的距离还远!"马威回答。

"咱们要试着明白彼此,是不是?"

"一定!"

"好了,庆贺庆贺咱的婚事!"

马威立起来,握住李子荣的手,没说出什么来。

"我说,老马!我不是为谈婚姻问题来的,真!把正事儿都忘了!"李子荣很后悔的样子说:"我请你来了!"

"请我吃饭,庆贺你的婚事?"马威问。

"不是!不是!请你吃饭?你等着吧,多咱你听说老李成了财主,多咱你才有吃我的希望!"李子荣笑了一阵,觉得自己说的非常俏皮:"是这么回事:西门太太今天晚上在家里请客,吃饭,喝酒,跳舞,音乐,应有尽有。这一晚上她得花好几镑。我告诉你,老马,外国阔人真会花钱!今天晚上的宴会是为什么?为是募捐建设一个医院。你猜什么医院?猫狗医院!穷人有了医院,穷人的猫狗生了病上那儿去呢?西门太太没事就跟西门爵士这样念叨。募捐立个猫狗医院!西门爵士告诉她。你看,还是男人有主意不是,老马?我说到那里去了?"李子荣拍着脑门想了想:"对了,西门夫人昨天看见了我,叫我给她找个中国人,作点游戏,或是唱个歌。她先问我会唱不会?我说,西门太太,你要不怕把客人全吓跑了,我就唱。她笑了一阵,告诉我,她决无意把客人全吓跑!我于是便想起你来了,你不是会唱两段'昆曲'吗,今天晚上去唱一回,你帮助她,她决不会辜负你!我的经验是:英国的工人顶有涵养,英国的贵族顶有度量;我就是不爱英国中等人!你去不去?白吃白喝一晚上,就手儿看看英国上等社会的状况,今天的客人全是阔人。你去不去?"

"我没礼服呀!"马威的意思是愿意去。

"你有中国衣裳没有?"

"有个绸子夹袄,父亲那里还有个缎子马褂。"

"成了!成了!你拿着衣裳去找我,我在西门爵士的书房等你,在那里换上衣裳,我把你带到西门太太那里去。你这一穿中国衣裳,唱中国曲,她非喜欢坏了不可!我告诉你,你记得年前西门爵士在这儿买的那件中国绣花裙子?西门太太今天晚上就穿上,我前天还又给她在皮开得栗找了件中国旧灰鼠深蓝官袍,今天晚上她是上下一身儿中国衣裳。一来是外国人好奇,二来中国东西也真好看!我有朝一日做了总统,我下令禁止中国人穿西洋衣服!世界上还有比中国服装再大雅,再美的!"

"中国人穿西装也是好奇!"马威说。

"俗气的好奇!没有审美的好奇!"李子荣说。

"西服方便,轻利!"马威说。

"作事的时候穿小褂,一样的方便! 绸子衫儿,葛布衫儿比什么都轻利,而且好看!"李子荣说。

"你是顽固老儿,老李!"

"你,维新鬼! 老马!"

"得,别说了,又快打起来啦!"

"晚上在西门宅上见,七点! 不用吃晚饭,今天晚上是法国席! 晚上见了!"李子荣把帽子拿起来,就手儿说:"老马! 把这些传单和信,赶紧发出去。再要是叫我看见在这里堆着,咱们非打一回不可!"

"给将来的李夫人寄一份去吧?"马威笑着问。

"也好,她认识几个字!"

"这是英文的,先生!"

李子荣扣上帽子,打了马威一拳,跑了。

<h1 style="text-align:center">11</h1>

风里裹着些暖气,把细雨丝吹得绵软无力,在空中逗游着,不直着往下落。街上的卖花女已经摆出水仙和一些杂色的春花,给灰暗的伦敦点缀上些有希望的彩色。圣诞和新年的应节舞剧,马戏,什么的,都次第收场了;人们只讲究着足球最后的决赛,和剑桥牛津两大学赛船的预测。英国人的好赌和爱游戏,是和吃牛肉抽叶子烟同样根深蒂固的。

公园的老树挂着水珠,枝儿上已露出些红苞儿。树根的湿土活软的放出一股潮气,一两个小野水仙从土缝儿里顶出一团小白骨朵儿。青草比夏天还绿的多,风儿吹过来,小草叶轻轻的摆动,把水珠儿次第的摆下去。伦敦是喧闹的,忙乱的,可是这些公园老是那么安静幽美,叫人们有个地方去换一口带着香味的空气。

老马先生背着手在草地上扭,脚步很轻,恐怕踩死草根伏着的蚯蚓。没有拿伞,帽沿上已淋满了水珠。鞋已经湿透,还是走;虽然不慌,心中确是很坚决的,走! 走着,走着,走到街上来了;街那边还有一片草地;街中间立着个战死炮兵的纪念碑。马先生似乎记得这个碑,又似乎不大认识这个地方;他向来是不记地名的;更不喜欢打听道儿。打算过街到那边的公园看看,马路上的汽车太多,看着眼晕。他踩了踩鞋上的泥,又回来了。

找了条板凳,坐了一会儿。一个老太太拉着条脸长脖子短的小狗,也坐下了。他斜眼瞪了她一眼,瞪了小狗半眼,立起来往草地上走。

"丧气! 大早晨的遇见老娘们,还带着条母狗!"他往草叶上吐了两口唾沫。

走了一会儿,又走到街上来了,可是另一条街:汽车不少,没有纪念碑。"这又是什么街呢?"他问自己。远处的墙上有个胡同名牌,身分所在,不愿意过去看;可有贵人在街上找地名的？没有！咱也不能那么干！打算再回公园去绕，腿已经发酸，鞋底儿冰凉;受了寒不是玩的！回家吧！

回家？把早晨带出来的问题一个没解决，就回家？不回去？再在公园绕上三天，三个礼拜，甚至于三年，就会有了主意吗？不一定！难！难！难！自幼儿没受过困苦，没遭过大事，没受过训练，那能那么巧，一遇见事就会有办法！

回家，还是回家！见了她就说！

叫了辆汽车回家。

温都太太正收拾书房，马老先生进来了。

"嘿喽！出去走得怎么样？"她问。

"很好，很好！"他回答:"公园里很有意思，小水仙花，这么一点，"他伸着小指说:"刚由土里冒出来。玛力上工去啦？她今天欢喜点了吧？"

"她今天可喜欢了！"她一边擦窗户一边说，并没看着他:"多瑞姑姑死了，给玛力留下一百镑钱，可怜的多瑞！这一百镑钱把玛力的小心给弄乱了，她要买帽子，要买个好留声机，要买件皮袄，又打算存在银行生利。买东西就不能存起来生利，不能两顾着，是不是？小玛力，简直的不知道怎么好了！"

"华盛顿还是没来？"马老先生问。

"没有！"她很慢的摇摇头。

"少年人不可靠！不可靠！"他叹息着说。

她回过头来，看着他，眼中有一星的笑意。

"少年人不可靠！少年人的爱情是一时的激刺，不想怎么继续下去，怎么组织起个家庭来！"马老先生自有生以来没说过这么漂亮的话，而且说得非常自然，诚恳。说完了一摇头，又表示出无限的感慨！——早晨这一趟公园慢步真没白走，真得了些带诗味的感触。说完，他看着温都太太，眼里带出不少恳求哀告的神气来。

她也听出他的话味来，可是没说什么，又转回身去擦玻璃。

他往前走了两步，很勇敢，很坚决，心里说:"今儿个就是今儿个了，成败在此一举啦！"

"温都太太！温都太太！"他只叫了这么两声，他的声音把心中要说的话都表示出来。他伸着一只手，手指头都沈重的颤着。

"马先生！"她回过身来，手在窗台上支着:"咱们的事儿完了，不用再提！"

"就是因为那天买戒指的时候，那个伙计说了那么几句话？"他问。

"不！理由多了！那个不过是一个起头。那天回来，我细细想了一回，理由多了，没有一个理由叫我敢再进行的！我爱你——"

"爱就够了，管别的呢！"他插嘴说。

"社会！社会！社会专会杀爱情！我们英国人在政治上是平等的，可是在社交上我们是有阶级的。我们婚姻的自由是限于同等阶级的。有同等地位，同

175

等财产,然后敢谈婚姻,这样结婚后才有乐趣。一个王子娶一个村女,只是写小说的愿意这么写,事实上是做不到的! 就打算这是事实,那个小乡下姑娘也不会快乐,社会,习惯,礼节,言语,全变了,全是她所不知道的,她怎能快活!"她喘了一口气,无心中的用抹布擦了擦小鼻子,然后接着说:"至于你我,没有阶级的隔膜;可是,种族的不同在其中作怪! 种族比阶级更厉害! 我想了,细细的想了,咱们还是不冒险好! 你看,玛力的事儿,十分有九分是失败了;为她打算,我不能嫁你;一个年青气壮的小伙子爱上她,一听说她有个中国继父,要命他也不娶她! 人类的成见,没法子打破! 你初来的时候,我也以为你是什么妖怪野鬼,因为人人都说你们不好吗。现在我知道你并不是那么坏,可是社会上的人不知道;咱们结婚以后还是要在社会上活着的;社会的成见就三天的工夫能把你我杀了! 英国男人娶外国妇人是常有的事,人们看着外国的妇女怀疑可是不讨厌;英国妇人嫁外国男人,另一回事了;你知道,马先生,英国人是一个极骄傲的民族,看不起嫁外国人的妇人,讨厌娶英国老婆的外国人! 我常听人们说:东方妇女是家中的宝贝,不肯叫外人看见,更不肯嫁给外国人,英国人也是一样,最讨厌外国人动他们的妇女! 马先生,种族的成见,你我打不破,更犯不上冒险的破坏! 你我可以永远作好朋友,只能作好朋友!"

马老先生混身全麻木了,一句话也说不出来了。待了老大半天,他低声儿说:

"我还可以在这儿住?"

"呕! 一定! 我们还是好朋友! 前些天我告诉马威,叫你们搬家,是我一时的冲动! 我要真有心叫你搬,为什么我不催促你呢! 在这儿住,一定!"她笑了一笑。

他没言语,低着头坐下。

"我去叫拿破仑来跟你玩。"她搭讪着走出去了。

第五段

1

　　三月中间,伦敦忽然见着响晴的蓝天。树木,没有云雾的障蔽,好像分外高瘦了一些。榆树枝儿纷纷往下落红黄的鳞片,柳枝很神速的挂上一层轻黄色。园中的野花,带着响声,由湿土里往外冒嫩芽。人们脸上也都多带出三分笑意。肥狗们乐得满街跳,向地上的树影汪汪的叫。街上的汽车看着花梢多了,在日光里跑得那么利嗖,车尾冒出的蓝烟,是真有点蓝色了。铺子的金匾,各色的点缀,都反射出些光彩来,叫人们的眼睛有点发花,可是心中痛快。

　　虽然天气这么好,伊家的大小一点笑容都没有,在客厅里会议。保罗叼着烟袋,皱着眉。伊牧师的脑杓顶着椅子背,不时的偷看伊太太一眼。她的头发连一点春气没有,干巴巴的在头上绕着,好像一团死树根儿。她的脖子还是梗得很直,眼睛带出些毒光,鼻子边旁的沟儿深,很深,可是很干,像两条冻死的护城河。

　　"非把凯萨林拉回来不可!我去找她,我去!"伊太太咬着牙说。

　　"我不能再见她的面!趁早不用把她弄回来!妈!"保罗说,态度也很坚定。

　　"咱们不把她弄回来,玛力要是告下华盛顿来,咱们全完,全完!谁也不用混啦!我在教会不能再做事,你在银行也处不下去啦!她要是告状,咱们就全完,毁到底!你我禁得住报纸的宣扬吗!把她弄回来,没第二个办法!"伊太太说,说得很沈痛,字字有力。

　　"她要是肯和人跑了,咱们就没法子把她再叫回来!"保罗说,脸上显着非常的愤怒:"我早知道她!自私,任性,不顾脸面!我早知道她!"

　　"不用空恨她!没用!想办法!你恨她,我的心都碎了!自幼儿到现在,我那一天不给她些《圣经》上的教训?我那一天不拿眼睛钉着她?你恨她,我才真应当恨她的呢!可是,无济于事,恨她算不了什么;再说,咱们得用爱力感化她!她跑了,咱们还要她,自要她肯改邪归正;自要她明白基督的教训;自要她肯不再念那些邪说谬论!我去找她,找到天边,也把她找回来!我知道她现在不会快乐,我把她找回来,叫她享受一切她从前的快乐;我知道她跟我在一块儿是最快活的;叫我的女儿快活是我的责任,不管她怎么样对不起我!"伊太太一气说完,好像心中已打好了稿子,一字不差的背了一过。眼中有点湿润,似乎是一种泪,和普通人的泪完全不同。

"她决不会再回来！她要是心里有咱们,她就决不会跟华盛顿那小子跑了！妈,你怎办都好,我走！我要求银行把我调到印度,埃及,日本,那儿也好;我不能再见她！英国将来有亡的那一天,就亡在这群自私,不爱家,不爱国,不爱上帝的男女们！"保罗嚷着说,说完,站起来,出去了。

欧洲大战的结果,不但是摇动各国人民的经济基础,也摇动了人们的思想:有思想的人把世界上一切的旧道德,旧观念,重新估量一回,重新加一番解释。他们要把旧势力的拘束一手推翻,重新建设一个和平不战的人类。婚姻,家庭,道德,宗教,政治,在这种新思想下,全整个的翻了一个觔斗;几乎有连根拔去的样子。普通的人们在这种波浪中,有的心宽量大,随着这个波浪游下去,在这种波浪中,他们得到许多许多的自由;有的心窄见短,极力的逆着这个潮浪往回走,要把在浪中浮着的那些破残的旧东西,捉住,紧紧的捉住。这两队人滚来滚去,谁也不了解谁,谁也没心去管谁;只是彼此猜疑,痛恨;甚至于父子兄弟间也演成无可调和的惨剧。

英国人是守旧的,就是守旧的英国人也正在这个怒潮里滚。

凯萨林的思想和保罗的相差至少有一百年:她的是和平,自由;打破婚姻,宗教;不要窄狭的爱国;不要贵族式的代议政治。保罗的呢:战争,爱国,连婚姻与宗教的形式都要保存着。凯萨林看上次的大战是万恶的,战前的一切是可怕的;保罗看上次的大战是最光荣的,战前的一切是黄金的！她的思想是由读书得来的;他的意见是本着本能与天性造成的。她是个青年,他也是个青年,大战后的两种青年。她时时处处含着笑怀疑,他时时处处叼着烟袋断定。她要知道,明白;他要结果,效用。她用脑子,他用心血。谁也不明白谁,他恨她,因为他是本着心血,感情,遗传,而断定的！

她很安稳的和华盛顿住在一块,因为他与她相爱。为什么要买个戒指戴上?为什么要上教堂去摸摸《圣经》? 为什么她一定要姓他的姓? ……凯萨林对这些问题全微微的一笑。

玛力——和保罗是一样的———一定要个戒指,一定要上教堂去摸《圣经》,一定叫人称呼她华盛顿太太。她的举动像个小野猫儿,她的思想却像个死牛。她喜欢露出白腿叫男人看,可是她的腿只露到膝下,风儿把裙子刮起一点,便赶快的拉住,看着傻气而可笑。她只是为态度,衣帽,叫男人远远看着她活着的。她最后的利器便是她的美。凭着她的美捉住个男人,然后成个小家庭,完了！她的终身大事只尽于此！她不喜欢有小孩,这虽是新思想之一,可是玛力信这个只是为方便。小孩子是最会破坏她的美貌的,小孩是最麻烦的,所以她不愿意生小孩;而根本不承认她有什么生育制限的新思想。

华盛顿拿玛力与凯萨林一比较,他决定和凯萨林一块住了。他还是爱玛力,没忘了她;可是他和凯萨林的关系似乎在"爱"的以上。这点在"爱"以上的东西是欧战以后的新发现,还没有人知道是什么东西。这点东西是不能以形式限制住的,这点东西是极自由的,极活泼的。玛力不会了解,还不会享受,因为她的"爱"的定义是以婚姻,夫妇,家庭,来限定的;而这点东西是决不能叫那些老风俗捆住的。

凯萨林与华盛顿不耻手拉着手儿去见伊太太,也不怕去见玛力;只是伊太太与玛力的不了解,把他与她吓住了;他与她不怕人,可是对于老的思想有些不敢碰。这不是他与她的软弱,是世界潮流的击撞,不是个人的问题,是历史的改变。他与她的良心是平安的,可是良心的标准是不同的;他与她的良心不能和伊太太,玛力的良心搁在同一天平上称。好吧,他与她顶好是不出头,不去见伊太太与玛力。

"可怜的保罗! 要强的保罗! 我知道他的难处!"伊太太在保罗出去以后,自己叨唠着。

伊牧师看了她一眼,知道到了他说话的时候了,嗽了两下,慢慢的说:

"凯不是个坏丫头,别错想了她。"

"你老向着她说话,要不是你惯纵着她,她还作不出这种丑事呢!"伊太太一炮把老牧师打闷过去。

伊牧师确是有点恨她,可是不敢发作。

"我找她去! 我用基督耶稣的话把她劝回来!"伊太太勉强一笑,和魔鬼咧嘴一样的和善。

"你不用找她去,她不回来。"伊牧师低声的说:"她和他在一块儿很快乐呢,她一定不肯回来;要是不快乐呢,她有挣饭吃的能力,也不肯回来。我愿意她回来,她最爱我,我最疼她!"他的眼圈儿湿了,接着说:"可是我不愿意强迫她回来。她有她的主张,意见。她能实行她的主张与意见,她就快活;我不愿意剥夺她的快活! 现在的事,完全在玛力身上,玛力要告状,咱们全完;她高高一抬手,万事皆休;全在她一个人身上。你不用去找凯,我去看她,听一听她的意见,然后我去求玛力!"

"求——玛力!! 求!!!"伊太太指着他的鼻子说,除了对于上帝,她没用过这个"求"字!

"求她!"伊牧师也叫了劲,声音很低,可是很坚决。

"你的女儿跑了,去求一个小丫头片子! 你的身分,伊牧师!"伊太太喊。

"我没身分! 你和保罗都有身分,我没有! 你要把女儿找回来,只为保持你的脸面,不管她的快乐! 同时你一点没想到玛力的伤心! 我没身分,我去求她! 她肯听我的呢,她算牺牲了自己,完成凯萨林的快乐;她不肯听我的呢,她有那分权利与自由,我不能强迫她! 可怜的玛力!"

伊太太想抓起点东西往他的头上摔;忽然想起上帝,没敢动手。她恶狠狠的瞪了他一眼,顶着那头乱棉花走出去了。

…………

伊牧师和温都太太对着脸坐着,玛力抱着拿破仑坐在钢琴前面。在灯光下,伊牧师的脸是死白死白的。

"玛力!玛力!"他说:"凯萨林不对,华盛顿也不对;只委屈了你!可是事已至此,你要严重的对他呢,连他带我就全毁了!你有法律上的立脚地,你请求赔偿,是一定可以得到的。连赔偿带手续费,他非破产不可!报纸上一宣扬,我一家子也全跟着毁了!你有十足的理由去起诉,你有十足的理由去要求赔偿,我只是求你,宽容他一些!华盛顿不是个坏小子,凯萨林也不是个坏丫头,只是他们的行动,对不起你;你能宽容他们,他们的终身快乐是你给的!你不饶恕他们,我一点也不说你太刻,因为你有充分的理由;我是来求你,格外的留情,成全他们,也成全了我们!在法律上他与她是应当受罚的,在感情上他们有可原谅的地方。他们被爱情的冲动做下这个错事,他们决无意戏弄你,错待你,玛力!你说一句话,玛力,饶恕他们,还是责罚他们。玛力姑娘,你说一句话!"

玛力的泪珠都落在拿破仑的身上,没有回答。

"我看,由法律解决是正当的办法,是不是?伊牧师!"温都太太嘴唇颤着说。

伊牧师没言语,双手捧着脑门。

"不!妈!"玛力猛孤丁的站起来说:"我恨他,我恨他!我——爱他!我不能责罚他!我不能叫他破产!可是,得叫他亲自来跟我说!叫他亲自来!我不能听旁人的,妈,你不用管!伊牧师,你也管不了!我得见他,我也得见她!我看看他们,只要看看他们!哈哈!哈哈!"玛力忽然怪笑起来。

"玛力!"温都太太有点心慌,过去扶住女儿。

伊牧师坐在那里像傻了一样。

"哈哈!哈哈!"玛力还是怪笑,脸上通红,笑了几声,把头伏在钢琴上哭起来。

拿破仑跑到伊牧师的腿旁,歪着头看着他。

2

马威和李子荣定好在礼拜天去看伦敦北边的韦林新城。这个新城是战后才建设的。城中各处全按着花园的布置修的,夏天的时候,那一条街都闻得见花香。城中只有一个大铺子,什么东西都卖。城中全烧电气,煤炭是不准用的,为是保持空气的清洁。只有几条街道可以走车马,如是,人们日夜可以享受一点清静的生活。城中的一切都近乎自然,可是这个"自然"的保持全仗着科学:电气的利用,新建筑学的方法,花木的保护法,道路的布置,全是科学的。这种科学利用,把天然的美增加了许多。把全城弄成极自然,极清洁,极优美,极合卫生,不是没有科学知识的所能梦想得到的。

科学在精神方面是求绝对的真理,在应用方面是给人类一些幸福。错用了科学的是不懂科学,因科学错用了而攻击科学,是不懂科学。人生的享受只有两个:求真理与娱乐。只有科学能供给这两件。

两个人坐车到邦内地,由那里步行到新城去。顺着铁路走,处处有些景致。绿草地忽高忽低,树林子忽稀忽密。人家儿四散着有藏在树后的,有孤立在路旁的,小园里有的有几只小白鸡,有的挂着几件白汗衫,看着特别的有乡家风味。路上,树林里,都有行人:老太婆戴着非常复杂的帽子,拄着汗伞,上教堂去作礼拜。青年男女有的挨着肩在树林里散逛,有的骑着车到更远的乡间去。中年的男人穿着新衣裳,带着小孩子,在草地上看牛,鸡,白猪,鸟儿,等等。小学生们有的成群打伙的踢足球,有的在草地上滚。

工人们多是叼着小泥烟袋,拿着张小报,在家门口儿念。有时候也到草地上去和牛羊们说回笑话。

英国的乡间真是好看:第一样处处是绿的,第二样处处是自然的,第三样处处是平安的。

"老李,"马威说:"你看伊姑娘的事儿怎么样? 你不赞成她吧?"

李子荣正出神的看着一株常绿树,结着一树的红豆儿,好像没听见马威说什么。

"什么? 呕,伊姑娘! 我没有什么不赞成她的地方。你看那树的红豆多么好看?"

"好看!"马威并没注意的看,随便回答了一句,然后问:"你不以为她的行动出奇?"

"有什么出奇!"李子荣笑着说:"这样的事儿多了! 不过我决不肯冒这个险。她,她是多么有本事! 她心里有根:她愿意和一个男人一块住,她就这么办了,她有她的自由,她能帮助他。她不愿意和他再混,好,就分离,她有能力挣饭吃。你看,她的英文写得不错,她会打字,速记,她会办事,又长的不丑,她还怕什么! 凡是敢实行新思想的,一定心里有点玩艺儿;没真本事,光瞎喊口号,没有个成功! 我告诉你,老马,我就佩服外国人一样:他们会挣钱! 你看伊太太那个家伙,她也挣三四百一年。你看玛力,小布人似的,她也会卖帽子。你看亚力山大那个野调无腔,他也会给电影厂写布景。你看博物院的林肯,一个小诗人,他也会翻译中国诗卖钱。我有一天问他,中国诗一定是有价值,不然你为什么翻译呢? 你猜,他说什么? '中国东西现在时兴,翻点中国诗好卖钱!'他们的挣钱能力真是大,真厉害。有了这种能力,然后他们的美术,音乐,文学,才会发达,因为这些东西是精神上的奢侈品,没钱不能做出来。你看西门爵士那一屋子古玩,值多少钱! 他说啦,他死的时候,把那些东西都送给伦敦博物院。中国人可有把一屋子古玩送给博物院的? 连窝窝头还吃不上,还买古玩,笑话! 有了钱才会宽宏大量,有了钱才敢提倡美术,和慈善事业。钱不是坏东西,假如人们把钱用到高

181

尚的事业上去。我希望成个财主,拿出多少万来,办图书馆,办好报纸,办博物院,办美术馆,办新戏园,多了! 多了! 好事情多了!"李子荣吸了口气,空气非常的香美。

马威还想着伊姑娘的事,并没听清李子荣说的是什么。

"可怜的玛力!"马威叹息了一声。

"我说的话,你全没听? 老马!"李子荣急了。

"听见了,全听见了!"马威笑了:"可怜的玛力!"

"扔开你的玛力和凯萨林! 可怜? 我才可怜呢! 一天到晚穷忙,还发不了财!"李子荣指手画脚的嚷,把树上的小鸟吓飞了一群。

马威不说话了,一个劲儿往前走。头低着,好像叫思想给赘沈了似的。

李子荣也不出声,扯开粗腿,和马威赛开了跑。两个人一气走了三哩,走得喘吁吁的。脸全红了,手指头也涨起来。谁也不服谁,谁也不说话,只是走,越走越有劲。

马威回头看了李子荣一眼,李子荣往起一挺胸脯,两个人又走下去了。

"可怜的玛力!"李子荣忽然说,学着马威的声调。

马威站住了,看着李子荣说:

"你是成心耍我呀,老李! 什么玛力呀? 又可怜呀?"

"你老说我太注重事实吗,我得学着浪漫一点,是不是?"李子荣说。

两个人走得慢了。

"老李,你不明白我!"马威拉住李子荣的胳臂,说:"说真的,我还是对玛力不死心! 我简直的没办法! 有时候我半夜半夜的睡不着觉,真的! 我乱想一回:想想你的劝导,想想父亲的无望,想想事业,想想学问;不论怎么想吧,总忘不了她! 她比仙女还美,同时比魔鬼还厉害!"

"好老马,你我真和亲弟兄一样,我还是劝你不必妄想!"李子荣很诚恳的说:"我看她一定把华盛顿给告下来,至少也要求五六百镑的赔偿。她得了这笔钱,好好的一打扮,报纸上把她的影片一登,我敢保,不出三个月她就和别人结婚。外国人最怕报纸,可是也最喜欢把自己的姓名,像片,全登出来。这是一种广告。谁知道小玛力? 没人! 她一在报纸上闹腾,行了,她一天能接几百封求婚书。你连半点希望也没有! 不必妄想,老马!"

"你不知道玛力,她不会那么办!"马威很肯定的说。

"咱们等着瞧! 钱,名,都在此一举,她不是个傻子! 况且华盛顿破坏婚约,法律上有保护玛力的义务。"

"我没望?"马威说得很凄惨。

李子荣摇了摇头。

"我再试一回,她再拒绝我,我就死心了!"马威说。

"也好!"李子荣带着不赞成的口气。

"我告诉你,老李,我跟她说一回;再跟父亲痛痛快快说一回,关于铺子的事。她拒绝我呢,我无法。父亲不听我的呢,我走!他一点事儿不管,老花钱,说不下去;我得念书。不能一天粘在铺子里。我忍了这么些日子了,他一点看不出来;我知道不抓破面皮的跟他说,他要命也不明白我们的事情,非说不可了!"

"打开鼻子说亮话,顶好的事! 不过——"李子荣看见路旁的里数牌:"哈,快到了,还有半哩地。我说,现在可快一点钟了,咱们上那儿去吃饭呢?新城里一定没饭馆!"

"不要紧,车站上许有酒馆,喝杯酒,来两块面包,就成了。"马威说。

离车站不远有一带土坡,上面不少小松树。两个人上了土坡,正望见新城。高低的房屋,全在山坡下边,房屋那边一条油光光的马路,是上剑桥的大道。汽车来回的跑,远远看着好像几个小黑梭。天是阴着,可是没雾,远远的还可以看见韦林旧城。城里教堂的塔尖高高的在树梢上挺出来,看着像几条大笋。两城之间,一片高低的绿地,地中圈着些牛羊。羊群跑动,正像一片雪被风吹着流动似的。

两个人看了半天,舍不得动。教堂的钟轻轻的敲了一点。

…………

自从由韦林新城回来,马威时时刻刻想和玛力谈一谈,可是老没得机会。

有一天晚上,温都太太有些头疼,早早的就睡了。马老先生吃完晚饭出去了,并没告诉别人到那里去。玛力一个人抱着拿破仑在客厅里坐着,哭丧着脸和拿破仑报委屈。

马威在屋外咳嗽了一声,推门进来。

"哈喽,马威!"

"玛力,你没出去?"马威说着过去逗拿破仑。

"马威,你愿意帮助我吗?"玛力问。

"怎么帮助你?"马威往前又凑了凑。

"告诉我,华盛顿在哪儿住?"她假意的笑着说。

"我不知道,真的!"

"无关紧要,不知道不要紧!"她很失望的一撇嘴。

"玛力,"他又往前凑凑,说:"玛力! 你还是爱华盛顿? 你不会给真爱你的人一点机会?"

"我恨他!"玛力往后退退身子:"我恨你们男人!"

"男人里有好的!"马威的脸红了一点,心里直跳。

玛力乐了,乐的挺不自然。

"马威,你去买瓶酒,咱们喝,好不好? 我闷极了,我快疯了!"

"好,我去买,你要喝什么?"

"是有辣劲的就成,我不懂得酒。"

马威点点头，拿上帽子，出去了。

....

"马威。我脸红了！很热！你摸！"

马威摸了摸她的脸蛋，果然很热。

"我摸摸你的！"玛力的眼睛分外的光亮，脸上红的像朝阳下的海棠花。

他把她的手握住了，他的浑身全颤动着。他的背上流着一股热气。他把她的手，一块儿棉花似的，放在他的唇边。她的手背轻轻往上迎了一迎。他还拉着她的手，那一只手绕过她的背后，把嘴唇送到她的嘴上。她脸上背上的热气把他包围起来，他什么也不知道了，只听得见自己心房的跳动。他把全身上的力量全加到他的唇上，她也紧紧搂着他，好像两个人已经化成一体。他的嘴唇，热，有力，往下按着；她的唇，香软，柔腻，往上凑和。他的手脚全凉了，无意识的往前躬了躬身，把嘴唇更严密的，滚热的，往下扣。她的眼睛闭着，头儿仰着，把身子紧紧靠着他的。

她睁开眼，用手轻轻一推他的嘴，他向后退了两步，差点没倒下。

她又灌下去一杯！喝得很凶，怪可怕的。舐了舐嘴唇，她立起来，看着马威。

"哈哈，原来是你！小马威！我当你是华盛顿呢！你也好，马威，再给我一个吻！这边！"她歪着右脸递给他。

马威傻子似的往后退了两步，颤着说：

"玛力！你醉了？"

"我没醉！你才醉了呢！"她摇晃着向他走过来："你敢羞辱我，吻我！你！"

"玛力！！"他拉住她的手。

她由他拉着手，低下头，一个劲儿笑。笑着，笑着，她的声音变了，哭起来。

拿破仑这半天看着他们，莫名其妙是怎一回事。忽然小耳朵立起来，叫了两声。马老先生开门进来了。

看见他们的神气，马老先生呆着想了半天，结果，他生了气。

"马威！这是怎回事呀！"马老先生理直气壮的问。

马威没回答。

"玛力，你睡觉去吧！"他问玛力。

玛力没言语，由着马威把她搀到楼下去。

马威心里刀刺的难过。后悔不该和她喝酒，心疼她的遭遇，恨她的不领略他的爱情，爱她的温柔嘴唇，想着过去几分钟的香色……难过！没管父亲，一直上楼了。

马老先生的气头不小，自从温都太太拒绝了他，他一肚的气，至今没地方发送；现在得着个机会，非和马威闹一回不可。

他把他们剩下的酒全喝了，心气更壮了。上了楼来找马威。

马威也好，把门从里面锁好，马老先生干跺脚，进不去。

"明天早晨见,马威! 明天咱们得说说! 没事儿把人家大姑娘灌醉了,拉着人家的手! 你有脸皮没有哇? 明天见!"

马威一声也没出。

3

马老先生睡了一夜平安觉,把怒气都睡出去了。第二天早晨,肚子空空的,只想吃早饭,把要和马威算账也忘了。

吃完早饭,他回到书房去抽烟,没想到马威反找他来了。马威皱着眉,板着脸,眼睛里一点温和的样儿也没有。

马老先生把昨天晚上的怒气又调回来了。心里说:"我忘了,你倒来找寻我! 好,咱们得说说,小子!"

马威看着他父亲没有一处不可恨的。马老先生看着儿子至少值三百军棍。谁也没这么恨过谁,他们都知道;可是今天好像是有一股天外飞来的邪气,叫他们彼此越看越发怒。

"父亲,"马威先说了话:"咱们谈一谈,好不好?"

"好吧!"马老先生哑着烟袋,从牙缝里挤出这么两个字来。

"先谈咱们的买卖?"马威问。

"先谈大姑娘吧。"马老先生很俏皮的看了他儿子一眼。

马威的脸色白了,冷笑着说:

"大姑娘吧,二姑娘吧,关于妇女的事儿咱们谁也别说谁,父亲!"

马老先生嗽了两声,没言语,脸上慢慢红起来。

"谈咱们的买卖吧?"马威问。

"买卖,老是买卖! 好像我长着个'买卖脑袋'似的!"马老先生不耐烦的说。

"怎么不该提买卖呀?"马威瞪着他父亲问:"吃着买卖,喝着买卖! 今天咱们得说开了,非说不可!"

"你,兔崽子! 你敢瞪我! 敢指着脸子教训我! 我是你爸爸! 我的铺子,你不用管,用不着你操心!"马老先生真急了,不然,他决不肯骂马威。

"不管,更好! 咱们看谁管,谁管谁是王——"马威没好意思骂出来,推门出去了。

马威出了街门,不知道上那儿好。不上铺子去,耽误一天的买卖;上铺子去,想着父亲的话真刺心。压了压气,还是得上铺子去;父亲到底是父亲,没法子治他;况且买卖不是父亲一个人的,铺子倒了,他们全得挨饿。没法子,谁叫有这样的父亲呢!

伦敦是大的,马威却觉着非常的孤独寂寞。伦敦有七百万人,谁知道他,谁可怜他;连他的父亲都不明白他,甚至于骂他! 玛力拒绝了他,他没有一个知心的！他觉着非常的凄凉，虽然伦敦是这么热闹的一个地方。他没有地方去，虽然伦敦有四百个电影院，几十个戏馆子，多少个博物院，美术馆，千万个铺子，无数的人家；他却没有地方去；他看什么都凄惨；他听什么都可哭；因为他失了人类最宝贵的一件东西：爱！

他坐在铺子里，听着街上的车声，圣保罗堂的钟声，他知道还身在最繁华热闹的伦敦，可是他寂寞，孤苦，好像他在戈壁沙漠里独身游荡，好像在荒岛上和一群野鸟同居。

他鼓舞着自己，压制着怒气，去，去跳舞，去听戏，去看足球，去看电影；啊，离不开这个铺子！没有人帮助我，父亲是第一个不管我的！和他决裂，不肯！不管他罢，也不去跳舞，游戏；好好的念书，作事，由苦难中得一点学问经验；说着容易，感情的激刺往往胜过理智的安排。心血潮动的时候不会低头念书的！

假如玛力能爱我，马威想：假如我能天天吻她一次，天天拉拉她的手，能在一块儿说几句知心的话，我什么事也不管了，只是好好作事，念书；把我所能得的幸福都分给她一半。或者父亲也正这么想，想温都太太，谁管他呢！可怜的玛力，她想华盛顿，正和我想她一样！人事，爱情，永远是没系统的，没一定的！世界是个大网，人人想由网眼儿撞出去，结果全死在网里；没法子，人类是微弱的，意志是不中用的！

不！意志是最伟大的，是钢铁的！谁都可以成个英雄，假如他把意志的钢刃斫断了情丝，烦恼！马威握着拳头捶了胸口两下。干！干！往前走！什么是孤寂？感情的一种现象！什么是弱懦？意志的不坚！

进来个老太婆，问马威卖中国茶不卖。他勉强笑着把她送出去了。

"这是事业？呕，不怪父亲恨做买卖！卖茶叶不卖？谁他妈的卖茶叶！"

只有李子荣是个快乐人！马威想：他只看着事情，眼前的那一钉点事情，不想别的，于是也就没有苦恼。他和狮子一样，捉鹿和捉兔用同等的力量，而且同样的喜欢；自要捉住些东西就好，不管大小。李子荣是个豪杰，因为他能自己造出个世界来！他的世界里只有工作，没有理想；只有男女，没有爱情；只有物质，没有玄幻；只有颜色，没有美术！然而他快乐，能快乐的便是豪杰！

马威不赞成李子荣，却是佩服他，敬重他。有心要学他，不成，学不了！

"嘿喽，马威！"亚力山大在窗外喊，把玻璃震得直颤："你父亲呢？"他开开门进来，差点给门轴给推出了槽。他的鼻子特别红，嘴中的酒味好像开着盖的酒缸。他穿着新红灰色的大氅，站在那里，好似一座在夕阳下的小山。

"父亲还没来，干什么？"马威把手搁在亚力山大的手中，叫他握了握。亚力山大的大拇指足有马威的手腕那么粗。

"好，我交给你吧。"亚力山大掏出十张一镑钱的票子。一边递给马威，一边说："他叫我给押两匹马，一匹赢了，一匹输了；胜负相抵，我还应当给他这些钱。"

"我父亲常赌吗?"马威问。

"不用问,你们中国人都好赌。你明白我的意思?"亚力山大说:"我说,马威,你父亲真是要和温都太太结婚吗?那天他喝了几盅,告诉我他要买戒指去,真的?"

"没有的事,英国妇人那能嫁中国人,你明白我的意思?"马威笑着说,说得非常俏皮而不好听。

亚力山大看了马威一眼,撇着大嘴笑了笑。然后说:"他们不结婚,两好,两好!我问你,你父亲没告诉你,他今天到电影厂去?"

"没有,上那儿去作什么?"马威问。

"你看,是不是!中国人凡事守秘密,不告诉人。你父亲允许帮助我做电影,今天应当去。他可别忘了哇!"

马威心中更恨他父亲了。

"他在家哪?"亚力山大问。

"不知道!"马威回答的干短而且难听。

"回头见,马威!"亚力山大说着,一座小山似的挪动出去。

"赌钱,喝酒,买戒指,作电影,全不告诉我!"马威自己叨唠:"好!不用告诉我!咱们到时候再说!"

4

四月中的细雨,忽晴忽落,把空气洗得怪清凉的。嫩树叶儿依然很小,可是处处有些绿意。含羞的春阳只轻轻的,从薄云里探出一些柔和的光线;地上的人影,树影都是很微淡的。野桃花开得最早,淡淡的粉色在风雨里摆动,好像媚弱的小村女,打扮得简单而秀美。

足球什么的已经收场了,人们开始讲论春季的赛马。游戏是英国教育中最重要的一部,也是英国人生活中不可少的东西。从游戏中英国人得到很多的训练:服从,忍耐,守秩序,爱团体……。

马威把他的运动又搁下了,也不去摇船,也不去快走;天天皱着眉坐在家里,或是铺子里,咂着滋味发愁。伊姑娘也见不着,玛力也不大理他。老拿着本书,可是念不下去,看着书皮上的金字恨自己。李子荣也不常来;来了,两个人也说不到一块儿。马老先生打算把买卖收了,把钱交给状元楼的范掌柜的扩充饭馆的买卖,这样,马老先生可以算作股东,什么事不用管,专等分红利。马威不赞成这个计划,爷儿俩也没短拌嘴。

除去这些事实上的缠绕,他精神上也特别的沈闷。春色越重,他心里身上越难过,说不出的难过;这点难过是由原始人类传下来的,遇到一定的时令就和花儿一样的往外吐叶发芽。

他嫌大氅太重,穿着件雨衣往铺子走。走到圣保罗堂的外面,他呆呆的看着钟楼上的金顶;他永远爱看那个金顶。

"老马!"李子荣从后面拉了他一把。

马威回头看,李子荣的神色非常的惊慌,脸上的颜色也不正。

"老马!"李子荣又叫了一声:"别到铺子去!"

"怎么啦?"马威问。

"你回家!把铺子的钥匙交给我!"李子荣说的很快,很急切。

"怎样啦?"马威问。

"东伦敦的工人要来拆你们的铺子!你赶快回家,我会对付他们!"李子荣张着手和马威要钥匙。

"好哇!"马威忽然精神起来:"我正想打一回呢!拆铺子?好!咱们打一回再说!"

"不!老马!你回家,事情交给我了!你我是好朋友不是?你信任我?"李子荣很急切的说。

"我信任你!你是我的亲哥哥!但是我不能把你一个人留下,万一他们打你呢?"马威问。

"他们不会打我!你要是在这儿,事情可就更不好办了!你走!你走!马威,你走!"李子荣还伸着手和他要钥匙。

马威摇了摇头,咬着牙说:"我不能走,老李!我不能叫你受一点伤!我们的铺子,我得负责任!我和他们打一回!我活腻了,正想痛痛快快的打一回呢!"

李子荣急得直转磨,马威是无论怎说也不走。

"你要把我急死,马威!"李子荣说,喷出许多唾沫星儿来。

"我问你,他们有什么理由拆我们的铺子呢?"马威冷笑着问。

"没工夫说,他们已经由东伦敦动了身!"李子荣搓着手说。

"我不怕!你说!"马威极坚决的说。

"来不及了!你走!"

"你不说,好,你走,老李!我一个人跟他们拚!"

"我不能走,老马!到危险的时候不帮助你?你把我看成什么东西了?"李子荣说得非常的堂皇,诚恳,马威的心软了。马威看李子荣,在这一两分钟内,不只是个会办事挣钱的平常人,也是个心神健全的英雄。马威好像看透了李子荣的心,一颗血红的心,和他的话一样的热烈诚实。

"老李,咱们谁也别走,好不好?"

"你得允许我一个条件:无论遇见什么事,不准你出来!多咱你听见我叫你打,你再动手!不然,你不准出柜房儿一步!你答应这个条件吗?"

"好,我听你的!老李,我不知道说什么好!你为我们的事这样——"

"快走,没工夫扯闲话!"李子荣扯着马威进了胡同:"开门!下窗板!快!"

"给他们收拾好了,等着叫他们拆?"马威问,脸上的神色非常激愤。

"不用问!叫你做什么,做什么!把电灯捻开!不用开柜房的电门!好了,你上里屋去,没我的话,不准出来!在电话机旁边坐下,多咱听我一拍手,给巡警局打电,报告被抢!不用叫号码,叫'巡警局',听见没有?"李子荣一气说完,把屋中值钱的东西往保险柜里放了几件。然后坐在货架旁边,一声也不发了,好像个守城的大将似的。

马威坐在屋里,心中有点跳。他不怕打架,只怕等着打架。他偷偷的立起来,看看李子荣。他心里平安多了,李子荣纹丝不动的在那里坐着,好像老和尚参禅那么稳当;马威想:有这么个朋友在这里,还有什么可怕的呢!

"坐下! 老马!"李子荣下了命令。马威很机械的坐下了。

又过了四五分钟,窗外发现了一个戴着小柿饼帽子的中国人,鬼鬼啾啾的向屋内看了一眼。李子荣故意立起来,假装收拾架子上的货物。又待了一会儿,窗外凑来好几个戴小柿饼帽子的了,都指手画脚的说话。李子荣听不清楚他们说的是什么,只听见广东话句尾的长余音:呕——! 喽——! 呕——……

哗啦! 一块砖头把玻璃窗打了个大窟窿。

李子荣一拍手,马威把电话机抄在手里。

哗啦! 又是一块砖头。

李子荣看了马威一眼,慢慢往外走。

哗啦! 两块砖头一齐飞进来,带着一群玻璃碴儿,好像两个彗星。一块刚刚落在李子荣的脚前面,一块飞到货架上打碎了一个花瓶。

李子荣走到门前面。外面的人正想往里走。李子荣用力推住了门钮,外面的人就往里撞。李子荣忽然一撒手,外面的人三四个一齐倒进了,摔成一堆。

李子荣一跳,骑在最上边那个人身上,两脚分着,一脚踩着底下的一支脖子。呕——! 哼! 喽——! 底下这几位无奇不有的直叫。李子荣用力往下坐,他们也用力往起顶。李子荣知道他不能维持下去,他向门外的那几个喊:"阿丑! 阿红! 李三兴! 潘各来! 这是我的铺子,我的铺子! 你们是怎回事?!"他用广东话向他们喊。

他认识他们,他是他们的翻译官,是东伦敦的华人都认识他。

外面的几个听见李子荣叫他们的名字,不往前挤了,彼此对看了看,好像不知道怎么办才好。李子荣看外边的愣住了,他借着身下的顶撞,往后一挺身,正摔在地上。他们爬起来了,他也爬起来了,可是正好站在他们前面,挡着他们,不能往前走。

"跑! 跑!"李子荣扬着手向他们喊:"巡警就到! 跑!"

他们回头看了看胡同口,已经站了一圈人;幸而是早晨,人还不多。他们又彼此看了看,还正在犹疑不定,李子荣又给了他们一句:"跑!!!"

有一个跑了,其余的也没说什么,也开始拿腿。

巡警正到胡同口,拿去了两个,其余的全跑了。

…………

各晚报的午饭号全用大字登起来:"东伦敦华人大闹古玩铺。""东伦敦华人之无法无天!""惊人的抢案!""政府应设法取缔华人!"……马家古玩铺和马威的像片全在报纸的前页登着,《晚星报》还给马威像片下印上"只手打退匪人的英雄"。新闻记者一群一群的拿着像匣子来和马威问询,并且有几个还找到戈登胡同去见马老先生;对于马老先生的话,他们登的是:"Me no say. Me no speak." 虽然马老先生没有这么说。写中国人的英文,永远是这样狗屁不通;不然,人们以为描写的不真;英国人没有语言的天才,故此不能想到外国人会说好英文。

这件事惊动了全城,东伦敦的街上加派了两队巡警,监视华人的出入。当晚国会议员质问内务总长,为什么不把华人都驱出境外。马家古玩铺外面自午到晚老有一圈人,马威在三点钟内卖了五十多镑钱。

马老先生吓得一天没敢出门,盼着马威回来,看看到底儿子叫人家给打坏了没有。同时决定了,非把铺子收闭了不可,不然,自己的脑袋早晚是叫人家用砖头给打下来。

门外老站着两个人,据温都太太说,他们是便衣侦探。马老先生心更慌了,连烟也不抽了,唯恐怕叫侦探看见烟袋锅上的火星。

5

伦敦的华工分为两党:一党是有工便做,不管体面的。电影厂找挨打的中国人,便找这一党来。第二党是有血性的苦工人,不认识字,不会说英国话,没有什么手艺,可是真心的爱国,宁可饿死也不作给国家丢脸的事。这两党人的知识是一样的有限,举动是一样的粗卤,生活是一样的可怜。他们的分别是:一党只管找饭吃,不管别的;一党是找饭吃要吃的体面。这两党人是不相容的,是见面便打的。傻爱国的和傻不爱国的见面没有第二个办法,只有打!他们这一打,便给外国人许多笑话听;爱国的也挨骂,不爱国的也挨骂!

他们没有什么错处,错处全在中国政府不管他们!政府对人民不加保护,不想办法,人民还不挨骂!

中国留英的学生也分两派:一派是内地来的,一派是华侨的子孙。他们也全爱国,只是他们不明白国势。华侨的子孙生在外国,对中国国事是不知道的。内地来的学生时时刻刻想使外国人了解中国,然而他们没想到:中国的微弱是没法叫外国人能敬重我们的;国与国的关系是肩膀齐为兄弟,小老鼠是不用和老虎讲交情的。

外国人在电影里,戏剧里,小说里,骂中国人,已经成了一种历史的习惯,正像中国戏台上老给曹操打大白脸一样。中国戏台上不会有黑脸曹操，外国戏台上不会有好中国人。这种事不是感情上的，是历史的；不是故意骂人的，是有意做好文章的。中国旧戏家要是作出一出有黑脸曹操的戏，人家一定笑他不懂事；外国人写一出不带杀人放火的中国戏，人们还不是一样笑他。曹操是无望了，再过些年，他的脸也不见得能变颜色；可是中国还有希望，自要中国人能把国家弄强了，外国人当时就搁笔不写中国戏了。人类是欺软怕硬的。

亚力山大约老马演的那个电影，是英国最有名一位文人写的。这位先生明知中国人是文明人，可是为迎合人们心理起见，为文学的技艺起见，他还是把中国人写得残忍险诈，彼此拿刀乱杀；不这样，他不能得到人们的赞许。

这个电影的背景是上海，亚力山大给布置一切上海的景物。一条街代表租界，一条街代表中国城。前者是清洁，美丽，有秩序；后者是污浊，混乱，天昏地暗。

这个故事呢，是一个中国姑娘和一个英国人发生恋爱，她的父亲要杀她，可是也不知怎么一股劲儿，这个中国老头自己服了毒。他死了，他的亲戚朋友想报仇，他们把她活埋了；埋完了她，大家去找那个英国少年；他和英国兵把他们大打而特打；直到他们跪下求情，才饶了他们。东伦敦的工人是扮演这群挨打的东西。马老先生是扮一个富商，挂得小辫，人家打架的时候，他在旁边看热闹。

听见这件事，伦敦的中国学生都炸了烟。连开会议，请使馆提出抗议。使馆提出抗议去了，那位文人第二天在报纸上臭骂了中国使馆一顿。骂一国的使馆，本来是至少该提出严重交涉的；可是中国又不敢打仗，又何必提出交涉呢。学生们看使馆提议无效，而且挨了一顿骂，大家又开会讨论办法。会中的主席是那位在状元楼挨打的茅先生。茅先生的意见是：提出抗议没用，只好消极的不叫中国人去演。大家举了茅先生作代表，到东伦敦去说。工人们已经和电影厂签了字，定了合同，没法再解约。于是茅先生联合傻爱国的工人们，和要作电影的这群人们宣战。马老先生自然也是一个敌人，况且工人们看他开着铺子，有吃有喝的，还肯作这样丢脸的事，特别的可恨。于是大家主张先拆他的铺子，并且臭打马老先生一顿。学生们出好主意，傻工人们答应去执行，于是马家古玩铺便遭了砖头的照顾。

李子荣事前早有耳闻，但是他不敢对马威说。他明知道马老先生决不是要挣那几镑钱，亚力山大约他，他不能拒绝，中国人讲面子吗。（他不知道马老先生要用这笔钱买戒指。）他明知道一和马威说，他们父子非吵起来不可。他要去和工人们说，他明知道，说不圆全，工人许先打他一顿。和学生们去说，也没用，因为学生们只知道爱国而不量实力。于是他没言语。

事到临头了，他有了主意：叫马家父子不露面，他跟他们对付，这样，不致有什么危险。叫工人们砸破些玻璃，出出他们的恶气；砸了的东西自然有保险公司来赔；同时叫马家古玩铺出了名，将来的买卖一定大有希望。现今作买卖是第一要叫人知道,这样一闹呢,马家父子便出了名,这是一种不花钱的广告。他对工人呢,也没意思叫他们下狱受苦;他们的行动不对,而立意不错;所以他叫马威等人们来到才给巡警打电话,匀出他们砸玻璃的工夫,也匀出容他们跑的工夫。

他没想到巡警捉去两个中国人。

他没想到马老先生就这么害怕,决定要把铺子卖了。

他没想到学生会决议和马威为难。

他没想到工人为捉去的两人报仇,要和马老先生拚个你死我活。

他没想到那片电影出来的很快,报纸上故意的赞扬故事的奇警,故意捎着撩着骂中国使馆的抗议。

他故意的在事后躲开,好叫马威的像片登在报上,(一种广告,)谁知道中国人看见这个像片都咬着牙咒骂马威呢!

世事是繁杂的,谁能都想得到呢!但是李子荣是自信的人,——他非常的恨自己。

马威明白李子荣,他要决心往下作买卖,不管谁骂他,不管谁要打他。机会到了,不能不好好作一下。他不知道他父亲的事,工人被捕也不是他的过错。他良心上无愧,他要打起精神来做!这样才对得起李子荣。

他没想到他父亲就那么软弱,没胆气,非要把铺子卖了不可!卖了铺子?可是他要卖,没人能拦住他,铺子是他的!

马老先生不明白人家为什么要打他,成天撅着小胡子叹息世道不良。他不明白为什么马威反打起精神作买卖,他总以为李子荣给马威上了催眠术;心中耽忧儿子生命的安全,同时非常恨李子荣。他不明白为什么温都太太庆贺他的买卖将来有希望,心里说:

"妈的铺子叫人家给砸了,还有希望?外国人的心不定在那块长着呢!"

打算去找伊牧师去诉委屈,白天又不敢出门,怕叫工人把他捉了去;晚上去找他,又怕遇见伊太太。

亚力山大来了一次,他也是这么说:"老马!你成了!砸毁的东西有保险公司赔偿!你的铺子已经出了名,赶紧办货呀!别错过了机会!你明白我的意思?"

马老先生一点也不明白。

他晚上偷偷的去找状元楼范掌柜的,一来商议出卖古玩铺,二来求范老板给设法向东伦敦的工人说和一下,他情愿给那两个被捉的工人几十镑钱。范老板答应帮助他,而且给老马热了一碟烧卖,开了一瓶葡萄酒。马先生喝了盅酒,吃了两个薄皮大馅的烧卖,落了两个痛快的眼泪。

回家看见马威正和温都母女谈得欢天喜地,心中有点吃醋。她们现在拿马威当个英雄看,同时鼻子眼睛的颇看不起老马。老马先生有点恨她们,尤其是对温都太太。他恨不能把她揪过来踢两脚,可是很怀疑他是否打得过她,外国妇女身体都很强壮。更可气的是：拿破仑这两天也不大招呼他，因为他这几天不敢白天出门，不能拉着小狗出去转一转；拿破仑见了他总翻白眼看他。

没法子，只好去睡觉。在梦里向故去的妻子哭了一场！——老没梦见她了！

6

马威立在玉石牌楼的便道上，太阳早已落了，公园的人们也散尽了。他面前只有三个影儿：一个无望的父亲，一个忠诚的李子荣，一个可爱的玛力。父亲和他谈不到一块，玛力不接受他的爱心，他只好对不起李子荣了！走！离开他们！⋯⋯⋯⋯⋯⋯

屋里还黑着，他悄悄立在李子荣的床前。李子荣的呼声很匀，睡得象个无知无识小孩儿。他站了半天，低声叫："子荣！"李子荣没醒。他的一对热泪落在李子荣的被子上。

"子荣，再见！"

伦敦是多么惨淡呀！当人们还都睡得正香甜的时候。电灯煤气灯还都亮着，孤寂的亮着，死白的亮着！伦敦好像是个死鬼，只有这些灯光悄悄的看着——看着什么？没有东西可看！伦敦是死了，连个灵魂也没有！

再过一两点钟，伦敦就又活了，可是马威不等着看了。"再见！伦敦！"

"再见！"好像有个声音这样回答他。谁？⋯⋯